시선의 각도

시선의각도

한혜경평론집

글터
GEUL TEA

책머리에

어린 시절부터 책은 늘 좋은 친구였다.

또래 아이들이 고무줄놀이나 줄넘기를 할 때 나는 방 안에서 책을 붙들고 있었다.

많은 책들 중에서 한국소설은 문학적 감동뿐 만이 아니라 교과서에서 배우지 않은 우리사회의 문제를 직면하게 해주었다. 내가 알지 못했던 '다른' 일이 있었다는 것을 깨닫게 되었고 표면과 다른 이면의 존재를 인지하게 된 것이다.

우리 삶과 인간의 속성, 사회에 대한 다른 시선 혹은 새로운 시선은 그 이후 소설을 읽고 공부할 때나, 또 가르칠 때나, 묵직하게 내 마음 한 켠에 자리 잡게 되었다.

수전 손택은 작가가 가장 중요시해야 할 일은 의견을 갖는 게 아니라 진실을 말하는 것이라고 했다. 작가가 할 일은 세계를 있는 그대로의 모습으로 여러 가지 다른 주장과 파편과 경험으로 가득 찬 것으로 보게 하는 것이라고 했다. 이 여러 가지 주장과 경험들을 보기 위해서는 마음이 열려 있어야 할 것이고 다른 시선을 인정해야 할 것이다.

'작가의 죽음'이 거론되고 문학의 위상이 추락했음을 안타까워한 지도 상당한 시간이 지났다. 그럼에도 불구하고 문학은 여전히 우리가 발 딛고 있는 세계를 그려내고 있다. 소설읽기란 작가마다 각기 다른 시선으로 그려낸 세계를 읽으며 공감하고 새로운 관심을 갖게 되는 것이다. 이로써 시선은 확장되고 깊어진다.

10여 년 전부터 써왔던 글들을 정리하면서 여러 작가들의 다양한 시선을 다시 확인하는 즐거움이 있었다. 1부는 『새국어생활』에 연재했던 글들을, 2부는 『창조문학』에 연재했던 글들, 3부는 한국소설의 여러 특성에 대한 연구들을 모았다.

여러모로 부족한 책을 멋진 표지로 환하게 만들어주신 김주성 교수님께 진심으로 감사의 인사를 드리며, 바쁜 중에도 꼼꼼하게 챙기며 책을 묶어주신 글터에 감사드린다.

2018년 새 봄에
한혜경

목 차

__2부

___ 3부

1부

가볍고 부드러운 말의 힘

- 최윤의 「속삭임, 속삭임」

1. 삶을 견디게 하는 힘, 사랑의 속삭임

현대인의 삶은 각박하다. 점점 살기가 복잡하고 힘들어진다고들 한다. 주어진 일과를 아무 생각 없이 쫓아가다 보면, 내가 누구인지, 무엇을 향해 가는지 돌아본 적이 있었던가 기억이 까마득할 때가 있다. 무언가 열심히 한 것 같았는데 별달리 달라진 것이 없다는 깨달음 앞에서 삶이란 이런 것인가 하는 허망함을 느끼기도 할 것이다. 이처럼 쳇바퀴 도는 듯한 일상에서 기억 저편에서 떠오르는 따뜻한 장면이 한두 가지 있다면, 잠시 숨을 고르며 쉬어갈 수 있으리라. 유년의 기억이든, 사랑하는 이에 대한 기억이든, 따뜻함이 시간을 거슬러 올라와 자신을 감싸주는 것을 감지할 때, 남루한 삶의 갈피에서 행복감을 맛볼 수 있을 것이다.

최윤의 소설 「속삭임, 속삭임」(1993)은 어린 시절 빚진 사랑에 대해 토해 내는 이야기이다. 중년에 이른 여성 화자 '나'가 유년 시절 자신에게 아낌없이 사랑을 주었던 인물을 회상하는데, 그는 그녀가 태어날 무렵 그녀 집에 들어온 이로 '친척 아재비'로 불렸던 사람이다. 과수원을 일구며 살아가던 그녀 부모가 산 밑에 쓰러져 있는 그를 발견하고 돌봐 준 뒤 먼 친척으로 알려지며 함께 살게 된 것이다. 석방된 반공 포로라는 말이 흘러나오기도 했지만 '눈에 활짝 지펴지는 미소'와 '마을의 궂은 일을 도맡아 해 주는' 성실함으로 '포로'라는 단어의 '음험한 분위기'는 곧 잊힌다.

그는 병치레가 많은 아버지와 고된 일로 바쁜 어머니 대신 '나'를 돌봐주고 친구처럼 놀아 주고 재미있는 이야기를 해 주는 등 '나'를 위해 많은 사랑을 베푼다. 그 덕에 어린 그녀는 가난함을 잊을 정도로 행복한 유년의 시간을 보낸다.

그의 무릎에서 재롱을 피웠으며 초등학교에 들어가기 전에 그에게서 한글을 익혔고, 족히 5리는 되는 초등학교까지 데려다 주고 데려오는 것도 그의 몫이었다. 지금 내가 딸애에게 하듯이 옆에 앉혀 놓고 숙제를 돌보아 주는 것에서부터, 더듬거리는 느린 말투로 일부러 영감 흉내를 내면서 해주는 귀신 얘기, 도깨비 얘기까지. 과수원은 그의 과수원이었을 정도로 모든 일이 그의 손을 거쳐 이루어졌다. 학교만 파하면 그를 졸졸 따라다니면서 나는 꽃씨 심는 법도 익히고 나무의 쓸데없는 가지 치는 법도 배웠다. 여름방학이면 얇은 판자를 엮어서 내가 들어가

앉아 놀 수 있는 나무 위의 놀이 집도 그가 만들어 주었다. 날씨가 좋을 때는 어머니가 북에 두고 온 할아버지 할머니 생신상 차리는 데 쓰려고 따로 아껴 놓은 곡식을 그가 슬쩍 광에서 꺼내서 우리끼리 몰래 천렵도 갔다. 가난의 기억이 완전히 삭제될 정도로 두고두고 생각해도 맛나는 사건들이었다.

아재비가 베푼 일들 중 백미는 호수라고 할 수 있다. 장마로 파인 큰 웅덩이를 사흘 낮 사흘 밤을 파 대고 산줄기를 타고 내려오는 물길을 잡아 호수를 만들어 준 것이다. 다른 사람들이 보기에 조금 큰 웅덩이에 불과할지라도 그녀에게 이 호수는 '은근한 자랑거리'이자 '서울내기들에게 억울한 놀림을 당할 때마다 내심으로 부르짖을 수 있는 유일한 조커 패'로 작용한다. 이처럼 아재비의 사랑으로 행복했던 유년 시절은 그녀의 삶 내내 든든한 조력자의 역할을 한다.

아재비는 또 아버지와도 친형제처럼 지내는데, 이들의 교감은 사상이나 신분을 초월한 것이다. 고향 황해도에서 단신으로 남하한 아버지는 반공 강연을 하기도 한 사람으로서 남로당 열성 간부로 사형 선고를 받은 아재비와는 사상적으로 적대 관계라고 할 수 있다. 그러나 두 사람은 "친형제 이상으로 상대방이 원하는 것은 눈빛 하나만으로도 알아챌 정도"였으며 늘 할 말이 많아 끝도 없는 얘기를 나누곤 한다.

이는 세상의 상식을 뒤엎는 예로서 "상식으로는 설명되지 않는 일들이, 그 이전 혹은 그것을 뛰어넘는 어떤 곳에 그들의 삶과 함께 위치"했다는 것을 보여 준다. 이처럼 사상이나 신분을 뛰어넘을 수 있는 것은 마음의 교감, 사랑과 이해가 있기에 가능함을 작가는 말하고 싶은 것이다. 실제로는 황량한 과수원이 그녀의 기억 속에서 아름다운 장소로 빛나고 있는 까닭도 그 때문이다. 아재비가 사랑으로 만들어 준 호수가 있고 아재비와 아버지가 나누는 다정한 속삭임이 사방에 가득한 곳이므로 그 어느 곳보다 아름다우며 평화로운 풍경으로 존재하는 것이다.

2. 악취 나는 세상을 향한 방취 살포제, 시인의 언어와 웃음

사랑의 추억이 깃든 사물은 더 이상 사물이 아니다. "창가에 놓고 아재비 생각도 해여"라며 아재비가 건네 준 채송화 화분은 단순한 화분이 아니라 아재비의 마음이다. 화자가 듣기만 해도 '광증'이 동하는 '과수원', '호수'라는 말 역시 마찬가지로, 과수원이나 호수를 지칭하는 객관적 지시어가 아니라 호수를 만들어 준 아재비의 따뜻한 마음을 연상시키는 언어이다.

일반적으로 사용하는 언어가 정보 전달을 목적으로 하며 의미 해독이 중요한, 딱딱한 언어라고 한다면, 위의 언어는 자신의 느낌과 마음의 울림을 전달하므로 부드럽다. 전자가 알다/모르다, 이해하다

/이해하지 못하다의 반응이 중요하다면, 후자는 느끼고 감동하는 것이 관건이 된다. 곧 '마음의 흐름을 확인하는 것'(「당신의 물제비」)이 중요한 것이다.

서울로 유학 온 화자에게 보내온 편지는 이 차이를 잘 드러내고 있다. "아버지가 편찮으시니 주말에 집에 오너라. 올 때는 이런저런 약을 사 오너라."라고 쓴 부모님의 편지에 비해, 아재비의 편지는 "송이가 없으니 풀포기가 다 기운이 없이 시들하다."로 대조적이다. 부모님의 편지가 정보를 전달하고 있다면 아재비의 것은 감정을 전달하고 있다. "아재비는 시인이야."라고 중얼거리는 것에서 드러나듯이 화자는 아재비의 것을 마음에 들어 하는데, 이를 일상어와 구별되는 시인의 언어라고 부를 수 있을 것이다.

시인의 언어는 악취 나는 세상을 향긋하게 만들어 주는 힘을 갖는다. 우리를 둘러싸고 있는 세계는 전쟁이 빈번하다. "아무리 방으로 숨어들고 아무리 방패를 꺼내 들어도 사방의 문틈으로 전쟁의 냄새는 새어 들어"온다. 이 고약한 냄새를 지우기 위해서는 시인의 언어, 또는 딸아이와 같이 순수한 사람의 웃음이 필요하다.

> 이애, 너는 아무래도 시인이 되어야겠다. 미운 단어를 아름답게 만드는, 악취에 향기를 주는, 입을 벌리면 음악이 나오는 …… 너는 아주 고전적인 시인이어야겠다. 발가락, 땅콩, 코딱지 같은 단어를 예쁘게 발음할 줄 아는 너. 처음 글을 배울 때 네 성인 '박'자를 삐뚤삐뚤하게 써 놓

고 글자가 웃고 있다고 말하던 너. 이 먼 과수원에서의 오수의 나른한
틈새에까지 비집고 들어오는, 이 비릿한 냄새를 이애, 빨리 지워다오.
아주 강력한, 아주 향긋한 방취 살포제인 너의 웃음.

"모든 딱딱하고 근육질이 박힌 단어에, 공기 같은 가벼움과 부드러움을 주고 모든 악취 나는 단어에 지상의 들꽃 이름을 대신해" 준다면 전쟁의 고약한 냄새가 사라질 것인데, 이는 시인에 의해서 가능하다. 시인은 "미운 단어를 아름답게 만드는, 악취에 향기를 주는, 입을 벌리면 음악이 나오는" 자이기 때문이다. 곧 시인이란 싸움이나 전쟁과 같은 갈등과 대립을 향기로운 말들로 순화시키며 "딱딱하고 질기고 직선으로 세상을 자르는" 고약한 냄새를 가벼움과 부드러움, 향기로 바꿀 수 있는 자이다.

3. 삶, 해독할 수 없는 암호

일상적 인물과는 다른 '나'에게 세상은 불안한 곳이다. 갈라진 땅 사이로 무서운 구멍이 드러나 있는 것을 보며 이 불안한 세상에 아이를 데려온 것이 겁나 안절부절못한다. 그녀는 8살짜리 딸아이에 대해서도 보통 엄마들과는 다른 생각을 갖고 있다. "말을 잘 듣지 않고 고무줄 놀이에 발이 부르터 들어올 때", 그녀의 "부당한 처사를 받아들이지 못해 다섯 시간이 넘도록 돼지 멱따는 소리로 울

때.", "용서해 달라고 끝내 빌지 않을 때", "학교 가기 싫다고 떼를 부리면서 장난감을 모두 창문 밖으로 던질 때"와 같이 '미친 짓' 할 때를 좋아한다. "분홍빛 커튼이 쳐 지고 알맞은 습기에 앙증맞은 침대가" 놓인 방에서 아이가 태어나길 바라지 않고, '버려진 과수원의 황량함'을 보기를 바란다. 그것은 "일찍이 황무지를 본 사람은 삶에 대해 아주 부끄러운 마음을 갖게" 되기 때문이며 '삶에 많은 것을 바라지 않게' 된다는 것을 알기 때문이다.

삶에 대한 이와 같은 태도는 그녀가 '아픈 사람의 마음'을 헤아리고 나이나 사상, 신분, 계층 등 흔히 사회에서 통용되고 있는 기준들이 무의미함을 아는 것과 연관된다. 아버지와 아재비의 교감을 통해서 상식을 뛰어넘는 일이 가능함을 보았고 아재비의 비극적 삶에서 삶의 불가해성을 엿보았기 때문일 것이다.

'나'는 13세 여름방학부터 10여 년에 걸쳐 모두 다섯 번 아재비의 편지 심부름을 하는데, 아무도 몰래 그의 가족이 사는 집에 가서 편지를 던져 넣고 오는 것이다. "흐르는 냇물에 달이 뜰 틈이 없네.", 암호 문자 같은 문장 하나만 씌어져 있는 편지들은 '그들의 삶의 등대지기 노릇을 멀리서나마 하고 있다는 것을 알리는 미미한 신호, 절망적인 신호'였던 것이다. 지척에 있어도 만날 수 없는 가족, 아픔을 누르고 살아갈 수밖에 없는 삶, 오십 중반에 세상을 뜬 아재비의 생애는 비극적으로 소모된 삶을 보여 준다. 아재비의 아픔 앞에서 속수무책의 당황함을 맛보았던 그녀는 '위로되지 않는 슬픔'이 있다는 것을 알게 되며 삶의 시대착오적 속성이나 불가항력적 측면을 경험하게 된다. 그리하여 그녀는 세속적 가치에 안주하며 사는 자가 아니라 '숨어서 우는 사람의 눈물을 볼 줄' 아는 자, '울고 싶어도 울지 못하는 사람'이 있음을 아는 자로 살아간다.

아재비의 삶처럼 간단히 해독할 수 없는 것이 우리의 삶이지만, 사상과 무관한 아재비의 깊은 사랑과 상식의 틀을 넘어서는 아버지와 아재비의 교감, 그리고 시인이나 순수한 아이의 마음이 존재하는 한, 삶에 희망을 품을 수 있을 것이다. 부드럽고 가벼운, 마음을 나누는 말들이 물이 되어 흐른다면, 모든 것을 가르는 딱딱한 경계가 지워지고 상식의 틀을 넘어서는 세상, 전쟁이 사라지고 화해와 사랑이 가득한 세상이 되리라는 꿈을.

궁극적으로 작가가 이 소설을 통하여 드러내고자 한 것은 마음을 나누는 말이 이 세상의 딱딱한 틀을 없애고 전쟁과 갈등을 무화시킬 수 있기를 바라는 마음이라고 할 수 있다.

봄날의 풍경 – 쓸쓸하거나 따뜻하거나

1. 봄날, 따스하지만 무심한

지난겨울 혹독한 추위 속에서 그리도 멀어 보였던 봄이 이제 우리 곁에 와 있다. 나뭇가지에 푸릇푸릇 돋은 새순을 보며 겨울이 지나면 봄이 온다는 사실에 새삼 감사하게 된다.

봄에는 김동인의 「배따라기」 도입부가 떠오른다. 모란봉 일대 따스한 봄날의 정취에 흠뻑 빠진 주인공이 대동강의 뱃놀이, 모란봉 기슭의 '새파랗게 돋아나는 풀', '모란봉 꼭대기에 올라가면 넉넉히 만질 수가 있으리만큼' 낮은 하늘 등을 정감 있게 묘사하고 있어서이다. 화자는 하늘을 '우리 사람의 이해자인 듯이' 느끼며 자연을 뛰어넘는 인간의 위대함을 찬양하는데, 이 부분에서 우리는 삶의 고단함을 아직 체험하지 않은 젊은이의 자신만만함을 감지할 수 있다.

이처럼 젊은 날엔, 내 앞에 펼쳐지는 시간의 도화지에 마음대로 색칠만 하면 멋진 그림이 완성되리라 기대한다. 그러나 시간이 흐르면서 애초의 생각과는 다르게 흘러가는 것을 깨달으며 나이를 먹어 간다. 아름다운 그림과는 거리가 먼 형태로 변하는 것을 지켜보며 속수무책이란 말의 뜻을 절감하기도 하는 가운데 무심한 시간은 흐른다.

그리하여 한세상 살고 지나온 시간을 돌아볼 때 내 삶은 어떤 모양으로 기억될 것인가?

1965년생 여성 작가 정지아에게 포착된 삶은 '짠허고 애달픈' 것이다. 1990년 장편 소설 『빨치산의 딸』을 펴내며 작품 활동을 시작, 단편 「풍경」으로 제7회 이효석문학상을 수상한 정지아는 진한 전라도 사투리로 세월의 무정함과 그럼에도 불구하고 살아갈 수밖에 없는 삶의 엄연함을 그리고 있다. 한평생 양지를 밟아 본 적이 드문 인물들을 통해 '온몸으로 바람을 맞으며' 살고 있는 민초들의 팍팍한 삶의 풍경을 담아내는 것이다.

「못」, 「봄빛」, 「봄날 오후, 과부 셋」은 모두 봄날을 배경으로 노인의 이야기를 그린 작품들이다.

노년에 이르러 지나온 삶을 되돌아보는 데는 가을이 어울릴 법하지만 이 이야기들은 부신 봄빛 아래 펼쳐진다. 봄빛은 따스하지만, 고단한 삶을 위로하고자 하는 것은 아니다. 행복한 자이건 불행한 자이건 누구에게나 '골고루 따스하게도 내리쪼이고' 있지만, 그 아래 벌어지는 인간들의 아픔이나 괴로움을 위무하는 것은 아니다. 봄날은 따뜻하지만 그 아래 펼쳐지는 풍경은 따뜻한 것만은 아님을 확인하게 된다.

2. "인생이 워디 책에 써진 대로만 돼가니요"

「못」의 주인공 건우 씨는 탄생부터 예순이 넘은 현 시점까지 자신의 의지와는 전혀 상관없이 험한 삶으로 내몰린 인물이다. 태어나자 어머니가 세상을 떠나 '어미 목숨을 잡아먹고 나온 자식'이 되어 버렸고 다섯 살 때 병명도 모르는 병을 앓고 반병신이 된다. 일곱 살부터 작은 집에 맡겨진 그는 천덕꾸러기가 되지 않으려면 새벽에 일어나 일해야 한다는 누이의 말을 신조로 삼고 살아온다. 부지런히 일을 해서 땅을 마련하고 결혼도 해서 아이도 낳았으나 여자는 백일 지난 어린 것과 논문서를 들고 사라진다. '사방 천지에 웃음을 흘리고' 다닐 정도로 흐뭇한 순간은 손으로 물을 움켜쥐면 금세 흘러나가듯이 흘러가 버린 것이다.

행복이란 허용되지 않는 듯한 건우 씨의 삶에서 유일한 낙은 일년에 한 번 자운영이 필 무렵 찾아오는 누이를 만나는 것이다. 새벽 단잠에 취한 일곱 살짜리 동생을 깨워 집을 떠나며 "오늘부텀

새복에 인나야 혀. 니가 젤 먼처 일나서 마당 씰고 군불 떼고 그려야 혀" 하며 호의적이지 않은 삶을 살아 내야 하는 자의 수칙을 일러 준 누이는 그의 유일한 가족이자 평생 멘토인 셈이다. 장가간 후에는 "남들맹키 식구 건사하고 살라먼 남들보담 시배는 열심을 부레야 한다"고 했고 나이를 먹은 뒤에는 "늘그막에 돈할라 없으면 천덕꾸러기 되야"라고 조언한다.

이처럼 동생을 걱정하지만 누이는 단 하루 머물고 시집으로 돌아가야 한다. 어린 시절 건우 씨는 누이가 떠나지 못하게 하려고 누이의 손과 자신의 손을 새끼줄로 꽁꽁 묶고 잠자리에 들었다. 그러나 눈을 뜨면 누이는 가고 없고 그 상실감을 이기지 못해 건우 씨는 매번 포악을 부려 왔다. 밥도 안 먹고 일도 안 하고 소주를 들이부으며 문짝을 걷어차고 횃대를 때려 부수기도 했지만, 그런 세월이 십여 년 흐르자 어떻게 해도 누이는 떠날 것이고 자운영이 피면 또 돌아올 것임을 알게 되고부터 더 이상 새끼줄로 손을 묶지 않게 된다.

'소주 됫병을 들이붓지 않고는 마음에 일렁이는 화증을 견딜 수 없던 시절'도 있었으나 자신이 쥘 수 있는 것은 아무것도 없이 '빈손'임을 깨달은 그는 자신에게 부과된 삶의 무게를 감내하며 살아간다. 누군들 행복하게 살고 싶지 않겠는가만 '그리 살고 싶어도 안 되는 것이 시상지사 世上之事'(「세월」)인 것이므로 밥을 먹고 기운을 차려 살아갈 수밖에 없으며 하찮은 것에라도 기대어 고단한 삶을 이어 가야 하는 것을 보여 준다.

이와 같이 팍팍한 삶을 몸으로 뼈아프게 겪어낸 자에게 인생은 책에 기록된 것과는 거리가 멀다. "인생이 워디 책에 써진 대로만 돼가니요"라는 말은 뭐든지 책에 쓰인 대로 하려는 도시에서 귀농한 옆집 남자에게 건네는 말일 뿐 아니라, 직접 몸으로 생의 굴곡을 견뎌낸 자의 결론이라고 할 수 있다.

3. 고리대금업자 같은 비정한 세월

「봄빛」은 완벽을 추구하는 아버지의 기대에 못 미쳐 아버지와 의절하다시피 살아온 주인공이 치매가 온 아버지를 바라보며 회한에 젖는 이야기이다.

한때 '호랑이맨치 불을 뿜'던 눈이 '흐리멍텅하게' 변하고, 늘 어딘가를 향해 바삐 걸어가던 '짱짱한 걸음'은 '걸음마를 배우는 어린아이처럼 곧 쓰러질 듯 위태로'워진 아버지를 바라보는 그의 마음은 착잡하다.

그의 아버지는 가혹한 운명을 극복해 온 자이다. 여덟 살에 아버지를 잃고 병약한 어머니와 갓난쟁이까지 포함한 동생이 셋, 누이까지 자신이 짊어져야 할 '혹'이라는 사실을 깨닫고 눈앞이 캄캄했다. 그런데 "눈앞이 캄캄헝게야, 무선 것이 없드라. 죽기배끼 더하겠냐" 하는 마음으로 생을 개척해 온 것이다. 하루 세 시간 이상을 자 본 적 없이 교사를 하면서도 논밭 농사를 야무지게 해 내던 아버지는 대학 입시에 계속 실패하고 늦은 나이에 이류 대학에 들어간 그에게 '죽어도 올라갈 수 없는 아득한 산'과 같은 존재이다.

그 딴에는 안간힘을 써도 아버지에게는 언제나 부족한 아들이었다. 부족을 메우고 싶어 발버둥친 적도 있었고 발버둥치기를 포기한 적도 있었다. 어느 쪽이든 아버지와 대결에 목숨을 거는 것 자체가 쓸데없는 시간 낭비임을 깨달은 것은 그리 오래되지 않은 일이다. 불과 몇 년 전까지 아버지는 '그의 삶을 가로막고 있는 거대한 산맥'이었는데, 그가 넘어서기도 전에 세월이 야금야금 무너뜨리고 있는 것이다. 운명을 무릎 꿇렸듯 세월도 무릎 꿇게 할 거라고 기대했으나 세월 앞에서는 어쩔 도리 없음을 보여 주고 있다.

어머니 역시 과거와 다른 모습으로 주인공을 놀라게 한다. 감정을 잘 드러내지 않고 조용하며 아버지 앞에서 발소리도 내지 않던 어머니는 이제 큰 소리로 따박따박 말대답에 거친 표현도 서슴지 않는다. 따뜻하고 순종적이던 어머니의 변화는 "워째 우리 엄마 같들 않다"라는 누이의 말에서도 잘 드러난다. 겨우 몇 가지 반찬만 준비한 밥상과 계속 이어지는 잔소리에서 그는 어머니의 노쇠를 감지한다. 죽음보다 더한 치매 선고를 받고도 피곤해서 잠들 수밖에 없을 정도로 부모님의 몸이 늙었다는 사실과 동시에 '고리대금업자 같은 비정한 세월'이 자신으로부터도 수금을 시작하고 있음을 인식하게 된다.

부모가 그의 생명을 키워냈듯 이제는 그가 그들을 품어 그들이 세월에 빚진 생명을 온전히 놓고 죽음으로 떠나는 것을 지켜보아야 한다는 사실 앞에서 그는 '받은 것은 반드시 돌려줘야 하는 것'이라는 냉정한 생명의 법칙을 깨닫는다. 눈앞이 캄캄하지만 예전의 아버지처럼 그 역시 이상하게 무섭지 않다. 자연의 법칙 앞에서 순응할 수밖에 없음을 받아들이기 때문일 것이다.

"긴 터널을 빠져 나오자 흐드러지게 피었던 개나리며 진달래가 짙어가는 봄빛 속에 시들시들 말라 가고 있었다. 그 꽃이 지면 산에는 봄이 농익어 사철 중 가장 찬란하게 타오를 것이었다"라는 마지막 문장은 인간사와 무관하게 흘러가는 자연의 법칙을 환기시킨다. 여름이 지나면 가을이 오고 겨울 뒤 다시 봄이 오듯이 생명의 순환은 어김없으며, 그 사실을 인지할 때 인간사의 굴곡을 의연하게 받아들일 수 있음을 시사하고 있다고 하겠다.

4. "죽지 못할 바에는 재미나게 살아야지"

「봄날 오후, 과부 셋」은 읍내에 하나밖에 없던 보통학교 동창으로 이제는 여든이 넘은 과부 에이코, 하루코, 사다코의 이야기이다. 어릴 때 일본 이름으로 부르기 시작한 탓에 일본 이름으로 부르는 것이 더 친숙한 이들은 세월이 흘렀지만 어릴 적 성정을 그대로 간직하고 있다.

욕심도 많고 지기 싫어하는 성품의 에이코는 약국 조수와 결혼하여 일찌감치 재물을 모은다. 자식 뒷바라지에 열성이지만 자신의 욕망에도 충실하여 남편이 죽은 뒤 댓 명의 남자와 연애를 한다. 소심하고 착한 하루코는 교사인 남편이 학교에서 쫓겨난 뒤 고향에 돌아와 에이코가 차려 준 책방을 하며 산다. 한 치 흐트러짐 없는 성격에 공부 잘하고 얼굴도 반반하여 늘 주목받던 사다코는 동경제대 나온 남자와 결혼하지만 남편 따라 산사람이 되고 감옥살이를 하는 등 역사의 질곡을 몸소 겪은 인물이다.

삶이란 누군가 자신의 삶을 지켜보고 있다가 '빨래를 걷듯 목숨줄을 휙 걷어 버리는 것'이라는 생각이 드는 나이에 이르렀지만 에이코는 시샘과 욕심에서 자유롭지 못하다. 특히 사다코에 대한 감정은 복잡 미묘하다. 어떤 일에도 흔들리지 않으며 가진 것이 없는데도 당당한 사다코를 이해하기 어렵기 때문이다. 그리고 하루코가 온갖 도움을 다 주는 자신에게가 아니라 사다코에게 속 얘기를 하는 것에 심통이 난다. 사다코가 산에서 남편을 잃고 후에 같은 이력을 가진 가난뱅이와 결혼할 때 거액의 부조를 하면서 "공부 잘했다고 인생 잘 풀리는 게 아니다. 이래서 세상은 살아 봐야 하는 거"라고 만족스러워하기도 하지만, 힘든 내색을 하지 않는 사다코에게 번번이 비위가 상한다.

그렇다면 이들의 삶을 이끌어 온 동인은 무엇일까?

"너는 대체 무슨 맛으로 살았니?" 에이코의 질문에 사다코와 하루코는 다음과 같이 답한다. "너야 자식 때문에 살았을 거고, 하루코는 남편 때문에 살았을 거고, 글쎄 나는, 뭣 땜에 살았나……." "사다코는 사상이 있잖아, 사상이. 우리 영감도 그랬는걸. 어쩌면 우리 영감은 나보다 그게 더 중요했는지도 몰라." 평생 누구에게도 기죽지 않고 당당했던 사다코의 비밀이 풀리는 지점이다.

"사상이고 뭐고, 살아 보니 다 덧없다. 죽으면 다 한 줌 재지, 뭐" 라고 말하지만 아직도 그런 책들을 놓지 않고 있는 사다코의 모습을 통해 작가는 에이코의 물질, 하루코의 부부애 못지않게 사상이나 동지애가 삶을 굳건히 견디게 하는 힘이 될 수 있음을 보여 준다.

그동안 겉돌았던 이들의 관계는 한순간 함께 웃음으로 화해에 이르게 된다. "할 수만 있다면 혀 깨물고 깨끗이 죽었으면 좋겠구만" 이라고 말하던 사다코가 "죽긴 왜 죽어! 하루라도 더 재미나게 살아야지"라는 에이코의 생각에 동조하는 것이다. 티격태격하던 이들의 대화는 "죽지 못할 바에는 재미나게 살아야지"로 귀결되는데, 그러기 위해서는 밥을 먹어야 한다는 지극히 당연하지만 중요한 결론에 이른다.

시장기를 느끼고 밥을 먹는 것, 그리고 웃음을 터뜨리는 것은 바로 생명의 표현이다. 특히 고기를 사러 가며 '살아 있는 한 재미있게 살 작정'을 하는 에이코는 실제 나이와 상관없이 젊고 활기차다.

'봄볕 속으로 네 활개를 치며' 걸음을 옮기는 그녀의 모습은 화창한 봄날에 어울리는 장면이다.

5. 봄날, 무심하지만 생명이 약동하는

누구에게나 봄빛은 골고루 내리쪼이고 누구든 예외 없이 주었던 것을 되돌려 받는 것이 자연의 법칙이다. 누구나 행복하게 살다 가고자 하지만 그렇게 되지 않는 것이 '세상지사'라 할 때, 자신에게 주어진 삶을 어떻게 감당할 것인가?

정지아의 세 소설은 봄날의 각기 다른 풍경을 통해 그 대답을 구하고자 하는 것 같다. 잠시의 행복도 허용되지 않는 듯한 삶에선 작은 것에라도 위안을 얻으며 살거나 체념의 지혜를 체득해야 하고, 시간의 흐름 앞에서는 제아무리 강한 인간이라도 무력하다는 사실을 발견하고, 여든이 넘어도 생의 의욕을 북돋을 수 있음을 보여 주고 있다.

우리 인간이란 수북한 밥 한 사발에 행복을 느끼는 존재이면서 또 한편으로는 물질과 무관하게 정신적 자산으로 배부를 수 있는 존재임을 보여 준다. 또한 세월이란 비정한 고리대금업자와도 같지만 그 사실을 인정할 때 무서울 것이 없음을 보여 주기도 한다. 그리고 살고자 하는 의지만 강하다면 여든이 넘은 나이라도 열네 살

소녀 같은 생기를 지닐 수 있음을 보여 주면서 우리를 봄날의 풍경
으로 초대한다.

숲과 짐승,
사람이 함께 어우러져 사는 유토피아

－『숲의 왕』에 나타나는 생태 의식

1. 봄, 생명의 탄생

봄이다. "기다리지 않아도 오고/ 기다림마저 잃었을 때에도 너는 온다."(「봄」)라고 고(故) 이성부 시인이 노래한 봄이다.

겨우내 눈과 얼음으로 뒤덮였던 땅을 뚫고 연둣빛 새순이 고개를 내밀고 있는 것을 보면, 입가에 저절로 미소가 떠오른다. 얼어붙어 있던 산과 들에 부드러운 봄의 입김이 흐르고 푸르른 색채가 입혀질 때 사람들은 봄의 생명력을 한껏 만끽하게 된다.

그러나 우리가 당연한 현상으로 받아들이고 있는 자연의 질서가 파괴되어 더 이상 봄이 오지 않는다면, 또는 봄다운 봄을 더 이상 경험할 수 없다면 어떠할까? 상상만 해도 두렵지만, 멸종되는 동식물의 수가 늘어나고 지구 온난화로 기상 이변이 일어나고 생태계가 교란되어 가는 시점에서 절대 그럴 리 없다고 장담할 수 없을 것 같다.

문학의 영역에서 환경과 자연의 문제를 다루기 시작한 것은 서구의 경우, 1950년대부터이다. 서구에 비해 산업화가 늦은 우리나라는 1990년대 들어와 환경 문제에 관심을 갖는 작품들이 나타나기 시작한다. 이후 녹색 문학, 환경 문학, 생명 문학, 생태 문학 등 다양한 용어들이 등장했고 환경에 대한 문제의식을 드러낸 작품이 늘어 가고 있다.

그중에서 김영래의 『숲의 왕』(2000)은 인간 중심의 사고에서 벗어나 자연과의 동화(同化)를 추구하는 메시지를 담고 있는 소설로, 제5회 문학동네 소설상을 수상한 작품이다. 동서양의 신화와 철학 사상을 예화로 들면서 자연을 사랑하고 자연의 신성함을 지키려는 자들의 이야기를 풍부한 상상력과 아름다운 문장으로 그려낸다. 숲과 짐승, 사람이 함께 어우러져 사는 축복 받은 정원을 통해 개발과 발전이라는 미명 아래 무분별하게 파헤쳐져 신음하고 있는 우리 산하를 돌아보게 한다.

2. 숲의 형제단, 생태 낙원을 꿈꾸는 자들의 공동체

강원도 기린이라는 곳에 '에피쿠로스의 정원'이 있다. 평창 나들목을 지나 국도를 따라 다섯 시간 넘게 우회를 해야 나타나는 이곳은 신화속의 공간 같은 느낌이다. 숲 사잇길로 한참 가야 나타나는 공간. 2km 가량 계속되는 전나무 숲길을 지나면 또다시 활엽수림의 긴 터널이 이어지고 그 어귀에 비로소 정원의 입구가 나타난다.

정원의 입구에는 '에피쿠로스의 정원'이라고 새겨진 현판이 있고 기둥 한 쪽에 다음과 같은 글이 새겨진 편액이 붙어있다.

> 누구나 들어와도 되나 아무나 들어와선 안 되나니
> 이곳은 침묵과 가난과 겸양과 기도의 자리
> 한 잔의 물 한 움큼의 낟알로 하루를 나나
> 사랑은 한 두레박 감사는 한 가마니인 곳.
> 모두의 것이자 누구의 것도 아닌 정원.
>
> REX NEMORENSIS

'REX NEMORENSIS'는 '숲의 왕'을 뜻하는 라틴어인데, 위의 내용은 이 정원에 사는 사람들이 무엇을 추구하는지 잘 보여준다. '숲의 형제단'으로 불리는 이 공동체는 정원의 주인인 정지운을 포함해 모두 7명의 남자들로 이루어져 있다.

사업가로서 산업 폐기물 수입에 반대하고 환경 정보에 관한 자료를 보유할 수 있는 정보 센터를 건립하는 등 중요한 환경 운동의 중심에 서있는 정지운, 토목기사였으나 식물의 일대기를 다룬 애니메이션을 만들고 숲에 합류한 성준하, 환경 단체에서 일하던 박성우, 목수였던 가문비, 가인(歌人)이었던 오르페, 폐가전제품을 수출해 큰돈을 벌다가 어느 날 '서울의 하루'라는 통계 자료를 접하고 새 삶을 모색하려 이곳을 찾은 깡통 등. 이들은 각기 살아온 여정은 다르지만 이곳이 삶의 귀착지라는 사실을 깨달은 순간 '맨발로 흙을 밟고' 서기로 결심한 자들이다.

그리고 정원에서 좀 떨어진 마을에서 기거하며 농사와 숲의 모두를 관장하는 산지기 임 노인과 인간의 언어를 모르는 대신 새들의 노래를 알아듣는 그의 아들 성치(聖痴), 당나귀 플라테로와 가문비의 친구인 수퇘지 다루, 이외에 많은 짐승과 꽃, 나무가 있다.

이곳의 삶은 단조롭다. 빛이 있는 동안은 누구나 함께 일을 하며 새벽이나 해가 진 뒤에는 각자 자유롭게 보낸다. 밥과 국, 두세 가지의 반찬으로 식사를 하며 육식은 피하고 물과 과일이 유일한 간식이다. '숲과 사람과 짐승이 한데 어우러져 아무런 차이가 드러나지 않는' 이곳에서는 말없이 주고받는 시선으로 교감이 가능하다.

외모도 이들의 삶과 식탁처럼 정갈하다. 정지운은 '보통 사람보다 이삼 도쯤 체온이 낮아 보일 정도로 안색이 창백'하지만 차갑게 느껴지지 않는데, 그 이유는 '눈과 입 언저리에 새겨진 잔주름들이 웃음의 숨길 수 없는 곡선을 드러내고 있기' 때문이다. 그는 거의 속삭이듯이 말을 하지만 그러면서도 뜻이 정확하게 전달되는 목소리를 가지고 있다. 음성은 부드럽고 물처럼 듣는 사람을 감싸는 데가 있다. 체구는 아주 왜소하지만 몸가짐은 단정하고 '무엇엔가 사로잡힌 사람이 뿜는 광채로 인해 사람을 사로잡는 데가 있는 눈빛'을 하고 있다.

'된서리가 내린 머리, 깎은 듯 만 듯한 거친 수염'의 준하는 '늘 딴 세상에 젖어 있는 듯한 표정'으로 언제 보아도 범접하기 힘든 사람으로 보인다 1미터 50이 조금 넘는 가문비, '작은 체구에 소심해 보일 정도로 조신한' 성우 등, 후에 합류하는 늑대청년을 제외하고는 거의 모두 왜소하고 말수가 적으며 정적인 인물들이다.

3. 식물적 유토피아, 평화와 우정의 세계

숲의 형제단의 대화나 성우의 일기에서 자주 발견할 수 있는 단어는 형제애와 우정, 평화와 같은 말들이다. 사람들 사이에서는 물론이고 동식물과도 공존하면서 느낄 수 있는 감정을 '형제애'와 '우정'으로 표현하면서 여러 사례를 인용하고 있다.

가령, 정지운은 에피쿠로스에 대한 존경심을 '우정을 존중했던 사람'이라고 표현하고 있으며 "우정은 춤추면서 세상 주위를 돈다. 그리고 우리 모두에게 외친다. 일어나서 행복한 사람을 칭송하라고."라는 에피쿠로스의 잠언을 좋아한다. 이러한 우정의 세계는 동식물과 무생물까지 아우르는데, 멕시코의 아즈텍 족의 이야기에서 잘 표현되고 있다. "우리는 모두 부모가 같다. 어머니는 대지이고, 아버지는 태양이다. 구름도 새들도, 강물과 그 안의 물고기도, 산들과 바위들도 우리의 형제이다."

이처럼 모든 존재와의 형제애와 우정을 존중하고 평화를 사랑하는 자들은 준하의 애니메이션 원고에서 식물의 이미지를 입고 나타난다. 곧 몸에 엽록소가 있어 푸른 살갗을 가진 사람들인데 바로 나무의 형상을 하고 있다. 이들은 광합성이 가능하므로 살기 위해 다른 생물을 먹거나 다른 생명으로부터 양분을 흡수할 필요가 없다. 그러나 엽록소가 없는 흰 살갗 사람들은 식물을 먹고 동물을 죽이며 살아야 한다. 살기 위한 욕구는 더욱 많은 것을 소유하기 위한 욕망으로 변질되어 이들의 탐욕은 결국 푸른 나라를 멸망시키고 지구를 황폐하게 만든다는 것이다.

그런데 이들의 이야기에는 여성이 등장하지 않는다. 여성 인물이 없을 뿐 아니라 여성에 대한 언급조차 없다. 다른 대상에 대한 사랑을 형제애와 우정으로 표현하는 것도 그 사랑이 이성애나 이성에 대한 끌림이 아니기 때문이다. 따라서 여성과의 사랑으로 인한 갈등, 생산과 번식에 대한 욕망이나 관심도 나타나지 않는다.

"백당나무, 흔히 불두화라고 하죠. 어때요, 물에서 갓 나온 여자의 젖
가슴 같지 않은가요?" 나는 무슨 소린가 싶어 흠칫 꽃에서 손을 뗐다.
"부드럽고 서늘하고 촉촉하고 말랑말랑한 이 감촉. 미색의 얇은 면사 뒤
에서 맨살로 숨을 쉬는 듯한…… 어서요. 아니, 그렇게 말고, 손바닥을
동그랗게 오므리고서. 그래요. 그리곤 눈을 감아 봐요."

    준하가 불두화 꽃송이를 어루만지며 성우에게 그 느낌을 설명하
는 장면으로 이 소설에서 유일하게 관능적인 장면이다. 그런데 그
관능의 대상은 꽃이며 더 나아가 무성 식물이다. 아름답지만 무성
식물인 불두화를 가리켜 준하는 수분과 번식이 불가능하니 그 자체
가 '탈속과 불기(佛器)의 상징'이라고 말한다. 번식이 불가능한 점을
성스러운 관능으로 연결 짓는 준하의 생각은 이들의 정원에 여성이
없다는 사실과 연관된다.
    이어서 그는 "내가 최초로 경험한 수음은 진달래 꽃밭에서였죠."
라고 말하며 자신의 동정(童貞)은 "자연에 바쳐졌다"는 표현을 쓴다.
이에서 그가 유일하게 관심을 갖고 있는 섹스가 꽃들과의 관계라는
말의 의미를 알 수 있다. 인간의 육체가 아니라 꽃에서 관능을 느
끼는 것은 육체적 쾌락이 아니라 자연과의 교감, 정신적 충일감이
나 종교적 일체감을 의미하는 것이다. 이러한 사랑에는 남성 여성
의 구분이 불필요하며 종족 번식마저 필요 없다. 곧 '오르가슴은 있
지만 사정은 없는' 관계이기 때문이다.
    이렇게 볼 때 이들에게는 물질적 욕망뿐 아니라 혈연에의 집착이

나 종족 번식에 대한 욕망도 부재하다는 사실을 알 수 있다. 혈연간이 아니라도 생각이 같은 사람끼리 모여 살면 가족이 되는 것이므로, 이들이 추구하는 것은 식물처럼 광합성을 하며 평화롭게 살아가는 것이며 하늘 아래 모든 생물과 무생물까지도 형제라는 사실을 기억하는 것이다. 그래서 "우정은 춤추면서 세상 주위를 돈다."

4. 숲의 왕, 숲을 지키는 자

'숲과 사람과 짐승이 한데 어우러져 아무런 차이가 드러나지 않는' 에피쿠로스의 정원. 이러한 유토피아가 과연 지속될 수 있을까?

인근 마을이 오지 개발 사업으로 술렁거리기 시작하면서 에피쿠로스의 정원도 와해의 위기에 놓인다. 스키장과 골프장, 호텔, 콘도미니엄 등을 갖춘 대단위 리조트를 건설하기 위한 대규모 공사가 시작된 것이다.

이에 맞서기 위해 숲의 형제단은 정원의 생일날 산신제, 나무를 위한 위령제, 개발의 무모함을 알리는 퍼포먼스, 성명서를 낭독하고 산탈 부적을 붙이는 의식 등을 계획한다. 그런데 이러한 행사가 한갓 '소심함과 패배주의적인 의식'의 소산이라고 생각하는 인물이 등장한다. 늑대청년이란 별칭을 갖고 있는 그는 정원의 계획이 "소도 축업자들에 맞서 무저항 운동을 벌이는 힌두교도들 같다"고 비판하면서 정원을 지키려면 구체적인 행동이 필요하다고 생각한다. 그래서 현장의 중장비의 엔진통에 흙을 쏟아 부어 공사를 방해해 왔으며 "저 산을 난도질하고 있는 자들의 서울 추장을 붙잡아 머릿가죽을 벗기지 않는 한" 해결할 수 없다는 다소 극단적인 생각을 갖고 있다.

현장 소장의 항의와 위협이 이어지고 주민들조차 "지역 발전 저해하는 환경 단체 자폭하라."라는 플래카드를 내걸고 시위를 하는 가운데, 정지운의 시신이 발견되고 개발 회사의 서울 사장이 죽는 사고가 발생한다. 결국 리조트 사업 계획이 백지화되는데, 숲의 형제단에도 의견충돌이 일어나 균열이 생긴다. 의문의 화제로 숲이 불타면서 세 사람이 죽는 사건으로 숲의 공동체는 완전히 와해된다.

그렇다면 '숲의 왕'은 무엇을 의미하는가?

다양한 신화를 통해 반복적으로 제시하고 있는 '숲의 왕'의 이야기는 숲의 지도자나 왕이 부족을 위해 희생된다는 기본 골격을 가지고 있다. 이러한 신화에 의한다면 정지운의 죽음은 '숲의 왕'으로서의 희생으로 볼 수도 있다. 그러나 소설은 그의 죽음을 의문사로 처리함으로써 명확한 언급을 피한다. 그 대신 현실적으로 숲을 가꾸고 지키는 자가 '숲의 왕'이라는 사실을 소설 끝에서 암시한다. 곧 홀로 남은 산지기 임 노인이 검게 타버린 정원을 다시 일으키기 위해 땀 흘려 일하는 모습에서 진정으로 숲을 아끼고 사랑하는 자가 왕이라는 사실을 떠올릴 수 있다.

임 노인은 서른 살에 '풀과 물의 세상을 지켜라.'라는 의미의 글자를 건네받는 꿈을 꾼 이후 고향 기린에서 산지기로 살아온 자이다. 숲의 형제단 중 지도자의 역할을 하던 자들이 떠나거나 죽음을 맞는데 묵묵히 일만 하던 임 노인이 유일하게 남아 숲을 지키는 것은 시사적이다.

그는 불에 타 죽은 나무들 위로 새싹이 움트는 것을 보며 자연의 소생력과 치유력을 발견한다. 도토리 한 알이 잿더미 속에서 딱딱한 껍질을 벗고 견과 속의 속살을 두 쪽으로 나누며 그 틈으로 연둣빛 뾰조록한 싹을 밀어 올리고 있는 모습에 놀라움을 금치 못하는 것이다. 곧 죽은 나무들이 죽음에서 끝나지 않고 다시 숲을 부활시키는 밑거름이 되는 것을 보며 희생의 진정한 의미를 깨닫게 되는 것이다. 그리고 봄이란 죽음을 견디고 그 위에서 새로이 탄생하는 것임을 역시 깨닫는다.

우리도 기억해야 할 것이다. "봄은 생각보다 빨리 엄습해 오리라는 것을. 아니, 우리의 생각과는 달리 이미 우리 곁에 와 있는지도 모른다는 것을. 따라서 지상에 가장 먼저 오는 푸른 가지를 회초리 삼아 깨워야 하는 것은 대지의 힘이 아니라 인간의 잠이라는 것을."

눈물로 이루는 치유의 한 마당

- 박완서의 「나의 가장 나종 지니인 것」

1. 박완서라는 이름

이청준 선생, 박경리 선생에 이어 박완서 선생까지 가시고 나니 또 한 분의 어른이 가셨구나 하는 마음에 한없이 쓸쓸하다.

박완서 선생을 처음 접한 것은 대학에 들어와서다. 대학생이 되어 이런 저런 자유의 맛을 음미하고 있던 나의 눈에 『문학사상』에 연재 중인 「도시의 흉년」이란 소설이 들어왔다.

내심 파격적인 일탈을 꿈꾸는 문학소녀였던 나에게 「도시의 흉년」은 재미있으면서도 매혹적이었다. 시골 아이가 처음 도시에 와서 맛본 사탕 같았다고나 할까? 그동안 금지되어 있던 달콤한 맛에 빠져 탐닉하게 되는……

남녀 쌍둥이는 상피 붙는다고 하며 손자는 귀해 하지만 손녀인

여주인공에게는 증오를 숨기지 않는 할머니, 그에 대한 강박으로 서둘러 순결을 버리고자 하는 주인공 남매, 전쟁 후 양공주 장사로 돈을 벌기 시작한 어머니와 왜소해진 아버지의 기이한 부부 관계 등 건강하지 않은 우리네 삶의 속살을 내밀하게 펼쳐 내고 있었다.

자신을 포함해 할머니와 엄마, 아버지, 이모, 오빠 등 가족들의 행위와 내면에 깃들어 있는 거짓과 위선을 속속들이 간파하는 주인공의 시선을 따라가다 보면 다양한 인간상과 관계들을 구경하게 되는 것이었다. 언니와 형부의 계산적인 관계, 아버지의 여자, 엄마의 외로움, 심지어 할머니의 성적인 상상력까지, 포장을 걷어 낸 인간의 속내는 추잡했고 그것을 직시하는 작가의 시선은 정확하고 예리했다.

그 후 박완서라는 이름은 내 가슴속에 묵직하게 닻을 드리우게 되었다.

2. 위안과 치유로서의 소설

그 뒤로 선생은 재미있으면서도 문제의식을 담은 이야기들을 끊임없이 세상에 내보냈다. 일흔이 넘어서도 필력이 쇠하지 않았고 세상을 뜨기 얼마 전 산문집을 출간할 정도였다.

대표작을 꼽으려 해도 열 손가락이 모자랄 정도로 많은 작품들이

독자와 평단의 사랑을 받았다. 「휘청거리는 오후」로 결혼에 관한 당시 세태를 형상화했고, 「살아 있는 날의 시작」을 필두로 「서 있는 여자」, 「그대 아직도 꿈꾸고 있는가」 등에서는 여성의 문제를 여성 중심적 시각에서 그려 내 여성 문학에 대한 논의를 전면에 부각시키기도 했다. 「닮은 방들」, 「지렁이 울음소리」, 「도둑맞은 가난」 등에서는 중산층의 획일성과 속물성을 보여주고, 「엄마의 말뚝」, 「그 많던 싱아는 누가 다 먹었을까」, 「그 산이 정말 거기 있었을까」 등에서는 자신의 체험을 바탕으로 고향을 떠나온 후의 삶과 행복했던 유년의 추억을 함께 버무려 냈다.

선생의 소설이 6·25 때 겪었던 억울함과 분노의 경험을 토해 내고자하는 욕구에서 시작되었다는 것은 이미 잘 알려져 있다. 그 때 입은 상처는 60년이 지난 현재도 여전히 진행형이다. 지난해 천안함 사태가 일어났을 때 선생은 6·25가 나던 해와 같은 경인년이라는 사실에 두려움을 느낀다.

 금년은 또 경인년이다. 나에게는 그냥 경인년이 아니라, 또 경인년이고 또 경인이기 때문에 내 생전에 또 전쟁을 겪게 될까 봐 두려운 것이다. 6·25가 난 해도 경인년이었으니 꽃다운 20세에 6·25전쟁을 겪고 어렵게 살아남아 그해가 환갑을 맞는 것까지 봤으니 내 나이가 새삼 징그럽다. 더 지겨운 건 육십 년이 지나도 여전히 아물 줄 모르고 도지는 내 안의 상처이다. 노구(老軀)지만 그 안의 상처는 아직도 청춘이다.
「못 가본 길이 더 아름답다」에서

60년이 지나도 아물 줄 모르고 도지는 상처를 안고 살아가는 삶은 도대체 어떤 것일까? 이에 대해 선생은 6·25 때 겪은 추위와 굶주림, 불안과 분노에 대한 기억이 너무도 생생해서 오히려 현실적이고 현재 누리고 있는 소비 사회의 온갖 풍요하고 현란한 현상들이 꿈만 같을 정도라고 고백한다. (「나는 다만 바퀴 없는 이들의 편이다」 중)

그래서 선생에게 소설은 억울함과 죄의식의 토로이며 위안의 도구이다. 오빠를 잃은 상처를 가슴에 묻고 "그들의 고통, 그들의 억울한 사정을 외치고 싶어서 가슴이 터질 것 같았"던 여자의 외침이며 "누가 들어주건 말건 외치지 못하면 억울한 죽음을 암매장한 것 같은 죄의식을 생전 못 벗어날 것 같았"던 여자의 처절한 몸부림이다. 그리고 소설을 쓰면서 쓰는 이와 읽는 이가 함께 누릴 수 있는 위안과 치유의 힘을 발견한다.

그러나 선생은 또다시 큰 아픔을 겪는다. 1988년 남편을 잃은 후 석 달 만에 또 외아들을 잃은 것이다. 남편을 잃고 극도의 무력감에 빠져 있다가 아들마저 잃고는 "제발 꿈이어라, 방을 헤매며 온몸을 벽에 부딪치는 난동도 부려 보았지만 악몽은 깨어나지지 않았다.", "슬픔보다 더 견딜 수 없는 건 수치심이었다.", "도대체 나에게 왜 이런 벌을 주셨나 항의도 해 보고, 나도 아들 곁으로 데려가 달라고 처절하게 기도도 해 보았다."라고 당시 심경을 밝히고 있다. (「석양을 등에 지고 그림자를 밟다」 중)

이 참척의 고통도 소설로 승화되어 나타나는데, '통곡 대신 미친 듯이 끄적거린' 것이 「한 말씀만 하소서」(1990년 8월부터 1년간 연재)이며 조금 더 시간이 지난 뒤에 「나의 가장 나중 지니인 것」(1993)을 발표한다. 「한 말씀만 하소서」가 자식을 잃은 어미의 슬픔과 세상에 대한 분노, 신을 향한 저주, 이를 감내하는 과정이 그대로 드러나 있는 일기라면, 「나의 가장 나중 지니인 것」에서는 1980년대 어두운 현실로 인해 아들을 잃은 어머니의 의식 변화를 그리고 있다.

3. 가장 나중 남은 것, 공감과 치유의 눈물

「나의 가장 나중 지니인 것」이란 제목은 김현승의 시 「눈물」의 한 구절을 따온 것이다.

> 더러는/옥토에 떨어지는 작은 생명이고저……
> 흠도 티도 금가지 않은/나의 전체는 오직 이뿐!
> 더욱 값진 것으로/드리라 하올 제,
> 나의 가장 나중 지니인 것도 오직 이뿐!
> 아름다운 나무의 꽃이 시듦을 보시고/열매를 맺게 하신 당신은,
> 나의 웃음을 만드신 후에/새로이 나의 눈물을 지어주시다.

프롤로그처럼 작품의 모두에 놓여 있는 이 시로 인해 이 소설이

눈물에 관한 이야기라는 것을 눈치챌 수 있다. 그렇다면 어떤 눈물일까?

80년대 깜깜했던 시대, 시위 중 쇠 파이프에 맞아 죽음을 맞은 대학생의 어머니가 주인공이다. 손위 동서와의 전화 통화 내용으로 이루어져 있어 이웃집 여자의 신세 한탄을 바로 옆에서 듣는 것처럼 생생하다. 아들의 죽음 앞에서 주인공이 느꼈을 억울함과 비통함은 말할 수 없이 절절했겠으나 이 작품에서는 죽음 이후 그녀가 겪는 의식의 변화에 더 중점을 둔다. 아들이 죽은 지 7년이 넘은 시점에서 그 엄청난 고통을 어떻게 견디며 살아왔는지, 그 과정에서 어떤 변화를 겪었는지를 보여주는 것이다. 그러면서 1980년대 어두웠던 사회 현실과 손위 동서, 친구와의 관계 등 중년 여성의 일상적 삶도 함께 녹여 낸다.

아들을 잃은 뒤 일어난 가장 큰 변화는 "그때까지 중요하게 생각해 온 것이 하나도 안 중요해지고, 하나도 안 중요하게 여겨 온 것이 중요해진 거"다. 곧 "전엔 남이 나를 어떻게 볼까가 중요했는데 이젠 내가 보고 느끼는 내가 더 중요"하며 "전엔 장만하는 게 중요했는데 이젠 버리는 게 더 중요"하게 된 것이다.

우리 삶에서 진정으로 중요한 것이 무엇인가 성찰하게 하는 이 변화는 존재를 인식하는 방식에도 변화를 가져온다.

전에는 형체가 있어 눈에 보이는 것만 중요한 줄 알았는데 그 후엔 아니었어요. 눈에 안 보이는 걸 온종일 쫓은 적도 있어요. 아녜요. 육체와 영혼의 문제가 아니라구요. 그건 나한테는 너무 거창해요. 장미꽃과 향기의 문제예요. 장미꽃은 저기 있는데 향기는 온 방 안에 있다. 향기는 도대체 어떤 모양으로 존재하는 걸까? 고작 그 정도예요.

"물건은 분명히 하난데 두 가지 방법으로 존재할 수도 있다."라는 사실은 행운목에 꽃이 펴 온 집 안이 향기로 가득 차 있는 것을 볼 때, 소꼬리를 끓이다가 태워서 버렸는데도 온 집 안에 고약한 냄새가 가득 남아 있을 때, 확인하게 된다. 마찬가지로 아들의 존재도 충만하게 느낄 수 있음을 고백한다. 외출에서 돌아와 집 안에 아무도 없으면 "창환아, 에미 왔다."라고 아들에게 말을 거는데, 그럴 때는 집 구석구석이 아들로 가득 차는 것을 느끼는 것이다. 이 순간만큼은 자신이 '그 애 안에 있다는 걸' 실감하게 되므로 눈에 보이지 않아도 존재를 감지할 수 있음을 감동적으로 보여 준다.

한편, 주인공이 아들의 죽음을 받아들이고 견디는 모습은 눈물겨우면서도 상당히 이성적이다.

처음에는 "그놈의 쇠 파이프가 눈이 멀어도 분수가 있지 앞장선 열렬한 투사들 다 제쳐 놓고 왜 하필 우리 창환이었을까." 하는 마음에 '미치게 억울'했으나 '죽음은 어차피 돌이킬 수 없는 운명'이라는 것을 받아들인다. 아들이 죽은 후 민가협 엄마들을 따라 민주 투사 공판에도 가고 시위 현장을 따라다닌 행동을 스스로 분석하고 있기도 하다. 죽음이란 '철저하게 개개의 것'이라는 사실이 무서워 '집단적인 열정 속으로' 휩쓸려 피하고자 했다는 것이다.

또 자신이 힘들어하는 것을 남에게 들키기 싫어 평정을 가장한다. 실상은 '무거운 수레를 끄는 것처럼' 고통스러운데도 '아무렇지도 않아' 보이도록 '눈물겨운 노력'을 해 온 것이다. 견딜 수 없을 정도에 이르면 은하계 주문을 외면서 울음을 자제했는데, 이처럼 '기를 쓰고' 꾸며 온 꿋꿋함이 일시에 무너지는 경우에 맞닥뜨리게 된다.

그것은 교통사고로 뇌와 척추를 다치고 하반신 마비에 치매까지 온 아들을 돌보고 있는 친구의 집에서 일어난다. 아들을 향해 "아이구 이 웬수, 저 놈의 대천지 웬수", "어서 처먹고 뒈져라" 말끝마다 욕을 달고 오랜 병구완으로 '파파 할머니'가 되어 있는 친구의 모습은 '지옥이 따로 없다는 생각'이 들 정도로 황폐하다.

그러나 친구는 '죽는 것보다 더 못한 꼴'을 숨기지 않고 있는 그대로 내보인다. 꿋꿋하게 잘 버티는 것처럼 보이기를 원하는 주인공과 달리, "내가 이 웬숫덩어리 때문에 제명에 못 죽어.", "아이고, 하느님, 전생에 무슨 죄가 많아 이 꼴을 보게 하십니까?" 말하고 싶은 대로 내뱉고 하고 싶은 대로 행동하는 것이다. 하지만 악담만 남은 듯한 거친 말투와 행동 이면에 '씩씩하고도 부드러운 자애'가 숨어 있으며 아무 의식 없이 흐리멍텅해보였던 환자의 눈 역시 '신뢰와 평안감의 극치'의 표현임을 깨닫게 된다.

잠시도 쉬지 않고 입을 놀리면서도 환자를 이리저리 굴리면서 마사지 해 주는 친구를 보며 주인공은 '볼 수 있고 만질 수 있고 느낄 수 있는 생명의 실체'가 부러워 울음이 복받친다. 은하계 주문도 막지 못해 터져 나오는 울음을 통해 그녀는 비로소 '기를 쓰고 꾸민 자신'으로부터 놓여난 것 같은 해방감을 느끼고 그 후로는 '울고 싶을 때 우는 낙으로' 살고 있다.

즉 '막혔던 울음'이 터지면서 '아무렇지도 않은 것처럼' 꾸며 왔던 지난 세월이 모두 함께 녹아 떠내려가게 된 것이다. 단단하게 뭉친 응어리를 녹이고 슬픔과 한을 흘려보냄으로써 모든 것을 정화시키는 눈물의 힘을 보여 주는 장면이라고 하겠다. 슬픔을 슬픔 그대로 받아들이게 하는 눈물의 힘은 늘 '절벽 같은 침묵과 잔뜩 꾸민 목소리'로 일관했던 형님도 움직이게 한다. 소설 끝에서 형님이 울고 있다는 것은 눈물로 이루는 공감과 치유의 장을 보여 주는 것이다.

※ 덧붙이기

선생이 가신 후 새삼 눈에 들어온 부분이 있다. 주인공이 집에 전화를 걸려고 하는데 순간 집 번호가 기억나지 않아 망연해하는 장면이다.

기억이 지워졌는데 어떻게 살아 있다고 할 수 있겠어요. 거리를 오고 가는 사람들이나 요상하게 춤추는 불빛들이나 다들 실재하는 것들이 아니라 내 눈에만 그렇게 보이는 환상이다 싶었어요. 건물이고 차들이고 형체는 지워지고 거기서 내뿜는 불빛만이 서로 얽히고설키는 게 마치 물체들의 혼령이 너울너울 자유롭게 교감하는 것 같더라구요. 마음이 편안하고도 슬펐어요. 세상을 하직하면서 한평생의 헛되고 헛됨을 돌아다보는 기분이 그런 거 아닐까요.

어디선가, 선생님이 편안하면서도 슬픈 마음으로 이 세상을 바라보고 있을 것만 같다.
선생님, 언제나 평안하시기를 빕니다.

겨울, 혹독하지만 아름다운

– 「그해 겨울」, 「삼포 가는 길」, 「아버지의 땅」에 나타난 겨울 이미지

1. 겨울의 이미지와 소설

겨울이다. 길가 나무들의 잎들이 하나둘 떨어져 헐벗은 가지들만 하늘을 향해 서 있다. 찬바람에 코트 깃을 올리며, 겨울이 성큼 다가온 것을 느낀다. 몸도 마음도 꽁꽁 얼어붙게 만드는 매서운 추위를 녹여줄 따스함이 더없이 그리운 계절이다.

이 황량한 겨울 풍경을 눈부시게 채색하는 것은 하얀 눈이다. 하얗게 온 천지를 덮은 눈 세계를 만날 때, 우리는 추위를 잠시 잊고 탄성을 터뜨리게 된다. 촉감은 차가운데 시각적으로 포근한 풍경 앞에서 동심으로 돌아가기도 한다.

그래서 겨울은 이중적 이미지로 다가온다. 찬바람과 추위는 분명

고통과 시련이지만, 주변 풍경을 하얗게 변화시키는 눈송이들은 아름답고 정결하다. 척박한 현실에서 잠시 벗어나 꿈의 세계로 넘어가는 문턱이 된다. 그리고 일정 기간을 견디면 봄이 돌아온다는 희망을 안고 있기에 겨울은 암담하지만은 않다. 또 작은 온기라도 나눌 수 있는 누군가 존재한다면 겨울이 춥기만 한 계절은 아닐 것이다.

이러한 겨울 이미지는 소설에서도 그대로 반영된다. 봄을 맞기 위한 인내의 시간, 시련과 고통을 상징하는 한편, 하얀 눈이 만드는 정화의 세계로 표현되기도 한다.

이문열의 「그해 겨울」은 한 젊은이의 겨울 여정을 통해 한 단계 성숙하기 위해 겪은 일들을 되짚어 서술한 이야기이며 황석영의 「삼포 가는 길」은 겨울날 집 없이 떠도는 자들의 힘겨운 현실을 그리고 있다. 임철우의 「아버지의 땅」은 탐스러운 눈송이들이 모든 것들을 하얗게 덮어주듯이, 이데올로기나 전쟁으로 인한 어두운 기억들을 지우고자 하는 소망을 담고 있다.

2. 젊은 날의 방황, 봄을 맞기 전의 겨울

"이제 그 겨울을 이야기할 수 있을 것 같다." "나이는 어느새 서른을 훌쩍 넘어 감정은 많은 여과를 거쳐야 하며 과장과 곡필로 이루어진 미문(美文)의 부끄러움도 알게 되었다."는 말로 시작하는 이 문열의 중편 「그해 겨울」(1979)은 서른이 넘은 화자가 10년 전 겨울을 회상하는 이야기이다.

젊은 '나'가 겪는 겨울은 성숙한 단계로 나아가기 위해 거쳐야 하는 입사(入社)의식이라 할 수 있다. 대학에 들어와 열렬한 사랑도 해 보고 이념과 문학에 빠져들기도 했으나, 21살 가을, 모든 것에 좌절을 느끼고 학교와 도시를 떠나기로 한다. '근거 없는 허무와 절망'으로 '불면의 밤'을 보내다가 시작하는 이 방랑은 다양한 경험을 통해 자신을 직시하게 되며 새로운 출발을 다짐하면서 끝이 난다.

여행의 초반 '나'의 모습은 '소년의 허영심' '소년적인 흥취'를 지니고 '피상적 좌절'과 '원인 모를 슬픔과 허탈'에 빠져 있는 것으로 묘사되고 있다. 그동안 이념과 문학에 몰두했고 이데아를 탐구했노라 자만했으나 그의 감정은 원인을 찾기 어려운 모호한 감상에 자주 빠지며 정신세계도 미숙한 소년의 단계에 머무르고 있음을 알 수 있다. 자신의 실제 모습이 폐병쟁이 사내에게 간파당하자 그전까지 유쾌했던 여행은 곧바로 '허망한 방황'으로 곤두박질친다.

또 언제든지 죽을 수 있는 약병을 지니고 다니지만 그의 머릿속의 죽음은 관념적 죽음일 뿐이다. "쓴 이 잔을 던져 버릴 것이냐 참고 마저 마실 것이냐"를 결정하기 위해서 바다를 향하는 모습은 비장함을 과장된 연기로 표현하는 연극배우를 떠올리게도 한다. 그래서 그의 여행은 치기와 자아도취, 과장된 절망과 허무 등이 조금씩 섞인 낭만적 구도자의 방랑이라고 할 수 있다.

그러나 그가 겪는 것들을 '터무니없고' 무의미하다고 단정 지을 수는 없다. '불가능한 줄 알면서도 내가 지새운 피로와 번민의 밤'은 젊은이에게 허용되는 특권이자 젊은이다움이라 할 수 있으며 새벽을 맞이하기 위해 헤맨 어둠은 진정한 성인으로 나아가기 위한 통과 의례의 한 과정임이 분명하기 때문이다.

특히 이 여정에서 만나는 폐병쟁이 사내, 친척 누나, 칼갈이 사내 등은 각기 다른 형태로 인생의 여러 단면들을 보여줌으로써 소년의 단계에 있는 그를 성숙하게 하는 역할을 한다. 폐병쟁이 사내는 구도자연(求道者然)하며 떠벌린 그의 지식이 엉터리임을 깨우쳐준다. 학문을 탐구했다고 여겼으나 단지 허명에 갈급했던 것임을 인식하게 되는 것이다. 친척 누나는 불행하게 끝난 사랑으로 얻게 된 깨달음을 들려준다. 곧 '절망이야말로 가장 순수하고 치열한 정열'이라는 사실을 말해주며 학교로 돌아가 '더 읽고 더 생각해' 보라고 충고한다.

칼갈이 사내는 젊은 날 도모했던 꿈이 배신자의 밀고로 와해되어 19년간의 감옥 생활을 복수의 일념으로 버텨온 자이다. 그러나 막상 배신자가 비참하게 살아가는 것을 목도하고는 증오를 잃어버린다. 결국 바다에 칼을 던짐으로써 오랫동안 붙잡고 있던 망집을 버리는데, 주인공 역시 가지고 다니던 약병을 던짐으로써 '감상'과 '익기도 전에 병든 지식'을 버린다. 이로써 6개월여의 여정을 끝내며 소년의 시기를 마감하는 것이다.

즉 이 작품은 보다 견고한 자아로 나아가기 위한 겨울 여행을 통해 자신을 둘러싸고 있는 알 껍질을 깨고 나오는 전형적인 통과 의례의 이야기를 담고 있다고 할 수 있다. 따라서 겨울을 지나고 난 그의 앞에는 '그 어느 때보다 화려하게 필 봄'이 놓여 있다.

3. 눈발 날리는 어두운 현실, 고해로서의 겨울길

영달은 어디로 갈 것인가 궁리해 보면서 잠깐 서 있었다. 새벽의 겨울 바람이 매섭게 불어왔다. 밝아오는 아침 햇빛 아래 헐벗은 들판이 드러났고, 곳곳에 얼어붙은 시냇물이나 웅덩이가 반사되어 빛을 냈다. 바람 소리가 먼데서부터 몰아쳐서 그가 서 있는 창공을 베면서 지나갔다. 가지만 남은 나무들이 수십여 그루씩 들판가에서 바람에 흔들렸다.

황석영의 단편 「삼포 가는 길」(1973)의 첫 장면이다.

'어디로 갈 것인가' 궁리하고 있는 영달의 모습은 갈 곳이 정해져 있지 않은 '길 위의 삶'을 선명하게 보여 준다. 겨울 새벽이라는 시간은 그의 처지를 보다 처연하게 만드는 역할을 한다.

집 없이 떠도는 자들에게 겨울은 잔혹한 계절이다. 공사판을 전전하며 살아가는 영달은 현장 사무소가 문을 닫자 새로운 일자리를 찾아 나선 참이다. 같은 공사장에서 일했던 정씨와 백화라는 작부가 더해져 세 사람이 함께 감천 기차역까지 가는 하루 동안의 여정이 이 작품의 줄거리이다.

이들이 걷는 길은 이들이 처해있는 현실의 축약이라고 할 수 있다. 곧 바람 불고 눈보라 치는 몇 십 리 길을 돈을 아끼느라 걸어가고 있으며, 허기가 지고 떨려도 따뜻하게 쉴 수 있는 공간이 없다. 잠시 폐가에 들어가 잔가지를 모아 불을 지피고 몸을 녹이는 짧은 시간이 허용될 뿐이다.

> 불을 지피자 오랫동안 말라 있던 나무가 노란 불꽃으로 타올랐다. 불길과 연기가 차츰 커졌다. 정씨마저도 불가로 다가앉아 젖은 신과 바짓가랑이를 불길 위에 갖다 대고 지그시 눈을 감았다. 불이 생기니까 세 사람 모두가 먼 곳에서 지금 막 집에 도착한 느낌이 들었고, 잠이 왔다. 영달이가 긴 나무를 무릎으로 꺾어 불 위에 얹고, 눈물을 흘려가며 입김을 불어 대는 모양을 백화는 이윽히 바라보고 있었다.

이 장면은 이 소설에서 유일하게 따뜻한 공간으로, 모닥불로 인한 열기 뿐 아니라 정신적으로도 교감이 이루어지는 지점이다. 서로 반감을 갖고 있던 영달과 백화 사이의 거리가 좁혀지는 것이다. 그러나 어둡기 전에 일어나야 하는 처지이므로 따뜻함을 오래 만끽할 수 없다. '먼 곳에서 지금 막 집에 도착한 느낌'이 들지만 이곳은 진짜 집이 아니라 가짜 집이므로 다시 찬바람 부는 길로 나서야 하는 것이다.

'말뚝'을 박고 정착하고 싶지만 '능력'이 없어 떠도는 영달, '재봉실이 나들나들하게 닳아' 빠진 속치마처럼 겨우 스물두 살이지만 이미 늙어 버린 백화, 고향에 가려고 했으나 고향이 변했다는 소식에 망연자실해지는 정씨. 뜨내기 생활을 청산하고 따뜻한 집과 고향에서 살고 싶은 이들의 소망은 이루어질 수 있을까?

작품의 후반부에서 정씨는 고향 섬이 육지가 되고 공사판으로 변했다는 소식을 듣는다. 정씨가 기억하는 삼포는 더 이상 현실에 존재하지 않는 것이다. "한 열 집 살까? 정말 아름다운 섬이오. 비옥한 땅은 남아 돌아가구, 고기두 얼마든지 잡을 수 있구 말이지." 이와 같이 정씨 머릿속에 각인된 삼포의 이미지는 유토피아이다. 공사판으로 변하지 않았더라도 현실에서 찾아볼 수 없는 곳이므로 정씨는 영원히 고향에 갈 수 없다. 남아 있는 고향은 자꾸 공사판으로 변해 가고 사람이 많아지니 '변고'가 일어나고 '하늘'을 잊어가고 있다.

마지막 문장에서 "기차가 눈발이 날리는 어두운 들판을 향해 달려" 가듯이 이들의 삶은 앞으로도 겨울의 추위를 벗어나기 어려우리라. 제목 '삼포 가는 길'이 내포하는 것처럼 이들은 늘 고향 '가는 길' 위에 있을 것이다.

4. 어둠을 정화하는 순백의 기원(祈願)

임철우의 「아버지의 땅」(1984)은 군 복무 중인 이 병장 '나'가 바라보는 부대 근처 마을 풍경으로 시작된다. 황량하기 그지없는 초겨울의 빈 들녘에 음산하게 꾸물거리는 까마귀들이 밭고랑을 뒤적이다가 인기척에 놀라 후다닥 날아오른다. "하늘 한 귀퉁이에 불길한 검은 얼룩을 만들며" 날아가는 까마귀 떼는 '넓은 날개깃을 펄럭일 때마다 무엇인가가 우리들의 머리 위로 우수수 떨어져 내릴 것만 같은 섬뜩한 불쾌감'을 준다. 까마귀의 날개가 '검은 헝겊 조각 같은' '검고 칙칙한 날개'로 묘사됨으로써 작품의 시작은 어둡고 불길한 죽음의 이미지로 가득하다.

이러한 음산함의 이면에는 주인공의 불행한 역사가 가로놓여 있다. 곧 주인공은 6 · 25 때 좌익 활동을 하다가 행방불명된 아버지를 가진 인물이다. 아버지가 죽은 줄로 알고 자라던 그는 중학생 무렵 아버지의 비밀을 알게 된다. 엄청난 충격을 받은 그는 그때부터 아버지의 무서운 환영을 떨치지 못하며 어두운 소년으로 자라난다.

'저주'처럼 그를 따라다니는 아버지의 환영은 '핏발 선 눈알을 번득이며 나를 쏘아보고 있는' 음산한 모습이다. 그 환영은 '저주와 공포의 낙인'으로 깊이 박혀 '엄청난 죄악감과 불길한 예감'으로 시달리게 만들므로, 그는 어머니가 아직도 아버지를 기다리며 생일상을 차리는 것을 이해하지 못하고 분노할 뿐이다.

이에 비해 어머니는 아버지를 죄인으로 여기지 않는다. 사상과는 상관없이 '눈매가 고운 분'이며 '마을에서 단 하나 뿐인 학생', '남들이 사람을 해치려는 걸 한사코 말리시려고' 한 자, '나직한 음성'의 자상한 남편일 뿐이다. 그래서 그가 아버지를 '깊숙한 상흔'으로 받아들이는 데 비해 어머니는 스물다섯 해가 넘도록 혼자서 몰래 불씨처럼 가슴속에 담고 있는 것이다.

그러나 그의 닫힌 마음은 훈련 중 발견한 유골을 수습하는 과정에서 조금씩 변화된다. 이 유골은 갈비뼈와 두 팔과 손목뼈를 철사줄로 묶인 채 묻혀 있어, 과거 6·25때의 희생자임을 암시하고 있다. 유골을 수습해 봉분을 만드는 동안, 그는 어쩔 수 없이 아버지를 떠올린다. 줄곧 음산한 모습의 환영으로 나타났던 아버지는 '퀭하니 열려 있는' 눈이 '잔뜩 겁에 질려 있는 채로' '가슴과 팔목에 철사 줄을 동여맨 채' 총살당하는 모습으로 떠오른다. 이 유골처럼 어느 밭고랑이나 산기슭에 무덤도 없이 묻혀 있을 생각에 이르러 그는 결국 눈시울을 적시게 되는 것이다.

전쟁은 이처럼 아버지를 비롯해 수많은 사람들을 죄인으로 만들고 죽음으로 몰고 갔으나, 어머니처럼 외피 속에 감추어진 본질을 바라볼 줄 아는 마음까지 변질시키진 못한다. 까마귀 떼가 퍼뜨리는 음산함과 불길함을 하염없이 쏟아지는 함박눈이 하얗게 지워버리는 것처럼 어머니의 기다림과 간절한 기원은 전쟁의 잔인함과 죽음의 음산함을 사랑으로 감싸 안을 수 있음을 보여 준다. 작품 도입부를 음산하게 물들였던 죽음의 이미지는 마지막 장면에서 굵고 탐스러운 눈송이들로 덮여 하얀빛으로 정화되는데, 이 하얀색은 '어머니가 새벽마다 샘물을 길어와 소반 위에 떠서 올려놓곤 하던 바로 그 사기대접의 눈부시도록 하얀 빛깔'인 것이다.

노력하지 않는 한, 서로를 이해하지 못한다

- 김연수의 「모두에게 복된 새해 - 레이먼드 카버에게」

1. 소통의 가능성

다른 사람을 이해할 수 있는가? 다른 자의 고통에 공감할 수 있는가?

생활은 윤택하고 편리해지는 데 비해 사람들 사이의 관계는 날로 각박해지는 우리 사회에서 지속적으로 제기되고 있는 물음이다. '소통과 화합'이 정치인들의 구호로 떠오를 정도로 소통 부재의 문제가 우리 사회의 현안이 된 지 오래이다. 효율성을 강조하고 경쟁을 부추기는 사회 분위기 속에서 타인의 상황이나 고통에 관심을 갖기는 어려워지므로 타자에 대한 상상력과 공감이 이 시대에 중요한 화두로 떠오를 수밖에 없는 것이다.

소설가 김연수에게도 소통은 중요하다. 김연수는 1993년 시를 발표하며 등단했으나 1994년 장편소설『가면을 가리키며 걷기』로 제3회 작가세계문학상을 수상한 이래 많은 소설들을 발표해 온 작가이다.『나는 유령 작가입니다』(2005)에서 그는 인간이 과연 타인을 이해하고 있는가에 대해 의혹을 품는다. "인간이라는 게 과연 이해받을 수 있는 존재일까"라고 물으면서 "다른 사람의 모든 것을 이해하려 든다는 것은 무모한 열정이었다."(「그건 새였을까, 네즈미」 중)라고 고백한다. 하지만『세계의 끝 여자 친구』(2009)에 이르면 '대부분 다른 사람들은 오해'하지만 '인간의 이런 한계를 발견할 때' 희망을 느낀다고 '작가의 말'에서 토로한다. 그래서 "우린 노력하지 않는 한, 서로를 이해하지 못한다. 이런 세상에 사랑이라는 게 존재한다. 따라서 누군가를 사랑하는 한, 우리는 노력해야만 한다"고 말한다.

곧 김연수는 다른 사람들의 삶과 고통을 이해하고 그들과 소통하는 것의 어려움에 대해 말하고자 한다. 누군가의 마음을 이해하고 소통이 이루어진다는 것은 신체적·정신적 고통을 경험한 이들이 비슷한 고통을 안고 있는 타인과 교감을 느끼는 것을 의미한다. '고통이란 자기를 둘러싼 이해의 껍질이 깨지는 일'(「산책하는 이들의 다섯 가지 즐거움」 중)이라고 할 때, 이 고통으로 인해 세계로부터 고립되지만 자신과 같은 처지에 있는 타인의 고통을 만나면서 그들과의 소통이 가능하게 됨을 소설로 그려 내는 것이다.

2. 모두에게 복된 일 - 교감과 소통

「모두에게 복된 새해」(이하 「모두에게」로 칭함)에는 '레이먼드 카버에게'라는 부제가 붙어 있다. 작품집 뒤에 실린 '작가의 말'을 보면 "다 쓰고 몇 달이 지난 뒤에야 그즈음 한창 번역하던 레이먼드 카버의 소설과 비슷하다는 사실을 알게 됐다."라고 하고 있다.

레이먼드 카버(1938~1988)는 미국의 유명한 단편 작가로 김연수가 번역한 작품은 단편집 『대성당』이다. 그중 표제작 「대성당」은 아내의 옛 친구의 방문이 달갑지 않은 남편을 화자로 하여 그가 느끼는 소외감과 선입견이 어떻게 해소되는지를 그린 작품이다. 그런데 문제는 방문자가 맹인이라는 사실이다. 가까이에서 맹인을 본 적도 없고 맹인은 영화에서 본 것이 전부인 화자는 이런저런 실수를 하게 되고, 그것을 아내는 못마땅하게 여긴다. 그러나 화자가 소외되어 있음을 감지한 맹인의 배려에 의해 화자의 불편함이 조금씩 풀어진다. 작가 스스로 자신의 이전 작품들과 "개념적으로나 작법 면에서 완전히 다르다"고 평가했던 작품으로(캐롤 스클레니카, 『레이먼드 카버 - 어느 작가의 생』), 화자와 맹인이 함께 대성당을 그리면서 따뜻한 교감이 이루어지는 마지막 장면은 감동적이다.

「모두에게」는 카버의 작품과 마찬가지로 아내의 친구가 방문하는 이야기이다. 아내의 친구가 맹인이 아니라 한국말이 서툰 인도인이라는 점이 다르다. 「대성당」이 화자에게 불편한 대상이었던 맹인이 후반에 가서 훌륭한 교감을 이루는 이야기라면 「모두에게」는 부부 각각의 외로움이 방문자와의 이야기를 통해 수면 위로 떠오르게 되는 이야기이다.

한 해의 마지막 날, 아내의 친구인 인도인이 피아노를 조율하기 위해 '나'의 집을 찾아오는 것으로 이야기는 시작한다. 아내는 아직 귀가하지 않았으므로 '나'는 이 낯선 방문객을 맞이해 이런저런 이야기를 나눈다. 단순해 보이는 이 이야기에는 모두 세 개의 관계가 얽혀 있다. 곧 '나'와 인도인, 인도인과 아내 혜진, 그리고 '나'와 아내의 관계가 그것이다.

먼저 '나'와 인도인의 관계는 원활하지 못하다. 사트비르 싱이라는 이름의 이 인도인은 평소에는 쓰지 않지만 명절이기 때문에 쓰고 왔다는 핑크빛 터번에 얼굴의 절반이 턱수염으로 뒤덮인 모습을 하고 있다. 그래서 '나'는 인도인이 찾아온다는 얘기를 미리 전해 들었음에도 막상 그를 보자 '당황스러'워한다.

지금껏 화자는 인도 사람을 만나 본 일이 없으며 '그렇게 턱수염이 덥수룩한 얼굴을 쳐다본 일도, 그렇게 땀으로 축축하게 젖은 손을 잡아 본 일도' 처음이다. 거기에 그의 한국어가 서투르기 때문에 둘 사이의 소통은 매끄럽지 못하다.

"이 피아노, 어떻게, 이렇게 왔습니다."
이 친구가 내게 말했다.

"이 피아노, 어떻게 이렇게 왔습니다."

내가 그 말을 그대로 따라했다. 그러자 이 친구는 잽싸게 "왔습니까"라고 말을 고쳤다. 저 피아노가 어떻게 우리 집까지 오게 됐는지는 나도 잘 모르겠다.

"외롭기 때문입니다."

"이 피아노 외롭습니다."

"아니, 그런 이야기가 아니라, 피아노가 아니라, 그렇다고 내가 아니라……"

우리가 외롭다는 말을 해야만 하는데, 그걸 설명할 방법이 없어 잠시 망설이는 사이, 이 친구는 피아노 의자에 앉아 건반을 하나 눌렀다.

이처럼 자신의 생각을 정확하게 전달할 수 없어 어려움을 겪는 과정이 둘 사이의 대화에서 드러난다. 단순한 대화는 이루어지지만 그들 부부의 외로움을 설명할 방법을 찾지 못해 고심하고, 인도인이 "혜진의 마음, 혼자입니다"라고 할 때 도무지 알아들을 수 없어 난감해하던 '나'는 인도인이 그린 그림을 보고서 비로소 그가 뜻하는 말을 이해하게 된다. 인도인이 아기일 때 숲 속에서 홀로 잠자고 있다가 깨어나 울고 있는데 코끼리가 곁에서 지켜주었다는 이야기를 그림을 그려가며 설명한 것이다. 그리고 혜진이 영어로 "Always I wanted a baby. I want to be the elephant like this. I am alone. I feel lonely."라고 말했음을 알려주자 비로소 '나'는 인도인이 말하고자 한 바를 깨닫는다. 곧 인도인과 '나' 사이의 소통이 이루어지면서 화자는 비로소 아내의 외로움을 이해하게 되는 것이다.

그리고 이 친구는 더 이상 말을 잇지 못했다. 'lonely'라는 게 무엇인 지는 알고 있지만, 다만 한국어로 어떻게 말하는 것인지 알지 못해서. 하지만 그게 무슨 상관이겠는가. 그게 무슨 상관이겠는가. 나는 가만히 우리가 흔히 볼 수 없는 숲과 잠에서 깬 아이와 사원의 기둥처럼 늠름 한 다리를 가진 코끼리를 바라보고 있다가 혼자 중얼거린다. 저는 외롭 습니다. 그게 아니라면, 저는 고독합니다. 그것도 아니라면 저는 쓸쓸합 니다. 그것도 아니라면 마치 눈 내리는 밤에 짖지 않는 개와 마찬가지 로 저는……

아내와 인도인과의 관계는 언어가 통하지 않는데도 이야기를 통 해 친구가 될 수 있음을 보여주는 경우이다. 아내가 시트바르 싱을 알게 된 것은 외국인 노동자를 위한 한국어 교실에서이다. 아직 한 국어가 서툰 인도인과 한국어 선생인 아내가 '말하자면 친구'인 사 이가 된 것은 '이야기를 통해서'이다. 다른 언어를 쓰는 두 사람이 이야기를 통해 친구가 되었다는 사실은 마음이 통해야 친구가 될 수 있음을 보여주는 것이다.

아내와 인도인의 교감은 서툰 언어 실력으로 '서로 마음에 있는 이야기를 나누지는 못'한다는 일반적 상식을 넘어서 있다. 진정한 교감은 언어에 의한 전달에서 오는 것이 아니라 서로의 마음을 이 해할 때, 자신의 이야기를 들어 주고 아픔을 공유해 줄 때라는 사실을 이 두 사람에게서 확인할 수 있다.

　　때로 아내와 얘기하다 보면 그 이야기를 알아듣든, 알아듣지 못하든, 아내는 그저 잠자코 자기 이야기를 들어줄 사람을 원하는 게 아닐까하는 생각이 들기도 했었으니까. 그렇게 지난 가을부터 이 친구로서는 하나도 알아들을 수 없는 이야기들, 예컨대 인생의 고비마다 느꼈던 절망이나 여전히 가지고 있는 꿈들, 그런 게 아니라면 하다못해 좋아하는 색깔과 감명 깊게 읽은 책 따위의 이야기를 쉬지 않고 중얼중얼 들려준 것인지도, 또 그런 걸 가리켜서 "말하자면 친구"사이라고 한 것인지도.

　즉, '나'는 아내에게 이야기를 들어 줄 사람이 필요하다는 것을 감지했음에도 그 이야기를 들어 줄 마음이 없었으므로 아내는 남편 대신 인도인에게 이야기를 한 것이다. 이 장면은 사용하는 언어가 다르더라도 이야기를 들어 준다는 것이 소통의 첫 번째 단계임을 웅변하고 있다. '그저 잠자코 자기 이야기를 들어 줄 사람을 원하는 게 아닐까하는 생각'이 들기는 했으나 들어 주지 못한 남편 대신 들어 주는 사람을 찾아 자신의 외로움과 힘든 마음을 드러낸 것이라고 할 수 있다.

　마지막으로 '나'와 아내의 관계는 동일한 언어를 사용하는 부부간임에도 대화가 사라진 사이임을 보여 준다. 그들에게 숨겨진 아픔은 아기에 관한 것이다. 10여 년 전 이 부부는 대출을 받으면서까지 홋카이도로 '이별 여행'을 떠났다고 했는데, 아마도 아기를 잃고

난 뒤 떠난 것으로 여겨진다. "힘든 건 마음이 힘든 거고, 고통은 몸이 고통스러운 거 아닐까?"라는 아내의 구분법으로 본다면 아기를 잃고 '힘든' 마음이 치유되지 않은 채 여전히 아픔으로 남아 있는데, 서로간의 마음을 이해하려는 노력이 보이지 않는다. 가령 '나'는 아내가 '말이 많은 사람'이며 '자기 이야기를 들어줄 사람'을 원한다는 것을 짐작하고 있지만 정작 자신이 아내의 말을 들어 주지 않는다는 사실을 인지하지 못하고 있다.

피아노와 관련된 에피소드는 서로의 마음을 이해하지 못하는 데서 오는 서운함을 노출시키는 장면이다. 아내가 어릴 때 체르니 40까지 피아노를 쳤다는 사실을 기억하고 있는 '나'는 낡은 피아노를 그냥 주겠다는 내용의 광고를 무가지에서 읽고 찾아간다. 병원에 누워 있는 노인은 자신에게 정말 소중하며 잊을 수 없는 추억이 담긴 피아노라며 가져가라고 한다. 이혼한 엄마를 따라 미국으로 이민 떠난 딸이 치던 피아노라는 것이다. 그런데 아내의 반응은 "아무런 쓸모도 없는 피아노라는, 그런 냉소적인 반응"이다. 심지어 자신이 이 피아노를 치는 일은 없을 것이라고 '선언'하기까지 한다. 화자로서는 아내의 반응을 이해할 수 없으며 이해하려고 노력하지 않는다. 단지 "아내는 내가 왜 저 피아노를 여기까지 가져와야만 했는지 이해했을까? 완전히 이해한 것이라면, 어떻게 내게 저건 아무런 쓸모도 없는 피아노라는, 그런 냉소적인 반응을 보였던 것일까?"라는 아쉬움을 느낄 뿐이다.

이러한 어긋남은 아내에 대한 섭섭함과 저녁마다 아내가 한국어를 가르치느라 집을 비울 때 홀로 남아 느끼는 외로움으로 남게 된다. 그래서 화자는 아내가 인도인과 친구가 되었다는 얘기에 "그래서 날더러 어쩌라고"라는 반응을 보인다. 아내 역시 이러한 남편의 반응에 "당신더러 어쩌라고 하는 소리가 아니라는 건 잘 알잖아, 그치?"라고 답한다. 결과적으로 두 부부 사이에 대화는 줄어들고 아내는 남편 대신 인도인과 이야기를 주고받게 된 것이다.

이처럼 소원해진 부부 사이는 아내의 외로움을 이해하면서 회복된다. 홀로 울고 있는 아기에게 코끼리가 나타나 보호해 주는 그림을 보며 아내가 아기를 원하는 마음과 외로움을 토로했음을 알게 되면서 화자 역시 자신의 외로움을 인지하는 동시에 아내의 외로움도 인식하게 되는 것이다.

3. 서로를 이해하기 위해

『세계의 끝 여자 친구』의 '작가의 말'에서 김연수는 다음과 같이 얘기한다.

나는 다른 사람을 이해한다는 일이 가능하다는 것에 회의적이다. 우리는 대부분 다른 사람들을 오해한다. 네 마음을 내가 알아, 라고 말해서는 안 된다. 그보다는 네가 하는 말의 뜻도 나는 모른다, 라고 말해야만 한다. 내가 희망을 느끼는 건 인간의 이런 한계를 발견할 때다. 우린 노력하지 않는 한, 서로를 이해하지 못한다.

곧 다른 사람을 이해하는 일이 쉽지 않으므로 노력해야 한다는 것이다. 또한 이처럼 '다른 사람을 위해 노력하는 행위'가 우리 인생을 살아 볼만한 값어치가 있는 것으로 만든다는 것이다. 작가는 「모두에게」에서 한국어가 서툰 인도인과 아내의 관계를 통해 상대방의 말을 들어 주고 아픔을 이해하는 것이 소통의 기본적인 단계임을 보여줌으로써, 상대방의 고통을 이해하고 공유하는 것이 얼마나 중요한가를 잘 그려내고 있다. 상대방의 고통을 이해하고 공유한다면 언어상의 문제, 언어 구사 능력 같은 것은 상관없다는 것을 감동적으로 형상화하고 있는 것이다.

서로를 이해하기 위한 마음들이 곳곳에서 꽃처럼 피어난다면 우리 삶은 살아 볼만하지 않겠는가.

당신이 잠든 밤에

- 이기호의 소설들

1. 당신이 잠든 밤에

지난여름, 맑은 날을 구경하기 힘들 정도로 비가 많이 왔다. 양동이로 쏟아붓는 것 같은 비에 도로가 침수되고 산이 무너져 아파트와 주택들을 덮쳤다.

안전한 지역에 사는 사람들은 텔레비전이나 신문을 통해 지난밤 사이 일어났던 재해의 현장을 본다. 뉴스를 보기 전엔 폭우가 잠잠해져 간간이 내리는 비를 바라보며 '뒤숭숭하던 간밤의 천둥소리를 단지 꿈으로만 치부'할 수도 있으리라.(「당신이 잠든 밤에」)

당신이 편안하게 잠든 밤에 어떤 이는 밀려오는 토사와 급류에 휩쓸려 가기도 하고, 어떤 이는 밤새 지하 방에 차오르는 물을 퍼내거나 무너진 집 앞에 망연히 서 있었을 수도 있다. 비단 폭우 때문이 아니라도 모든 이가 잠자고 있는 한밤에 깨어 있는 자들이 있다. 실연의 아픔에 꼬박 뜬눈으로 밤을 지새우는 자도 있을 것이고 시험을 앞두고 밤을 새워 공부하는 이, 돈을 벌기 위해 편의점이나 24시간 상점, 공장 등에서 일하는 사람도 있을 것이다.

소설가는 어떤 사람들을 상상할까?

1972년 생으로 1999년부터 작품 활동을 시작한 이기호는 '이렇다 할 기술도, 학력도, 연고도 없는 지방 상경 청년들'과 외로운 사람들의 이야기를 창조한다. 이른바 '스펙'이라고 불리는 수많은 조건을 갖춰도 취업이 어려운 요즘, 이런 청년들의 삶이 순조로울 리 없다는 것에는 누구나 쉽게 동의할 수 있으리라. 이기호가 들려주는 이야기는 우습기도 하면서 슬프다. 모두들 잠든 밤에 이 인물들이 깨어 있는 사연을 들어 보자.

2. 외로운 자들은 국기 게양대에 매달려 있다

「당신이 잠든 밤에」(2004)는 지방에서 올라와 고시원에서 근근이 살아가는 두 청년 시봉과 진만의 이야기이다. '이렇다 할 기술도, 학력도, 연고도 없는 지방 상경 청년들이 가장 만만하게' 할 수 있는 편의점 새벽 아르바이트를 하던 중, 몰래 눈을 붙이다가 점장한테 들켜 해고된다.

3개월 치 선불을 내고 들어간 고시원 생활이 사흘 후면 끝인 절박한 상황에서, 이들이 생각해 낸 것은 자해 공갈이다. 하지만 평소 '겁 많고 병약하기 그지없는' 이들이 자해 공갈을 계획하는 모습은 쓸쓸한 웃음을 자아낸다. 성공할 확률이 거의 없어 보이는 이 계획은 예상대로 실패하는데, 바로 그 실패 과정이 소설의 줄거리가 된다.

첫 장면은 비 내리는 여름밤 새벽 한 시, 방범 초소 옆에 쪼그리고 앉아 자동차를 기다리는 것에서 시작한다. "틀림없지?" "틀림없어." 서로 확인하는 모습에서 이들의 계획이 얼마나 무모하고 불확실한가를 역으로 느끼게 된다. 시간이 경과함에 따라 그들이 미처 생각하지 못한 '의외의 복병'이 다양한 형태로 찾아온다. 보안 업체 직원에게 불심 검문을 당하며, 자동차에 부딪치려고 달려가는 도중에 보도블록에 걸려 넘어지고, 도움을 청하는 소녀를 따라갔다가 깡패들에게 폭행을 당하기까지 한다.

자동차 범퍼 근처에도 가 보지 못했는데 이미 온몸이 멍투성이가 되자, 시봉은 "이왕 이렇게 된 거, 아예 더 망가뜨려 볼까?"라며 자신의 발목을 벽돌로 내리친다. 상당히 긴 지면을 할애해 묘사하고 있는 이 삽화는 이들이 겪고 있는 고통과 상관없이 흘러가는 세상을 대비시킨다. 곧 시봉은 복사뼈가 커다랗게 부어오르고 고통으로 신음하고 있지만, 사위는 '아무 일 없었다는 듯 고요'할 뿐이다.

시봉에 대한 연민이 고조되는 부분이지만, 작가는 엉뚱한 상상력으로 연민의 농도를 묽게 만든다.

"살 속에 물이 가득 담긴 것 같지 않아?" "……" "이렇게 온 몸이 다 부어오르면 어떻게 될까? 떡대가 정말 좋아 보이겠지……? 미쉐린 타이어 선전하는 놈처럼 말이야." "미친 놈……. 넌, 정말 이상한 새끼야……." "뭐가?" "남한테 불쌍한 모습 보여주고 싶어서 안달난 놈 같다고." 시봉은 말없이 진만을 바라보았다. 그리고 말했다. "그래야 한번이라도 더 나를 볼 거 아니야. ……말도 걸어오고 ……너도 처음엔 그래서 말을 걸어왔잖아……."

「당신이 잠든 밤에」에서

　불쌍하게 보임으로써 타인의 관심을 끈다는 시봉의 이야기는 내세울 것이 아무것도 없는 자의 아픔을 담고 있으면서 독특한 상상력으로 웃음을 유발하기도 한다. 또 '딱히 되돌아갈 곳'이 없는 처지임에도 세상에 대한 원망이나 비관을 찾아볼 수 없다는 점도 특징이다. 그 대신 자신처럼 상처를 지닌 자들을 '모르는 척'하지 않음으로써 '상처 위에 상처를 덧대면서 상처를 잊는 친구'가 되어 이 세상의 고달픔을 견디고 있다고 하겠다.

　두 번째 이야기 「국기 게양대 로맨스 - 당신이 잠든 밤에 2」(2006)에는 시봉보다 더 엉뚱한 인물이 등장한다. 바로 국기 게양대를 사랑하는 남자다.

　첫 이야기에서 자해 공갈에 실패한 시봉은 국기 게양대에 내걸린 국기를 떼다 파는 아르바이트를 시작한다. 그런데 국기를 떼려고 게양대에 올라간 어느 밤, 옆 게양대를 오르는 남자를 만난다. 잔뜩 긴장한 시봉에 비해 그는 시종일관 밝은 태도로 자신도 근처 고시원에서 살고 있으며 사실은 국기 게양대를 사랑하고 있음을 고백한다.

여기에 또 하나의 사내가 나타난다. 깡마르고 넥타이를 맨 30대 중반의 사내는 사라진 아내를 찾으러 다니는 중이다. 빚보증을 선 뒤 말을 할 수 없는 병에 걸린 아내가 유일하게 대화를 나눈 대상이 국기 게양대였는데, 그것을 못하게 막았더니 사라졌다는 것이다. 국기 게양대를 사랑하는 남자는 이 사내에게도 국기 게양대를 사랑하기를 권한다. "그렇게라도 외로움을 이겨 내셔야죠."라고 하면서. 곧 국기 게양대는 '외로운 사람들을 껴안아 주려고' 존재한다는 것이다. 달리 방법이 없는 넥타이 사내도 국기 게양대를 사랑해 보기로 마음먹는다.

그렇게 해서 온 동네가 '어둠 속에 괴괴히 잠들어 있는데' 세 남자가 '말없이 가만히' 국기 게양대에 매달려 있는 풍경은 처연하기 그지없다. 급기야 넥타이 사내가 울음을 터뜨리고 내내 울적하던 시봉 역시 눈물을 흘리지만 그 아래 세상은 이들의 아픔과 무관하다. 게양대 쪽은 쳐다보지도 않고 지나치는 신문 배달부, 성경책을 끼고 교회에 가는 노파, 새벽이 되어 가는데 '좀처럼 잠에서 깨어나지 않고' 있는 사람들은 오 미터 상공에 누군가 매달려 울고 있다는 사실을 알지 못하는 것이다.

시봉은 사실 국기를 떼러 올라간 것이었으므로 옆의 남자처럼 국기 게양대에 매달려 있을 필요가 없다. 그러나 왜 계속 매달려 있는지 스스로 알 수 없어 하면서 '왠지, 그냥 왠지, 미안한 마음이 들었다.'고 느낀다. 이는 옆의 남자가 "우리 같은 사람들은 그렇게 하면서라도 살아야죠."라며 만난 지 얼마 안 된 시봉에게 바로 '우리'라는 표현을 쓴 것처럼, 이들 사이에는 '당해 본 사람만 알 수 있는' 공감대가 형성되어 있다고 할 수 있다. 그러기에 넥타이 사내가 울음을 터뜨리자 같이 눈물을 흘리게 되는 것이다.

국기 게양대를 껴안고 있노라면 국기 게양대가 아닌 '다른 무엇'이 되는 것을 느낀다는 남자나 얘기할 대상이 없어 국기 게양대와 대화를 나누던 넥타이 사내의 아내, 아내를 잃고 괴로워하다가 국기 게양대를 사랑해 보기로 하는 넥타이 사내. 이들은 모두 고시원과 반지하 월세방에 살고 있다. 그리고 무엇보다 외로운 자들이다. 달리 마음을 붙일 데가 없어 국기 게양대에 의지해 외로움을 견디고 있는 이들의 이야기는 외로운 자들의 절박함을 인상적으로 전달하고 있다.

3. 갈팡질팡한 삶, 논리적으로 설명할 수 없는 소설

이런 이야기를 지어내는 작가는 무슨 생각으로 소설을 쓰는 걸까? 달리 말해 그의 소설관은 무엇일까?

「갈팡질팡하다가 내 이럴 줄 알았지」(2006) 도입부에 다음과 같은 소설관이 피력되어 있다. 화자인 '나'는 '근대 소설은 우연으로 시작해 필연으로 끝나는 장르'라고 학교에서 배웠으나 이 논리가 늘 버거웠다고 고백한다.

> 그러나 나는 그 논리가 버거워 종종 우연으로 소설을 끝내 버리곤 했다. 며칠 밤을 지새우며 내적 필연성으로 주인공을 몰고 가기 위해 용을 쓰다가 그만, 제풀에 지쳐 에라이, 뿡! 이쯤에서 주인공 자살(혹은 즉사)! 뭐 이런 식이 되었던 것이다. 그래서 나는 학부 시절 은사님들께 "자넨 기본기가 덜 된 친구구먼"이란 소릴 자주 들었고, 아울러 낙제에 가까운 학점까지 덤으로 받곤 했다. 다시 말해 논리박약, 의지부족.
> 그때마다 나는 좀 억울했다. 하지만요, 선생님. 세상 사는 게 언제나 필연적이진 않잖아요? 논리적으로 설명할 수 없는, 그런 게 더 많잖아요? 꼭 그런 소설들만 써야 한다는 법은 없잖아요?
>
> 「갈팡질팡하다가 내 이럴 줄 알았지」에서

즉 '나'는 느닷없이 찾아오는 우연 앞에서 '늘 갈팡질팡 헤매다가 겨우 간신히 그 우연들에서 벗어나곤' 했으므로 소설 역시 그러한 '갈팡질팡함'을 담을 수밖에 없었다고 말한다. 성공을 위해 부단히 노력한다거나 신념을 안고 살아간다거나 하는 것과는 대조적인 이야기가 만들어질 수밖에 없었다는 것이다. 그의 표현을 빌리면, "소설은 그 사람이 살아온 이력만큼 나온다고. 나는 에라이, 뿡! 만큼 살았으니, 에라이, 뿡! 같은 소설을 쓸 수밖에 없었던 것이다. 누가 뭐라 하더라도 그것이 나에겐 리얼리즘이었으니까."

그가 소설을 쓰게 된 계기도 특별한 것이 없다. 달리 할 일이 없어서, 혹은 우연히 쓰게 되었다고 함으로써 소설, 혹은 문학에 숭고한 의미를 부여해 온 독자들을 당혹스럽게 만들기도 한다. 가령, "작가라는 이름은 황홀한 빛이고 분열하는 어둠이고 빛과 어둠 사이의 그 모두였다."(박범신, 「그해 내린 눈 지금 어디에」)와 같은 비장한 토로와도 거리가 멀지만, 반대로 1990년대 신세대 작가들이 '유희적 글쓰기', '작가의 죽음'을 선언하던 것처럼 강한 어조로 새로운 소설을 주창하는 것도 아니다. 그저 기존 사회에서 중요한 가치로 여겨 온 것들을 가볍게 넘어가고 있을 뿐이다.

생활 때문에 소설 쓰기를 포기하는 소설가도 등장한다. 「수인(囚人)」(2005)의 주인공은 소설가로 등단했으나 그 이후 단 한 편의 소설도 완성하지 못한다. 생활비를 벌어야 했기 때문이다. 그러나 소설 대신 다른 사람의 자서전 대필을 하면서도 자조적이거나 비관적이지 않으며, 단지 돈벌이의 하나로서 글쓰기 노동에 성실하게 임하는 태도를 보인다. 곧 소설 쓰기는 숭고한 예술 작업이며 문학을 위해서라면 모든 것을 포기할 수 있다는 엄숙한 각오와는 거리가 있는 태도라고 할 수 있다.

그러나 이처럼 갈팡질팡하는 이야기를 쓰고 있다 할지라도 이 작가는 쉽게 소설을 포기하지 않는다. 생활비를 버느라 소설을 쓰지 못할 때 주인공에게 '작은 위로'가 되는 것은 4년 전에 출간된 자신의 소설이 아직도 대형 서점 구석에 꽂혀 있다는 사실이다. 소설이란 "전구나 라디오 같은 발명품 아니냐"는 심판관의 말에 수긍하지 않음으로써 주인공은 소설이 의미 없는 것이 아님을 웅변한다. 소설이란 팔리지 않더라도 계속 남아 존재하는 것이기 때문이다. '소설을 진짜 소설처럼 받아들이'고 있어 그런 사람을 찾아보기 어려운 이 시대에 '정말 재미난 사람'으로 간주되지만 그러거나 말거나 그는 묵묵히 제 갈 길을 간다.

이렇게 볼 때, 이기호의 소설은 소설의 사명을 진지하게 논하고 논리적으로 신념과 비전을 제시하는 것은 아니지만 소설이란 계속 존재하는 것이며 또 존재해야 함을 역설하는 이야기라 하겠다. 갈팡질팡한 우리의 삶과 모두들 잠든 사이에 벌어지는 사연들에 귀기울이면서. 그래서 그의 소설을 읽다 보면 웃음이 터져 나오기도 하지만 '그냥 왠지 미안한 마음'이 일어나기도 하는 것이다. 그리고 무엇보다 소설은 꼭 존재해야 하는 것임을 확인하게 되는 것이다.

마음을 두드리는 이야기

- 김중혁의 「무용지물박물관」

1. 시각이 지배하는 삶

위풍당당하게 솟아오른 고층 빌딩과 아파트, 현란한 영상으로 시선을 모으는 광고판, 화려한 쇼윈도, 수많은 사람들과 자동차……. 거리에서 쉽게 마주치는 풍경들이다. 걸어 다닐 때나 자동차 안에 있을 때라도 스마트폰으로 드라마든 뉴스든 원하는 것을 볼 수 있다.

더 선명하고 실감 나는 영상을 위해 끊임없이 기술을 개발한 덕에 우리는 실제보다 더 선명한 영상을 매일 접하고 있다. 탤런트 얼굴의 잔주름까지도 다 드러나는 고화질의 화면 앞에서, 기술 발달에 감탄을 하면서도 한편으론 "예전이 인간적이었지." 하는 생각을 하기도 한다. 미세한 부분까지 낱낱이 드러나는 선명한 영상 앞에서 우리는 주어진 화면을 그대로 받아들일 뿐, 달리 할 수 있는 일이 점점 줄어들고 있다. 시각 외의 지각 기능들이 축소되고 나만의 상상을 펼칠 여지가 줄고 있는 것이다.

이처럼 시각 이미지들이 우리 삶을 지배하고 있는 이 시대, 소리에 귀기울여 보자고 권하는 소설이 있다. 눈으로 볼 수 있는 것이 생각보다 적으며 가만히 귀 기울여 듣고 상상해 보는 것으로 더 잘 볼 수 있다고 말하는 소설, 눈을 감고 캄캄한 어둠 속에 놓일 때 상상력이 가동되므로 오히려 더 잘 볼 수 있다고 말하는 소설이다.

1971년생으로 2000년부터 작품 활동을 시작한 김중혁은 「무용지물 박물관」, 「에스키모, 여기가 끝이야」 와 같은 소설들을 통해, 현시대에 와서 낯설게 된 이전 삶의 방식을 불러낸다. 텔레비전을 보지 않고 라디오를 좋아하는 인물, 해안선 지도를 그릴 때 눈을 감고 파도 소리를 듣는다는 에스키모의 이야기를 통해 청각과 촉각, 상상력으로 이루어지는 삶을 보여 주고 있다. 이제 그 삶을 한번 들여다보자.

2. 마음을 두드리는 소리와 상상

「무용지물 박물관」의 화자 '나'는 '레스몰'이라는 디자인 사무실을 운영하는 디자이너이다. '레스몰'은 less와 small을 합한 글자로

'작은 디자인, 적은 디자인'을 지향한다는 것을 뜻하는 이름이다. 디자인이든 삶이든 '압축이야말로 지상 최대의 과제라는 신념'을 갖고 있는 '나'에게 어느날 한 남자가 라디오 디자인을 의뢰하러 온다. 얼굴의 3분의 2가 수염으로 덮여 있어 첫인상은 좋지 않았지만 목소리에 끌려서 '나'는 라디오 디자인을 맡기로 한다.

> 그의 목소리는 내가 들었던 그 어떤 목소리보다도 저음이었는데, 너무나 낮아서 목에다 어떤 장치를 한 것이 아닌지 의심스러울 정도였다. 그의 목소리는 사람의 귀를 통과하는 것이 아니라 발바닥으로 파고들어 귀에까지 이르는 것 같았다. 메이비의 목소리는 피처럼 온몸을 통과해 심장으로 전달된 후 마음의 밑바닥을 돌멩이로 톡톡 두드리고 있었다.

그의 목소리가 주는 위압감이 상당해서 '나'는 요약을 중시하는 평소 소신과 달리 온갖 이야기들을 펼쳐 놓는다. "너저분하게 자신의 생각을 나열하는 건 정말 비경제적인 짓입니다."라고 말하면서 말과는 다르게 압축되지 않은 이야기들을 계속 늘어놓게 된 것이다.

라디오 디자인을 완성하는 동안 나이가 비슷한 두 사람은 친구가 되는데, 인상이나 목소리 못지않게 독특한 메이비의 성향이 드러난다. 이는 곧 라디오를 믿고 좋아한다는 점이다. 메이비는 인터넷 라디오 방송국 프로듀서로 일하면서 시각장애인을 위한 인터넷 라디오에서 자원봉사로 디제이를 하고 있으므로 삶의 중심이 라디오라고 할 수 있다. 그의 집에는 텔레비전이 없어서 좋아하는 야구 경기도 라디오를 통해 듣는다. 그런데 텔레비전으로 본 자신보다 훨씬 생생하고 정확하게 설명하여 '나'를 놀라게 한다.

　　메이비의 설명을 듣고 있으니 그 경기를 보는 동안 무엇인가 놓친 것이 있다는 생각이 들었다. 그게 무엇인지는 알 수 없었지만 말이다. 내가 텔레비전으로 본 것은 어쩌면, 메이비가 라디오로 들은 소리들을 뒤늦게 영상으로 제작한 것일지도 모른다는, 정말 어처구니없는 생각까지 들었다. 메이비가 설명한 경기의 그 순간들이 정확히 기억나질 않았다. 그때 나는 무엇을 보고 있었던 걸까.

　메이비의 이야기에는 무엇이 있는 것일까? '나'가 2분 안에 끝낸 이야기를 20분 넘게 설명하는데도, 전혀 지루하지 않은 이유는 무엇일까? '야구장에서 불어오던 바람의 느낌, 긴장한 선수들의 몸동작, 파란 하늘 속으로 날아가는 하얀 야구공…….' 메이비가 묘사한 것들은 야구 경기의 승패를 중요하게 여기는 자에게는 '쓸모없는 것'이고 불필요한 것들일 것이다. 그러나 승패와 상관없이 경기 자체를 즐기고 그 순간의 느낌을 사랑하는 사람들에게는 중요하며, 따라서 듣는 자에게 그 마음이 고스란히 전해져 이야기는 생기 넘치고 실감날 수밖에 없는 것이다.
　메이비의 이야기가 갖는 또 다른 힘은 상상력이다. 그가 진행하는 라디오 '메이비의 무용지물 박물관'은 매회 하나의 사물을 정해 묘사해 주는 코너가 있다. 잠수함, 버스, 수도원, 공항, 캠코더 등 다양한 사물 혹은 공간들을 시각 외의 모든 것을 동원하여 설명해 준다. '나' 역시 시각장애인들처럼 눈을 감고 메이비의 목소리를 듣는다. 눈이 떠지려는 것을 억누르며 캄캄한 어둠 속에서 메이비가 설명하는 사물을 그려 보려고 노력한다. 설명을 들으며 상상하다 보면 그 사물들이 '움직이지 않는 무생물'이 아니라 '살아있는 동물' 같은 느낌을 받기까지 하는 것이다.

사진이나 동영상으로 봤을 때와 전혀 다른 느낌을 주는 이유는 상상에 의해 움직이기 때문이다. 눈으로 바라보는 세계보다 눈을 감고 상상력을 작동시킬 때 더 넓은 세계를 만날 수 있으며 눈으로 볼 수 있는 게 생각보다 적다고 말해 주는 메이비의 이야기를 들으면서, 우리의 오감을 일깨우는 것이 시각만이 아님을 새삼 확인하게 되는 것이다.

> 인간이 눈으로 볼 수 있는 색은 아주 적은 수에 불과하다고 합니다. 눈은 말이죠. 느낌을 단순화하려는 경향이 있어서 미묘한 색을 아주 단순하게 축소해서 본대요.

「에스키모, 여기가 끝이야」에서도 작가는 상상의 힘에 대해 이야기 한다. 에스키모들의 해안선 지도는 종이에 그린 평면적인 형태가 아니라 굴곡이 만져지는 나무로 된 입체적인 것이다. 이 지도를 만들 때 그들은 먼저 눈을 감고 해변에 부딪히는 파도 소리에 귀를 기울인다고 한다. 그리고 자신의 기억을 총동원하여 지도를 만드는데, 항공사진으로 제작한 지도와 거의 차이가 없을 정도로 정확하다는 것이다. 소리와 기억으로 지도를 만든 만큼 이 지도를 읽을 때 역시 상상력을 가동해야 한다. 곧 '눈으로 보는 지도'가 아니라 '상상하는 지도'인 것이다. '손가락을 나무 지도의 틈새에 넣은 다음 그 굴곡을 느껴야' 하며 그 다음에는 깜깜한 어둠 속에서 해안선의 굴곡을 상상해야 한다. 결국 '촉각과 상상력이 완벽하게 일치해야만' 길을 찾을 수 있는 것이다.

3. 상식과 일상을 넘어

순간의 느낌을 생생하게 살리고 상상력을 가동시키는 메이비의 묘사는 보르헤스의 소설 「틀뢴, 우크바르, 오르비스 떼르띠우스」의 한 부분을 떠올리게 한다. '틀뢴'이란 상상의 나라에 대한 이야기인데, 그곳의 언어에는 명사가 없고 형용사만 있다. 예를 들어 '달'이란 명사 대신 '어둡고 둥근 그 위의 투명한'이라고 하거나 '하늘 위의 옅은 색 오렌지 같은'이라고 표현한다. 즉 '달'에 대한 표현은 말하는 사람과 처한 상황에 따라 얼마든지 달라질 수 있는 것이다.

일상 언어가 사물이나 감정의 개별적 성격을 일반화시켜 지칭하는 것이라고 할 때, 어떤 순간의 미묘한 감정이나 체험을 표현하고

자 하는 것은 시적 언어라 할 수 있겠다. 형용사들로 이루어진 틀뢴의 언어나 야구장에 불어오는 바람, 하늘로 날아가는 야구공에 대한 묘사들은 그 순간 느끼는 구체적 정서를 살리는 언어이다. 중요한 사건들만 추려서 요약할 경우 간과하기 쉬운 이 요소들은 '너저분한' 것일 수 있으나 순간의 개별적 정서가 살아있어 교감이 가능한 풍요로운 이야기를 만들어 주는 것이다. 이것이 아마도 '나'가 놓친 것이며 메이비가 지닌 재주, 곧 '연금술사처럼 평범한 것들을 무엇인가 특별한 것으로 만드는 재주'일 것이다.

휘황한 광고판들과 다양한 영상들, 현란한 네온사인이 일상화된 도시에서 눈을 감고 상상의 날개를 펼쳐 보기는 쉽지 않은 일이다. 하지만 라디오를 믿고 사랑하는 메이비처럼 언제부터인가 뒷전으로 밀어 놓은 라디오를 꺼내 다시 귀를 기울여 보고 싶고, 가끔은 눈을 감고 머릿속에 떠오르는 생각들을 음미하고 싶은 마음이 싹트는 것을 느끼게 된다. 혹은 에스키모들처럼 촉각과 기억을 동원해 만들었다는 지도를 들고 길을 찾아보고 싶은 욕구가 일어나기도 하고…….

지금 잠시 눈을 감고 나만의 느낌을 음미하면서 무언가 마음을 울리는 그림을 상상해 보자. 메이비의 방송 사이트에서 페이지 가장 아래쪽에 있는 다음 구절을 기억하면서…….

"모든 것은 바로 눈앞에 있다. 우리는 손만 뻗으면 된다."

따뜻한 마음과 밥 한 그릇

- 하성란과 윤성희의 소설

1. 유용함을 추종하는 시대, 유용하지 않은 문학

고층 빌딩과 복잡한 도로를 누비는 자동차의 행렬, 컴퓨터를 비롯한 다양한 첨단 기계들, 쏟아져 나오는 신제품들. 오늘날 우리를 에워싸고 있는 풍경이다. 생활이 날로 편리해지는 가운데, 실용성을 중시하는 사고와 자본주의의 위세는 더욱 강력해지고 있다. 그런데 이 열매를 달콤하게 향유하는 자들이 있는가 하면 그 한구석에서 피폐하게 살아가는 자들이 존재한다.

다른 사람보다 뛰어나야 경쟁에서 살아남을 수 있는 현대사회 구도에서 어떤 방법을 써서라도 앞서 나가려는 자들은 성공의 문을 열 수 있겠지만, 홀로 우뚝 서기보다 함께 나누는 것을 더 사랑하는 자들은 경쟁에서 뒤지기 쉽다. 현실의 경쟁에서 밀려나는 이들은 문학작품에 등장해서 우리가 필요로 하는 것은 능력이 아니라 사람들 사이에 피어나는 정과 온기임을 웅변하고 있다.

1970년대, 김현은 문학의 효용성에 대해 지적하기를, "문학은 유용한 것이 아니기 때문에 인간을 억압하지 않는다."라고 했다. 문학을 함으로써 "배고픈 사람 하나 구하지 못하며, 물론 출세하지도, 큰돈을 벌지도 못한다. 그러나 그것은 바로 그러한 점 때문에 인간을 억압하지 않는다."라는 것이다(「문학은 무엇을 할 수 있는가」, 『문학과 지성』, 1975 겨울).

하성란과 윤성희의 소설은 이 시대 유용한 것들이 인간들을 억압하고 있는 정황을 따뜻한 시선으로 포착하여 나직한 목소리를 들려주고 있다. 1996년부터 작품 활동을 시작한 하성란은 '커팅이 잘된 다이아몬드처럼 반짝'이는 빌딩의 아름다움 뒤에 눈을 찌르는 날카로움이 숨어 있음을 예민하게 감지하며, 하성란보다 3년 뒤 등단한 윤성희는 공장 사장의 외아들로 회사를 물려받을 수 있는 위치에 있어도 "한 번도 행복한 적이 없었다"는 자의 외로움을 찬찬히 얘기한다.

그래서 이들의 소설을 읽으면서 우리는 세속사회에서 욕망과 무관하게 살아가는 인물들의 고독함에 가슴 한 구석이 싸해지고 그들이 내미는 손을 잡아주고 싶은 마음이 솟아나는 경험을 하게 된다. 결과적으로 문학이 존재해야 하는 이유를 다시 한 번 절감하게 되는 것이다.

2. "우주선 니어호는 3년간 20억 km를 날아가 에로스라는 소행성을 만난다."

산업화로 인해 믿음과 정이 사라져가는 현대사회의 삭막함은 1978년 이청준에 의해 '잔인한 도시'로 명명된 바 있다. 냉혹한 거래와 거짓 자유가 횡행하던 이 도시는 20여 년 후 하성란의 소설에서 화려해진 외양 이면에 비정함과 욕망을 숨긴 모습으로 등장한다.

1996년 첫 소설집인 『루빈의 술잔』과 1999년의 『옆집여자』에서 작가는 커다란 통유리로 이루어진 고급 자동차 전시장, 현란한 광고판, 햇빛에 빛나는 유리 건물, 밤이면 현란한 불빛으로 번쩍거리는 쇼윈도 들을 통해 고도성장으로 빚어진 우리 사회를 묘사하고 있다. 그런데 이들 화려함 뒤에는 토사물로 얼룩진 골목길, 춥고 어두운 응달, 통증과 폭력 등이 숨어있다. 광고판에는 금발 미녀가 유혹적 포즈로 그려져 있지만, 그 뒤는 "각목들이 양 철판에 가로세로로 어지럽게 붙어있고 녹슨 대못들이 툭툭 불거져 있"고 '원산폭격'과 '구타'가 행해지는 음산한 곳이다. 쇼윈도에 진열된 화사한 봄옷에는 그 옷이 만들어지기까지 시침핀에 찔려가며 옷을 입어보는 피팅모델의 아픔이 숨어있으며, 위풍당당한 고층빌딩은 그림자로 인해 체감온도가 훨씬 낮은 음지를 만들고 있다.

이러한 도시를 배경으로 힘겹게 살아가는 자들이 하성란 소설의 주인공들이다. 이들은 성실하지만 출세와는 거리가 멀다. 실용적인 일이나 실적 올리는 데 관심 없고 '쓸 데 없는 데' 신경을 쓰기 때문이다.

> 남편은 은행원입니다. 일원짜리 하나도 실수 없이 계산해야 하는 은행원들에게 내 말이 통할 리 없었습니다. 세탁기와 이야기하는 중이었다고 솔직하게 말했다간 내 머릿속을 의심받았을 거예요. 남편 말에 의하면 내 머릿속은 공상으로 가득 차 있대요. 그래서 늘 땅에 발을 딛지 못하고 허공에 떠 있다는 겁니다. 남편은 유령 같은 내게 불만이 많아요.
> 「옆집 여자」에서

남편과 마찬가지로 은행원이었지만 '뛰어난 은행원'은 아니었던 화자는 '무조건' 사람을 잘 믿고 "음악을 듣고서 우유 생산이 곱절로 늘었다는 젖소 이야기나 거대한 숲의 바닥에 사는 식물들이 햇빛을 받기 위해 얼마나 많은 노력을 기울이는지"와 같은 이야기를 좋아한다. 집안 사물에 이름을 붙이고 말을 걸기도 하는 그녀는 실리적인 남편으로부터 '한심하다'는 핀잔을 듣고 '정신 나간 사람'으로까지 취급당한다.

실용적 가치를 옹호하는 자들로부터 밀려나는 이들이 힘겨워하는 것은 물질적 궁핍이 아니라 냉혹하고 비인간적인 상황이다. 만원 버스의 난폭한 운전, 중량 초과를 알리는 엘리베이터의 녹음된 목소리, 마네킹으로 착각해 디자이너들이 찌르는 시침핀, 피서지에서 익사 사고를 목격하고도 "먹을 건 먹어야지." 하는 무심함, 실적을 위해서라면 뭐든 할 수 있다는 태도, '근무하는 사람들이 아닌 진열된 자동차 위주로 꾸며'진 사무실, 사장의 '하얀 와이셔츠와 구김 없는 양복' 등, 완벽하지만 차갑고 비정한 상황에 거부감을 느끼는 것이다.

이들은 출세욕뿐 아니라 식욕이나 소비 욕구와 같은 욕망에서도 자유롭다. 얼핏 보헤미안의 삶을 연상시키기도 하는데, 우리 소설의 새로운 인물 유형이라 할 만하다. 자신이 놓여있는 현실을 큰 저항 없이 받아들이되 무욕적인 삶의 방식을 바꾸지 않으며, 이른바 주류의 삶을 영위하지 못하는 데서 오는 좌절이나 불안을 찾아볼 수 없다.

최소한으로 먹고 자꾸 살이 빠지며 더 나아가 기억까지 잃어버리는 것은 머리와 몸 안에 무언가를 채우기를 거부하는 행위로 이해할 수 있다. 이로써 욕망으로 가득한 이 시대, 수많은 물건들로 넘쳐나는데도 더 채우고자 혈안이 된 이 시대에 묵묵히 저항하는 것이다. 소비가 미덕인 자본주의사회에서 욕망 없고 소비하지 않는 이들이 어쩌면 가장 강력한 이단아라고 할 수 있겠다.

적절한 욕망이란 활기찬 삶을 가능하게 하는 동인이지만 지나친 욕망은 화를 부른다. 알랭 드 보통이 말했듯이, 욕망이 실현되지 않을 때 일어나는 불안이 현대인의 문제라고 할 때, 이들은 욕망이 없으므로 불안하지 않다. 단지 외로울 뿐이다. 이 외로움은 자신의 삶의 방식을 이해하고 같이 나눌 수 있는 정신적 쌍둥이가 부재하는 데서 온다. 그래서 이들이 꿈꾸는 것은 '이야기할 상대' 그리고 '사람 냄새'가 나고 '웃음'을 주고받을 수 있는 관계이다. 「지구와 가까운 소행성과의 랑데부」의 여자는 외로운 심경을 나뭇잎에 써서 날려보낸다. 121개의 나뭇잎을 날려도 응답이 없어 포기하는 순간, 건너편 건물의 남자를 본다. 곧 우주선 니어호가 3년간 20억 Km를 날아가 에로스라는 소행성을 만나게 되는 것처럼, 오랜 시간이 걸릴지라도 소통을 향한 희망이 꽃필 수 있다는 믿음을 보여주고 있다.

3. "배부름이 외로움을 줄일 수 있다"

2004년 묶어낸 윤성희의 소설집 『거기, 당신?』은 여러모로 하성란의 소설과 닮았다. 먼저 도시의 외로운 남녀들이 등장한다는 점, 이를 절제된 문장으로 묘사하고 있는 점, 인물의 감정 표출이 드물고 겉으로 드러난 행위를 위주로 표현하는 점, 인물의 이름이 없이 여자와 남자로 칭하거나 W, P, Q 등 익명으로 불리는 것 등을 열거할 수 있다. 또 음식 모형 만드는 여자, 시청 공원 녹지과에서 일하다가 공원에서 자전거 대여점을 하는 남자, 도서관 사서, 작은 분식집 주인 여자, 존재감이 없어 자꾸 부딪히는 여자 등 평범한 보통 사람들이 등장한다는 점도 비슷하다.

하성란의 인물이 실리적 인물들에게 무시당하거나 밀려나기도 하는 데 비해, 윤성희의 인물은 자신과 비슷한 자들을 만나 교감을 나눈다. 함께 음식을 먹기도 하고 놀기도 하며 사업도 구상한다. 화분 기르기나 나뭇잎에 편지를 써서 날리는 것으로 외로움을 견디고 있는 하성란의 인물들에 비해 행복한 편이라고 할 수 있다.

외로운 이들에게 음식을 나누는 행위는 매우 중요하다. 하성란 소설의 경우, 식욕이 없기 때문에 음식을 먹는 일이 드문 만큼 더욱 특별하다. 마음이 통한다는 증거이기 때문이다. 곧 하성란 소설에서는 마음이 통해야 함께 음식을 먹는 데 비해, 윤성희 소설에서는 "배부름이 외로움을 줄일 수 있다"고 생각하고, "배가 부르다고 생각하니 쓸쓸하다는 생각은 조금씩 멀어"지는 것을 알고 있으므로 먹는 행위가 먼저 나타난다.

Q는 사이다를 마시고는 트림을 했다. 다른 사람 앞에서 트림을 해본 적이 없다고 내가 말하자 Q는 마시던 사이다를 주면서 말했다. 마셔요. 그리고 한번 해보세요. 나는 사이다를 남김없이 마시고 아주 길게 트림을 했다. 앞자리에 앉은 남자가 뒤돌아보았다. 시원했다. 나는 Q와 친구가 되었다.

「유턴지점에 보물지도를 묻다」에서

식당여자가 수제비를 그녀 앞에 내려놓았다. 수제비는 커다란 냉면 그릇에 국물이 넘칠 정도로 가득 담겨 있었다. 그녀는 고개를 숙이고 수제비를 먹기 시작했다. 따뜻한 국물이 몸속으로 퍼져나갔다. "며칠은

굶은 사람 같아요." 고개를 숙이고 수제비를 먹는 그녀에게 식당여자가
말했다.

「봉자네 분식집」에서

첫 예문은 서울 부산 간 기차 안에서 처음 만나는 두 사람이 친
구가 되는 장면이다. 사이다를 마신 후 다른 사람 눈치 안 보며 트
림을 시원하게 함으로써 공감대가 형성되고 친구가 된다. 둘째 예
문은 마음을 주고받던 P의 실종으로 불안한 '그녀'가 우연히 들어간
식당에서 따뜻한 음식으로 원기를 찾고 식당 주인과의 인연이 시작
되는 부분이다. 이 외에도 함께 음식을 나누고 배부르게 먹는 장면
들이 많이 나타나는데, 모두 외로움을 감소시키는 역할을 한다.

이들이 친구가 되는 공간은 기차 안, 작은 식당, 찜질방, 작은 도
서관 등 다양한데, 그중 찜질방은 친구를 만날 뿐 아니라 생활에
필요한 모든 것을 갖춘 주요 공간으로 등장한다.

나는 찜질방에서 지냈다. 한 달 치 목욕비를 한꺼번에 끊으면 20퍼
센트를 할인해주었다. 매일매일 목욕을 했더니 잠이 잘 왔다. 개인 사
물함에 들어가지 못하는 물건들을 보면 아예 욕심이 생기질 않았다. 최
신식 가전제품을 보아도 마음이 흔들리지 않았고, 예쁜 옷을 보아도 사
고 싶다는 생각이 들지 않았다.

「유턴지점에 보물지도를 묻다」에서

먹고 자고 씻고 친구도 만나고 게임도 할 수 있어 살아가는 데
전혀 지장 없는 이 공간은 사치품이 필요 없으므로 소비를 부추기
는 삶과 반대 지점에 놓인다. 게임을 해서 돈을 가장 많이 딴 사람
이 미역국을 사고, 먹고 나서는 '늘어지게' 잠을 자고, '밖의 날씨가
어떤지' 상관없는 이들의 삶은 어디에도 매이지 않은 자유의 향기
를 풍기고 있다.

이들을 힘겹게 만드는 것은 이해받지 못하는 것과 외로움이다.
대체로 어릴 때 부모가 떠났거나 소통 부재(「거기 당신?」), 어린 딸의
죽음과 아버지의 강요(「봉자네 분식집」), 이기적 가족(「누군가 문을 두드리
다」)들로 인한 상처들로 나타난다. 하지만 자신의 말을 믿어주는 사
람 앞에서는 침묵으로 닫혔던 입술이 열리고 웃음소리와 노래가 흘
러나오게 된다. 특히 그 사이에 음식이 놓이면 따뜻한 기운이 가득
해진다.

> 그의 허리를 꽉 잡고, 그녀는 어머니 뱃속에 있었던 여덟 달 동안 얼
> 마나 외로웠는지에 대해 이야기해주었다. 그녀는 가만히 그의 등에 귀
> 를 대보았다. 난 당신의 말을 믿어요. 그의 몸 속에서 그런 말들이 들려
> 왔다.
>
> 「거기, 당신?」에서

> 그녀는 카운터에 앉아 밥을 먹고 있는 사람들의 뒷모습을 바라보았
> 다. 구부정한 등들은 그녀에게 다양한 이야기를 해주었다. 밥을 먹는

동안은 많은 것들이 잊혀졌다. 부엌에서 봉자엄마가 노래를 불렀다. 음정이 하나도 맞지 않았다. 그 노랫소리가 익숙한 단골손님들은 밥을 먹으면서 속으로 노래를 따라 불렀다.

「봉자네 분식집」에서

'세상에 내 편이 하나도 없다는 것'을 느끼며 살아온 「거기, 당신?」의 그에게 그녀가 다가왔을 때, 웃음과 따뜻한 온기가 이들 사이에 가득해진다. 별거 아닌 말을 하면서도 웃고("두 가게가 헷갈려서 버스에서 잘 못 내릴 때도 있었어요. 하하…….") 그녀가 성냥 모형을 건넸을 때도 웃는다("어! 고마워요, 하하. 정말 마음에 들어요"). 고독한 이들이 함께 자전거를 타고 달리는 끝 장면은 행복함이 온몸 가득 천천히 차오르는 느낌을 준다.

둘째 예문 역시 상실감이 컸던 두 인물이 함께 하여 행복을 느끼는 장면이다. 어린 딸을 잃고 아무렇게나 살아가던 봉자 엄마, 그리고 마음을 나누던 P의 죽음으로 상실감이 큰 화자가 함께 식당을 하면서 "많은 것들이 잊혀"지고 노래를 부르게 되는 것을 보여준다. 밥을 먹는 사람들과 음식 만드는 사람, 그들을 바라보는 그녀 모두 따뜻한 밥 한 그릇처럼 정겨운 이 장면은 밥이 주는 힘을 잘 보여준다.

4. 세속 도시의 이단아들

하성란과 윤성희의 인물들은 공상을 좋아하며 바람 따라 길을 떠나는 인물로 전형적인 몽상가들이며 보헤미안들이다. 한편으로 따뜻한 마음을 지니고 있어 타인의 아픔을 헤아릴 줄 알고 성실하다. 그러나 실적을 중시하는 현대사회에서 이들은 무능한 사원 또는 '정신 나간 사람'으로 취급당한다. 이야기할 사람이 없어 세탁기나 뒤집개 같은 사물에 이름을 붙여주고 말을 건네는 이들은 자신을 이해하고 마음을 나눌 수 있는 상대를 간절히 원한다. 시간이 오래 걸리더라도 소통을 향한 희망을 놓지 않으며 음식을 나누면서 친해진 자들과 함께 식당을 열기도 한다.

어떤 방식으로 살아가든 세속적 욕망에 초연함으로써 지배적 이데올로기와 무관하게 살아가는 이들은 소비를 부추기는 이 사회의 이단아들이라고 할 수 있다. 세속 도시에 마음을 붙이지 못하고 가벼운 몸으로 말없이 떠도는 이들의 모습을 상상할 수 있는데, 이들을 지상에 단단히 발 붙이게 하는 것은 아마도 따뜻한 말과 밥 한 그릇일 것이다.

'창백한' 청춘들의 '도도한' 이야기

- 김애란의 소설들

1. 청춘의 현주소 - 창백한 청춘들

청춘!

발음하는 순간 푸른 물이 톡 터지는 듯한 단어. 풋풋한 싱그러움이 느껴진다. 신록을 연상시키는 젊은 육체, 꿈을 이루기 위한 땀방울, 두려움 없이 도전하는 정신, 안이함을 거부하는 모험심, 패기와 열정, 사랑과 낭만을 꿈꾸며 불의를 용납하지 못하는 가슴 ⋯⋯. 예로부터 많은 작가들이 현란한 수식어를 동원하여 청춘의 아름다움을 예찬해 왔다. 그러나 한편으로 청춘은 이상이 높고 순수한 만큼 고뇌와 좌절로 점철되는 시기이기도 하다.

2010년을 반년 앞두고 있는 시점에 20대를 관통하고 있는 우리

사회의 청춘들은 어떠할까? 젊은 시절 전쟁과 가난의 기억을 지니고 있는 5,60대나 권위주의 독재 권력의 억압을 경험했던 4,50대에 비한다면 요즘 젊은이들은 부족함을 모르고 자란 행복한 세대라 할 수 있겠다. 그러나 근래 대학을 졸업해도 취직하기가 어려운 현실에 직면하여 많은 청년들이 청년 실업과 비정규직 양산에 불안해하고 있다.

그렇다면 이들의 이야기는 소설 속에서 어떻게 그려지고 있을까? 2000년대 주목받는 젊은 작가 중의 하나인 김애란은 요즘 젊은이들의 팍팍한 삶을 고스란히 담아 보여 준다. 소설 「자오선을 지나갈 때」(2005), 「성탄특선」(2006), 「도도한 생활」(2007) 등은 재수생에서부터 대학생, 뒤늦게 적성을 찾아 편입을 준비하는 자, 대학 졸업 후 취업 준비하는 자, 공무원 시험을 준비하는 자 등 아직 '계급'과 '제도'에 소속되지 못한 젊은이들의 현주소를 찬찬히 그려낸 수작들이다.

이 소설들에는 빠듯한 돈으로 재수하느라, 사립대 등록금을 감당하느라, 몇 년째 공무원 시험과 임용 고사를 준비하느라, '얼굴이 전부 노랗고', '시뻘게진 눈으로 밤을 새우고', '스트레스 때문에 한 달째 똥을 못 눠' 얼굴이 까맣고, 피로 때문에 '발뒤꿈치가 바작바작 갈라져' 있으며 아르바이트를 뛰느라 '저녁을 굶기 일쑤'이고 '새까매진 얼굴'로 동생 집에 찾아와 '고꾸라져 사정없이 자는' 젊은 여성들이 등장한다. 이들은 화장이나 치장과 거리가 먼 채로 '꽃 같은

20대'를 삭막하게 보내고 있다. '젊었지만 허약한 청춘'들의 표상인 것이다.

「자오선을 지나갈 때」에서 작가는 소수의 승자만이 모든 것을 갖는 시스템 아래에서 고군분투하지만 제도권에 진입하는 것이 어려운 일임을 깨닫는 인물들을 통해 '잘사는 집'과 '돈'이 가장 중요한 덕목이 된 '차가운 자본주의' 사회를 그려낸다. 대입이나 취업에 실패하는 까닭이 단지 개인의 능력 부족이나 태만 때문만은 아니라는 사실을 암시하면서 이들을 벼랑 끝으로 모는 것은 무엇일까를 천착하는 것이다. 4.0이 넘는 성적과 토익점수 900점 이상, '원만한 성격' 정도의 이력으로는 취업의 문을 열 수 없다는 이 땅의 엄혹한 현실을 통해서 이들에게 부족한 것은 '돈으로 만드는' '콘텐츠'임을 드러낸다.

즉 주인공이 쌓은 이력은 '아무나' 할 수 있는 것으로 특별한 '콘텐츠'가 없는 것이다. 콘텐츠는 어떻게 만드냐는 주인공의 질문에 선배는 단도직입적으로 말한다. "어떻게 만들긴, 돈으로 만들지." 그래서 '잘사는 집 애들'이 아니라면 공무원 시험이 최선이라고 인생선배들은 조언한다. 왜냐하면 "이게 뭐 얼굴을 보냐, 그렇다고 아버지 직업을 보냐. 손가락 열 개 달렸음 되고, 그냥 열심히 해서 답만 맞히면 되"기 때문이다.

승자가 되는 데 유리한, '인생 자체가 잘 씌어' 있는 자와 그렇지 못한 '나'와의 차이는 자기소개서에서부터 확연하게 드러난다.

한번은 인터넷을 뒤져 대기업 인사과장이 올려놓은 모범 답안을 정독했다. "서류는 일단 자기소개서를 잘 써야 한다"며 시작되는 글이었다. 그런데 모범 답안 작성자는 자기소개서를 잘 쓴 게 아니라 인생 자체가 잘 씌어 있었다. 만일 내가 IT회사에 서류를 낸다면 - 아마 포털 사이트에 대한 관심으로 자기소개서를 채울 것이다. 하지만 그는 "어려서부터 아버지가 사다준 애플 컴퓨터를 분해하며 노는 것이 참 즐거웠습니다."라고 쓸 것이다. 그는 취미도 '승마'였다. 나는 '독서'라고 쓰는 것이 왠지 부끄러워 보편적이면서도 무난한 '영화 감상'이라고 썼다.

「자오선을 지나갈 때」에서

　어떤 노력도 '인생 자체가 잘 씌어' 있는 것에 미치지 못한다는 씁쓸한 인식은 7년이 지난 후에도 나아진 게 없다는 사실을 발견할 때 더욱 강화된다.

　재수생 시절 노량진의 4인용 독서실에서 '연필처럼' 끼어 자며 공부를 했고 대학생이 되어서는 등록금을 감당하기 위해 내내 보습 학원에 나가 돈을 벌고 졸업 후엔 서른 번째 취업 낙방을 한 스물여섯의 '나'는 노량진을 지나면서 묻는다. 1999년 '지나가는 곳'이라 믿었던 노량진을 7년이 지난 지금도 왜 여전히 '지나가고 있는 중'일까? 하고.

　하지만 그에 대한 대답은 없다. 지하철은 '여전히 그리고 묵묵히' 달려갈 뿐이다.

2. '사람답게' 사는 삶, '남들처럼' 사는 삶

이들이 바라는 것은 무엇일까? 취직이 되어 제도권에 진입하는
것? 또는 계급 상승?

「성탄특선」의 인물들이 소망하는 것은 추상적이긴 하나 간결하
다. '사람답게' 사는 것이다. 다르게 표현하자면 '좀 사는 것같이 사
는 것'이며 '보통의 기준'에 가까워지는 것, '남들처럼' 사는 것이다.
'사람답게' '남들처럼' '보통의 기준' 모두 명확하게 정의 내릴 수
없는 상대적 개념들이다. 그러나 구체적으로 표현된 꿈들을 보면
이 기준의 수준을 짐작할 수 있다. 곧 그것은 좀 더 좋은 방에서 지
내고 자신만의 방을 갖는 것, '남들처럼' 크리스마스를 보내는 것에
서부터 세부적으로는 유리병에 물을 담아놓고 마시는 것, 화장실에
세정제를 넣는 것, 인터넷을 하고 사는 것 등이다.

일견 소시민적으로 보이는 이 꿈들은 10여 년 서울 살이 동안
'고만고만한 보증금과 월세에 맞춰' 자주 방을 옮겨야 했던 사내에
게는 중요한 것들이다.

> 사내가 수없이 이사를 다녔지만 부엌이 따로 있는 방은 드물었다. 사
> 내는 밥을 사 먹었고 목이 마를 때면 방에 있는 한 칸짜리 냉장고에서
> 생수 통을 꺼내 병째 들이켜곤 했다. 그러다 처음, 밥을 지어 먹을 수
> 있는 곳으로 방을 옮겼을 때, 사내는 두 손 가득 보리차가 든 유리컵을
> 들고 아이처럼 외쳤다. "이야! 컵에다 물 마시니까 정말 맛있다!"

오래전부터 '소독한 델몬트 주스 유리병에 보리차를 담아, 냉장고에 넣어 두었다가 시원하게 마시는 것'은 사내의 로망 중에 하나였다. 그런 것 하나가 자기 삶을 어떤 보통의 기준에 가깝게 해 주고 또 윤택하게 만들어 주는 것 같아서였다.

「성탄특선」에서

이외에도 사내가 고집하는 생활 습관이 몇 개 더 있는데, 그것은 "아무리 돈이 없어도 화장실 세정제만은 반드시 사 넣어야 한다." "요즘 세상에 배는 곪아도 인터넷은 좀 하고 살아야 사람답게 살 수 있다."라는 것들이다. '누우면 더 이상 공간이 없을 정도로 매우 좁은 방'에서 '어마어마한 소음을 내며' 돌아가는 고물 컴퓨터는 '사람답게 살기 위해 한 손으로 힘겹게 돌리는 발전기'처럼 보는 이의 가슴을 아리게 한다.

남들처럼 크리스마스를 보내고 싶어 하는 연인들의 소망 또한 애잔하다. 4년 넘게 사귀면서 한 번도 크리스마스를 함께 보내지 못한 이유가 돈이 없어서였기 때문이다. 첫 해는 '입을 옷이 변변찮단 이유로' 여자가 도망쳤고 두 번째는 취직 못 한 남자가 데이트 비용이 없어서, 세 번째는 헤어진 상태였다. 그리고 다시 만난 이들은 네 번째 성탄절을 드디어 함께 보내게 된다. 해마다 어김없이 돌아오는 크리스마스를 '역병'처럼 느꼈던 이에게 남들과 같은 크리스마스 데이트를 할 수 있다는 사실은 큰 기쁨일 수밖에 없다.

그런데 이들이 기준으로 삼고 있는 '남들처럼'은 사실 막연하다.

'남들'이 어떤 계층이며 어떤 수준인가에 따라 달라지는 것이므로. 또 남들을 따라 한다는 것은 타인의 시선에 의존하는 것이므로 남들처럼 해서 행복한 것이라면 그 삶은 가짜이기 쉬울 것이다. 이들이 따라하는 데이트 코스는 크리스마스를 겨냥한 로맨틱 코미디 영화를 보고 패밀리 레스토랑에서 식사를 하고 바에서 와인을 마시고 모텔에 가는 것으로, TV 드라마나 광고 등에서 주입해 온 이미지일 뿐, 견고한 것이 아니다. 뭔가 하고 있다는 기분에 들떠 영화가 지루하다는 사실과 음식이 비위에 거슬리는 점들을 짐짓 무시하지만 환상이 영원히 지속되는 것은 불가능하다. 즉 지금은 한 번도 해보지 못한 것을 '할 수 있게' 되었다는 사실이 모든 것을 덮고 있으나, 반복해 경험한다면 곧 권태로워질 것이고 특별한 느낌도 점차 휘발될 것이다.

하지만 '남들처럼' 하고 싶은 이들의 로망을 허영, 혹은 사회가 심어 놓은 환상을 맹목적으로 추종하는 것이라고 간단히 비난하기는 어려울 것 같다. 삶의 전체 등급을 올리기는 벅차기 때문에 일종의 자구책으로 화장실 세정제와 같은 최소한의 것으로 잠시 누리는 사치 혹은 위안을 가짜라고 몰아붙이는 것도 잔인해 보인다. 변기 안에 고인 푸른 물을 보면서 '자신이 괜찮은 인간처럼' 느끼는 것, '분수껏 사는 일'이 지겨워져 "한번쯤 '무리'라는 걸 모른 척하며 살아보고" 싶어 비싼 집으로 이사하는 것들은 '잠깐 동안 돈을 주고 살 수 있는 환상이라 하더라도' '먹먹한' 현실을 견디며 살아나가기에 필요한 것이기 때문이다.

3. 우리 시대의 '도도한' 청춘

나아지는 게 없어 보이는 현실 앞에서 김애란의 인물들은 비교적 담담하다. '부모 잘 만난 애'가 아닌 사실에 울분을 품지 않으며 답답한 상황에 대해서도 울적해 할 뿐, 비통함이나 분노, 절망은 나타나지 않는다. 비좁은 독서실에서라도 재수를 할 수 있는 게 '황송'하다고 여길 정도로 자신의 처지를 있는 그대로 인정하고 그 범위 안에서 '분수껏' 성실하게 살아가는 젊은이들이라고 할 수 있다.

이러한 태도는 아마도 자신의 상황을 거리를 두고 바라볼 수 있는 힘에서 기인한다고 하겠다. 그러한 거리에서 여유와 웃음도 피어나는 법이므로 김애란의 인물들은 유머러스하기도 하다. 웃음은 이들의 팍팍한 삶이 주는 긴장을 허물며 가족 간의 따뜻한 유대감을 형성시킨다.

처음 산 밑에 방을 구했다는 소식을 들었을 때 나는 아무렇지 않게 대꾸했었다. "언니, 산 좋아하잖아." 언니는 멍하니 있다 으하하 웃으며 내 머리를 쳤다.

「기도」에서

내가 집을 떠나던 날, 아빠는 오토바이 '쇼바'를 잔뜩 올린 채 도로 위를 달리며 울고 있었다. 아빠는 오토바이 속도가 최절정에 다다랐을 때, 앞바퀴를 들며 "얘들아 너흰 절대 보증 서지 마!"라고 오열했고 비닐하우스 옆에서 머리를 조아리며 속도위반 딱지를 뗐다고 했다. 벌금은 고스란히 만두 가게에서 일하는 엄마 앞으로 전가됐다.

「도도한 생활」에서

언니가 싼 방값 때문에 산 밑에 방을 구한 것이나 아빠가 오열하는 것이나 모두 가슴 아픈 사연이다. 그러나 농담과 웃음이 곁들여지면서 그 슬픔의 농도가 옅어지는 효과를 가져온다. 또 '새끼 겁주고 놀리는 걸 낙으로 삼는' 엄마와(「칼자국」) 아이들을 두들겨 패면서도 만두를 빚어 돈을 벌고 피아노를 사 주는 엄마(「도도한 생활」) 들은 먹고사는 일을 혼자 감당하면서도 씩씩하게 살아가는 인물들로서 김애란 소설의 여성들이 담담하게 세상을 헤쳐나가는 기질은 모계로부터 이어받은 것으로 보인다.

남루하고 불안한 세상을 제대로 건너기 위해서 이들은 저마다의 보루를 만들어 간직하고 있다. 그것은 자존심이기도 하며 환상, 혹은 위안거리이기도 하다. 시골에서 만두 가게를 하는 「도도한 생활」의 엄마는 "배움이 짧았고 자신의 교육적 선택에 늘 자신감을 갖지 못"했기에 그 결핍을 채우고자 딸에게 피아노를 사준다. 거실이 없어서 만두 가게 안, 작은 방에 놓은 피아노는 '우리 삶의 질이 한 뼘쯤 세련돼진 것 같'은 느낌을 선사한다. '체르니란 말은 이국에서 불어오는 바람 같아서, 돼지비계나 단무지란 말과는 다른 울림'을 주기 때문이다. 즉 피아노는 엄마에게도 딸인 '나'에게도 자부심으로 자리한다. 그래서 집이 망해도 엄마는 피아노를 팔지 않고 딸들이 사는 서울 반지하방에 옮겨 놓는 것이다.

어느 날 문득 '나'의 머리에 떠오른 생각, "세상 사람들은 가끔 아무도 모르게 도 - 도 - 하고 우는 것은 아닐까" 하는 생각은 자부심, 혹은 '도도한' 태도가 남루한 삶을 버티게 한다는 깨달음이다. 폭우가 내리는 밤 빗물이 차오르는 반지하 방을 홀로 감당해야 하는 경우 도도함 외에 그녀가 기댈 수 있는 것은 없다. 바가지로 물을 퍼내도 도로 차올라 피아노마저 물에 잠겨 가고 언니의 예전 애인이 술에 취해 찾아와 쓰러져 있는 상황에서 그녀는 자신이 할 수 있는 항거를 한다. 셋방에서 피아노를 치면 안 된다는 금기를 깨는 것이다. 그래서 '검은 비가 출렁이는 반지하에서' 피아노를 치는 마지막 장면은 "'쇼바(완충기)'를 잔뜩 올린 오토바이 한 대가 부르릉 - 가슴을 긁고 가는 기분이 들" 때 자신을 지킬 수 있는 길이 무엇인지 보여주는 인상적인 장면이라고 하겠다.

2부

가족, 떨쳐버리고 싶은,
그러나 떨치지 못하는 굴레

1. 가족, 스위트홈의 대명사에서 굴레의 이미지로

"즐거운 곳에서는 날 오라 하여도 내 쉴 곳은 작은 집 내 집뿐이리"

자애로운 눈길로 품에 안은 아기를 바라보는 어머니, 식탁에 둘러앉아 웃음꽃을 피우는 단란한 가족들. 드라마나 영화에서 쉽게 접할 수 있는 가족의 이미지들이다. 문제는 이런 풍경이 이미지로 존재할 뿐, 현실의 가족은 상처로 얼룩지고 있다는 데 있다.

가족은 혈연으로 이루어진 관계이므로 가장 가깝고 끈끈한 사랑으로 맺어지는 것이 당연하다. 그러나 아버지의 권위를 강조하면서 효와 순종을 강요하는 전통적인 가족관은 많은 문제를 야기시켜 왔다. 그에 따라 폭력적인 아버지로 인한 갈등과 그 해소를 위한 노력, 용서와 화해 등이 자주 그려졌고, 90년대 이후에는 많은 여성작가들이 출현하면서 평등한 부부관계나 여성의 자아찾기에 대해 발언하기 시작했다. 여성의 지위가 올라가고 IMF를 맞아 실업자가 속출하면서는 무력해진 남성에 대한 연민어린 이야기가 등장하기도 했다.

최근에도 여전히 가족에 대한 이야기가 등장한다. 문제 있는 어머니나 중, 노년의 사랑과 심리, 집이 싫어 집 밖으로 떠돌아다니는 청소년 등, 시대상을 반영하는 새로운 소재들이 덧붙여지면서 또 「바람난 가족」이나 「귀여워」와 같은 영화처럼 유교적 가족관에서 본다면 비정상으로 보이는 가족들도 그려지고 있다. 고정되고 안정된 삶을 지향하는 전통적 가족관에서 벗어나 바람처럼 유동적이고 자유롭고자 하는 움직임이 나타나고 있다.

지난 계절에 발표된 소설들 중 많은 소설이 가족에 대한 이야기를 하고 있다. 문제 어머니로 고통 받는 자식, 가족을 위해 희생하는 딸, 잘난 형제들 사이에서 사람대접 받지 못하는 딸, 평생을 주변 식구들 뒤치다꺼리하며 늙은 여자, 마음과는 달리 '1년에 한번 밖에 못만나는 우리 연분'을 지키느라 안간힘 쓰는 남자, 그런 남편을 지켜보는 아내의 속앓이 등등. 가족으로부터의 상처, 가족의 한 구성원으로서 지켜야 할 것과 그로 인한 피해의식, 의무와 자신의 욕구 사이에서의 갈등, 그를 둘러싼 미묘한 심리들이 드러나고 있다.

그중에서 정미경의 「무언가」, 윤대녕의 「탱자」, 윤영수의 「내 여자 친구의 귀여운 연애」를 중심으로 우리 시대 가족의 문제를 천착해 보자.

2. 가족이라는 굴레의 몇 가지 유형

2-1. 질기고 무거운 끈으로서의 가족

정미경의 「무언가」(『세계의 문학』 2004, 겨울)는 우리에게 익숙한 모성적인 어머니상을 뒤집은 이야기이다. 남편 없이 힘겹게 두 아이를 키운 어머니는 그에 대한 댓가를 너무 크게 요구한다. "너희들 때문에 내 인생은 이렇게 쪼그라졌다"는 넋두리를 들으며 자란 자식들은 성장한 후에는 계속되는 엄마의 빚을 감당하며 살고 있다.

화자의 엄마는 자식에 대한 기본적인 애정도 없고 이기적이다. 마구잡이로 돈을 빌리곤 갚을 수 없어 구치소에 갇힌 처지이면서도 "내가 사람을 죽였니? 여기 있을 이유가 없다"며 당당하기만 하다. 자식들은 엄마에게 분노를 느끼다가도 약한 모습을 보면 어쩔 수 없이 도와주고 만다. 차라리 감옥에 가는 게 나으리라는 매몰찬 생각도 해보지만 결국 적금을 해약해서 빚처리를 해주는 것이다. 이는 이들이 '모질지를 못'해서 가족이란 관계를 저버리지 못하기 때문이다.

곧 가족이란 '한번 지고 나면 일생을 벗어 내려놓을 수 없는 배낭처럼 등에 들러붙어 숨통을 조이는 질기디 질긴 넝쿨'이므로 '지랄맞은' 기분이지만 벗어놓을 수 없다고 생각하는 것이다. 서로를 돕기는커녕 '혼자 가라앉고 싶진 않다고' 매달리는 무거운 추와 같은 가족관계는 그렇지 않아도 힘겨운 삶을 더한층 견디기 어렵게 만든다. 그래서 아직 서른도 되지 않았는데 입가에 주름이 새겨져 있고 '삭은 얼굴'로 '늙은 가수의 목소리'를 내고 있는 남동생이나 서른나이에 '조잡한 픽션 없이는 한순간도 견딜 수 없'으며 '누구에게도 한번도 붉은 꽃이었던 적' 없던 '나'에게 사는 건 '느리게 침몰하는 유람선에 누워있는 것'과 같을 뿐이다.

이 지루한 삶을 견디기 위해서 화자가 택한 방법은 픽션을 통한 위안이다. 물론 환상은 순간이다. '짧고 빛나며 뜨겁고 달콤한 꿈'은 오래 가지 않기 때문이다. 그러나 '가는 끈에 매달린 엄청나게 무거운 배낭처럼' 어깨를 파고드는 무게를 견디기 위해서는 달리 방법이 없어 보인다.

2-2. '피가 아닌 뼈만 남은 관계'

윤대녕의 「탱자」(『문학과 사회』 2004, 겨울)는 가족으로부터 소외된 인물을 그린 작품이다. 만나본 지 30년이 넘어 기억도 잘 나지 않는 고모가 편지를 보내와 화자가 사는 제주도를 방문한다.

화자의 기억 속에 있는 고모는 '깨알처럼 작은 얼굴에 타고난 박색에다 마르고 키까지 작아' '어려서부터 사람대접을 제대로 받지' 못한 자이다. 게다가 행동거지마저 문제가 있어 일찌감치 '골칫거리'로 낙인찍혀 있었는데, 결정적으로 중학교 다닐 때 절름발이 담임선생과 야반도주하는 사건을 만든다. 다시 돌아와 출가할 때까지 가족의 냉대 속에 12년을 하녀처럼 살았다. 절름발이 선생과의 소문을 지우기 위해 10년 이상을 집안에 가둬두고 결혼도 쉬쉬하며 새벽녘에 소리 없이 출가시키고 집안 대소사가 생겨도 돌아오지 말 것을 당부한 것은 그녀를 집안 식구로 간주하지 않음을 의미한다.

　그런데 제주에 와 하나씩 둘씩 꺼내놓는 고모의 이야기는 그동안 알려진 고모의 행적이 가족의 눈에 비친 것일 뿐 고모의 입장은 전혀 개의치 않은 일방적인 것이었음을 드러낸다. 절름발이 담임선생이 절룩거리며 가는 모습을 보니 '이상하게 가슴이 미어져' 함께 떠난 것이며, 식구들의 냉대를 비난하지 않는 점 등은 고모의 심성이 여리고 곱다는 것을 말해준다.

　그렇게 본다면 고모의 일탈행위는 '관심을 끌기 위한 반항의 몸짓'이었을 뿐인데 그를 헤아려준 가족은 하나도 없었고 '속내를 알지도 못하면서' 속내를 알 시도조차 하지 않으면서 다들 '애초에 태어나지 말았어야 할 계집'이라고 혀를 찰 뿐이었던 것이다. 이들의 냉담함은 그녀가 돌아왔을 때 반응에서 잘 나타나고 있다. 누더기 차림으로 되돌아온 그녀에게 '아무도 뭐란 말을 하지 않'고 '저녁밥을 먹다 다들 수저를 든 채 마루로 몰려나와' '한참을 아무 말도 없이 쳐다들' 볼 뿐인 이들은 겉으로 고상할지 몰라도 '피가 아닌 뼈만 남은 관계들'처럼 보인다.

술 담배가 '사람보다 더 좋더'라는 고모의 말은 이해하고 감싸주는 사람 없이 평생을 쓸쓸하게 보낸 자의 심경을 잘 보여준다. 집안의 명예를 위해서 없는 사람처럼 치부된 고모의 삶은 유교적 가족이데올로기에 희생된 삶이라 할 수 있는데, 유일하게 의지했던 아들조차 결혼 뒤 미국으로 떠나 홀로 죽음을 맞는 노후는 핵가족화에 의해 또 한번 희생되는 경우라 하겠다.

2-3. '착한여자'에서 '당당한 여자'로

윤영수의 「내 여자친구의 귀여운 연애」(『문학사상』 2004, 12월)는 동생들 공부시키고 가족의 생계를 도맡아 하면서도 무시당하며 살아온 한 여자의 이야기이다.

할인매장 치킨코너에서 일하고 있는 손양미는 뚱뚱하고 못생겼지만 심성이 착하고 부지런하다. '여고를 졸업하고부터 근 20년 동안 그야말로 몸을 바쳐 동생들 학비에 가족들의 생계를 책임져' 왔는데 가족들은 그녀에게 고마워하기는커녕, 점점 더 많은 것을 요구한다.

겨우 집을 마련하니까 아버지는 하던 일을 그만두고 어머니는 양미 월급날이 되면 관광 나들이를 조직하고 대학 나온 남동생은 고되다고 일을 그만두고는 5년째 누나에게 기대고 있고 겨우 적금을 들었더니 그것을 담보로 2천만원을 빼갔다. 이 사건은 가족을 위해 자신을 희생해왔던 양미의 마음을 흔든다. 그동안 쌓인 억울함이 솟아나면서 집을 거부하게 되는 것이다. 달리 갈 데가 없어 집을 향해 걷는 그녀 앞에 놓인 높고 까마득한 오르막길은 '집에 들어가고 싶지 않'은 그녀의 마음을 잘 보여준다.

깊이 상처받은 그녀의 마음은 환상을 통해 치유된다. 곧 포스터 안의 미남배우가 걸어나와 그녀를 위로하는 것이다. "내가 지켜줄게요"라는 그의 말을 들으면서 철철 눈물을 흘리는 그녀의 모습은 그동안 쌓였던 원통함과 슬픔이 녹아 흘러나가는 것을 보여준다. 그래서 '아무렇지 않'은 모습으로 재탄생할 수 있게 되는 것이다.

재미있는 것은 양미가 가족을 탓하지 않고 지낼 때는 양미를 괄시하던 가족이 그녀가 할 말을 하며 당당해지자 기가 죽어 눈치를 보는 것이다. 평소에는 '김치에 콩나물도 아까워하던' 엄마가 고기 반찬을 내놓고 "방이 작다"고 무심코 던진 한마디에 아버지는 조심스레 "좁으면 안방이랑 바꾸든지"라고 하는 것이다. 처음엔 사기꾼한테 당하고 있다고 날뛰던 남동생조차 양미의 고함에 태도를 바꾼다.

그녀가 모든 것을 참고 희생하며 살 때에는 '등에 모두 올라타' '발을 구르더니' 고함을 치고 자기 것을 주장하니까 '등에서 내려와 눈을 내리까는' 가족의 모습은 한 판 희극이다. 줄수록 더 달라고 보채는 이들은 가족이라는 이름만 둘렀을 뿐 지독히 이기적인 인간의 양태를 선명하게 드러내준다.

월급 받을 때마다 억울함을 느꼈다는 사실 때문에 "나 착하지 않아"라고 생각할 정도로 착한 양미는 '착한 여자 콤플렉스'를 보여준다. 이에서 자유로워지는 것은 '착함'에 당당함을 부여해주고 '누구나 자기자신을 위해 사는 거'라는 진리를 깨닫게 하는 환상 속 남자 때문이다. 대접도 받지 못하면서 아들노릇을 해온 그동안의 삶에서 벗어나 자신의 생각을 말하고 자신을 위해 살기 시작하면서 그녀는 당당해지고 가족들도 오히려 눈치를 보기 시작하는 변화를 보인다.

3. 끝나지 않은 가족이야기

이상 세 소설들은 가족이란 이름으로 다른 구성원에게 폭력을 행하고 있는 상황들을 공통적으로 그리고 있다. 사랑으로 가득해야 할 가족 내에서 일어나고 있는 폭력이므로 더욱 잔인하다고 하겠다.

「무언가」에서 어머니라는 이유만으로 자식들을 괴롭히는 여자, 「탱자」에서 못났다고 해서 딸을 냉대하는 가족들, 「내 여자친구...」

에서 아무 일도 하지 않는 아들은 '제사지내줄 놈'으로 치부하면서 집안의 가장노릇을 해온 딸은 무시하는 부모는 우리가 상식적으로 생각하는 가족의 풍경과 거리가 멀다.

　이런 관계를 가능하게 하는 것은 모두 이들이 착하다는 데 있다. 가족이라는 끈이 아무리 질기다 해도 마음만 먹으면 끊을 수 있겠으나, 이들은 하나같이 끊지 못하고 자신을 희생하고 있다. 이들의 착함을 '이용해먹는' 가족들은 가족이라는 허구를 내세워 자신의 이기심을 채우는 괴물일 뿐이다.

　가족으로 인한 시련을 견디기 위해서 이들이 선택하는 것은 허구에 의한 위안이다. 진실은 지리멸렬하지만 허위의 진술은 '도발적이고 화려'하기 때문에 잠시 비루한 현실을 잊게 하는 것이다. 「내 여자친구…」에서처럼 환상 속 인물을 일부분이라도 대체해 줄 현실의 조력자가 나타난다면 가장 좋겠지만 사실 가능성이 없다. 「탱자」의 고모도 현실의 아들을 의지했지만 끝까지 기댈 수 있는 존재가 아님을 보여준다. 그러므로 가족 때문에, 또는 가족을 위한다는 명분에서 벗어나 '자기자신을 위해' 사는 것이 현명한 태도인 것이다.

　가족에 대한 이야기는 사회의 당면 문제를 거론하는 것에 비해서 사소해 보인다. 그러나 우리가 살아가면서 부딪치는 많은 문제 중 가족에 관련된 것은 가장 원론적이면서 사회의 문제를 그대로 줄여놓은 축소판이므로 결코 그 비중이 작다고 할 수 없다. 우리사회가 혈연과 가족의 중요성을 강조해온 사회인 만큼 가족 이데올로기를 둘러싼 이야기들이 많을 수밖에 없다. 신성시할수록 은폐되는 진실이 많은 법, 우리에게 익숙한 그림이 허구가 아닌지 멋지게 포장되어 있는 이미지 뒤에 놓인 진실이 무엇인지 더욱 날카로운 촉수를 내밀 때이다.

'서울까지 38km', 외곽의 인생들

1. 봄날에 읽는 씁쓸한 이야기

21세기, 우리는 거의 매순간 눈부신 과학기술에 둘러싸여 살고 있다. 버튼만 누르면 각종 도구들이 작동되고 집안에 앉아서 쇼핑이나 은행업무 들이 가능하며 의학과 유전자공학의 발달로 많은 질병이 치유되고 수명이 연장되고 있다. 도시엔 초고층 빌딩들이 세워지고 농촌이나 어촌에서도 인터넷 통신이 가능하고 삶의 질은 날로 높아지고 있다.

그러나 양지 뒤에 음지가 있듯이 이를 향유하지 못하는 자들이 여전히 존재한다. 발전하는 기술과 자본의 혜택을 받지 못하고 그늘 속에 묻혀 살아가는 자들이 있다. 중심에서 밀려나 주변부에서 떠돌 수밖에 없는 이들에게 첨단기술로 빚어진 윤택한 삶은 상대적 결핍감을 배가시킨다. 그것은 이들의 손이 닿기에는 너무 멀리 있는 그림의 떡이고 이들을 무시하고 밀어내는 배타적 존재인 것이다.

2005년 봄 계절에 발표한 소설들에는 봄과는 거리가 있는 주변인들의 이야기가 많았다. 여느 해보다 늦게 꽃이 펴 봄이 빚어내는 아름다움을 뒤늦게 만끽하는 가슴을 서늘하게 가라앉힌다. 난분분 난분분 떨어지는 벚꽃잎들 위로 쓸쓸하게 펼쳐지는 그들의 이야기는 화려한 21세기 외양에 비해 한없이 초라하다.

'삶은 만만치 않은 거니까'

「아, 하세요 펠리컨」의 주인공의 결론인 이 진리를 다시 한번 되새기는 쓸쓸한 봄날이다.

2. 소년, 생의 잔인함을 맛보다

첨단기기들과 화려한 문물로 휘황한 21세기에도 굶주리고 상처로 가득한 아이들이 살아가고 있다. 그들의 탄생 자체가 추문이다. 오다가다 만난 남자와 여자의 결합이거나 사랑이라고 믿었으나 거짓이었던 관계에서 비롯된 이 아이들은 축복속의 탄생과는 거리가 멀다.

동네사람들의 수군거림 속에서 아버지 없이 살아가는 소년(「아이」), 어쩌다 낳아 정도 없이 아이 둘을 키우는 어머니 밑에서 고단하게 살아가는 아이(「소년」), 마을의 평화가 깨지면서 상처입은 소년(「새와 소년」)은 일찌감치 생의 잔인함을 맛보고 어른처럼 살아간다.

황정은의 「소년」(『현대문학』 2005, 4월)은 술집에 딸린 작은 골방에서 태어나 성도 없는 소년의 이야기다. 그보다 네 살 아래인 아버지가 다른 동생 역시 성이 없다. 다시 새 남자를 데려온 어머니는 이들을 버리려고 할 정도로 아이에 대한 애정이 없다.

그들이 사는 방은 비좁다. '빨랫줄에 잡아맨 겨자색 천'으로 나뉘어진 건너편에서 남자와 어머니가 자고 이쪽에서 소년과 동생이 잔다. 방이 좁아서 소년은 부엌으로 이어진 문턱에 머리를 올려두고 잔다. 밤사이 수챗구멍에서 기어나온 쥐가 잠자고 있는 소년의 머리를 갉아먹는 정황은 1930년대 강경애의 「지하촌」의 비참함을 연상시키는 21세기의 지옥도이다.

그 시대와 다른 것은 불행하게도 주변이 상대적으로 너무 화려하다는 점에 있다. 남자의 돈을 훔쳐 거리로 나온 소년의 앞에 펼쳐지는 것은 호화로운 백화점이다. 맛있는 음식들, 게임기들, 동화책, 좋은 옷들은 그가 갖지 못한, 또 가질 수 없는 것들이다. 그의 너저분한 차림새는 사람들의 멸시어린 시선, "꺼져, 이 더러운 꼬마자식아"라는 냉대를 받는다.

이에 대한 소년의 감정은 당연하게도 파괴적이다. 수영복을 입은 사내아이가 그려진 전단지를 뜯어내고 주변 사람들을 두부로 상상하면서 "두부라면 단번에 엉망으로 만들어버릴 텐데"라며 주먹을 움켜쥔다. 돈을 빼앗으려는 노파를 권총으로 쏘고 싶어하고 남자의 남은 손가락들을 잘라 쥐에게 던져줄 상상을 하는 장면은 섬뜩하기까지 하다.

세계의 비정함을 뼛속 깊이 체험한 이 아이는 육체는 어리나 이미 아이가 아니다. 동화의 세계가 거짓임을 알기 때문이다. '태어난 아이들이 모두 무사히 자라 어른이 되는 건 아니라'는 사실을 알고 '아이를 때리는 어른은 항상 벌을 받는 동화의 세계'가 거짓말이라는 것을 안다. 이런 그가 소망하는 것은 돈이 많은 어른이 되어 어머니와 동생을 데리고 나오는 것이나 현재로는 동생을 그 집에서 데리고 나와 경찰에 보내는 것 외에 방법이 없다. 이 아이들의 미래는 '좁고 어두운 터널'처럼 컴컴하기만 하다.

이에 비해 『창조문학』(2005, 봄)에 실린 최상하의 「아이」나 박승호의 「새와 소년」은 로맨틱한 편이다. 「아이」의 소년은 아버지는 없지만 무한한 애정을 가진 엄마가 있기 때문이며 후자의 경우도 아버지와 소년의 소원을 들어주는 어른이 있기 때문이다.

「아이」에서 주인공의 걱정은 동네건달들의 놀림과 예쁜 엄마가 혼자라는 사실 정도이므로 비정한 세계에 대한 체험은 부재한다.

엄마에 대한 그의 인식은 이중적으로 나타나는데 예쁘고 '살냄새가 향그런' 여성과 엄격한 어머니가 뒤섞여 있다. 엄마를 전자의 이미지로 받아들이려는 그의 태도는 스스로를 아이가 아니라 '씩씩한 남자'로 여기며 엄마를 보호해야 한다는 의무감으로 이어진다. 이는 상스런 건달들을 싫어하면서도 엄마와 만나게 하려는 이상한 강박으로 나타나 갈등을 겪게 한다.

나름대로 엄마의 삶을 바꿔주려고 하나 역부족인 현실을 괴로워하는 아이는 우리 삶이란 문제가 쉽게 풀리는 것이 아님을 아는 단계로 진입한 것이라고 하겠다.

「새와 소년」은 농사짓던 조용한 마을에 골프장이 들어서게 되면서 일어나는 변화를 통해 소년이 겪는 상실을 그리고 있다.

많은 사람들이 땅을 판 뒤 마을을 떠나고 남은 사람들은 땅 판 돈으로 거들먹거리는 가운데 주인공의 아버지는 땅을 팔지 않는다. 이를 불만스럽게 여긴 어머니는 바람이 나 결국 집을 나가고 소년이 좋아하던 순이도 이사 가는 아픔을 겪는다. 또 산의 참나무가 베어지면서 소년이 아끼던 부엉이마저 떠남으로써 결핍을 모르던 유년기가 끝나는 것이다.

즉 이 이야기는 산업화로 공동체가 붕괴되고 자연이 훼손되는 양상을 그리면서 결과적으로 가족이 해체되는 것을 도식적으로 보여준다. 부엉이 둥지가 있는 나무를 제일 나중에 베어달라는 아이의 소원을 들어주는 어른이 있기에 좀 덜 삭막하지만 이미 상처 난 것을 회복하기는 어렵다. 부엉이는 이미 날아갔으며 이런 상처를 견디며 사는 것이 그의 앞에 놓인 삶임을 받아들일 수밖에 없는 것이다.

3. 청년, 외곽으로 밀리다

박민규의 「아, 하세요 펠리컨」(『문학과사회』, 2005, 봄)은 서울에서 38km 떨어진 유원지에서 일하는 청년의 이야기이다.

'나'는 전문대를 졸업하고 일흔 세 곳에 이력서를 넣었으나 모두 퇴짜를 맞고 오리배를 빌려주는 유원지에서 일하게 된다. '서울까지 38km'라는 팻말이 의미하듯이 변두리의 서글픔이 녹아있는 이곳은 유원지라는 말과 어울리지 않게 초라하다. 고장난 두더지잡기와 바퀴가 돌아다니는 경품크레인, 13척의 오리배가 전부일 뿐이다.

발로 페달을 밟아야 움직이는 오리모양의 배란 21세기에 어울리지 않아 보이지만 "그래도 꽤 타더라구"라는 사장의 말이 사실이어서 화자는 놀란다. 오리배를 타러 오는 사람들은 주로 근처의 소읍과 조금 떨어진 곳에 있는 신도시예정지구의 주민들이다. 간간이 근처 러브호텔을 찾은 커플들, 외국인 노동자도 있으며 배를 빌려 타고 자살하는 남자도 있다. 이들은 즐거워서 타는 것이 아니라 '즐겁지 않아서 타는 것'이므로 이들로 이루어지는 유원지의 그림은 '심야전기처럼 저렴한' 인생들의 풍경화이다. '나' 역시 그들 중 하나이므로 그들에게 연민의 정을 느낀다.

사장 역시 '중심'에서 밀려난 자이다. '원래 이런 일 할 사람이 아니'라는 말로 주변인이 아니라는 것을 강조하지만 다시 중심으로 돌아가지 못한다. LA에 부인과 딸이 살고 있다는 사실은 세계의 중심을 지향하는 것을 의미하는데 미국시민으로 사는 것은 결국 실패한다.

이러한 외곽의 인생은 다른 나라에도 있다. 오리배 세계시민연합이라는 작가의 상상력은 전 세계적으로 존재하는 외곽 인생들을 향하고 있다. 이곳을 찾는 세계시민연합 회원들은 아르헨티나, 베트남, 이라크, 페루, 동티모르 사람 등으로 일자리를 찾아 세계 이곳저곳을 떠도는 변두리 국가의 시민들이다.

원래 통조림가공회사에서 일했으나 갑자기 공장이 문을 닫아 실업자가 된 아르헨티나의 호세의 이야기는 세계 어느 곳에나 존재하는 약한 자들을 보여준다. 그리고 수많은 노동자들이 일자리를 잃었는데 미국의 본사는 중국에 새 공장을 건설하고 있었다는 이야기는 세계화의 허구를 드러낸다. 온 세계인들이 함께 행복해지는 것이 아니라 강한 나라가 더욱 부강해지는 현실을 보여주며, 세상은 잔인한 강자의 편에서 돌아가고 있음을 암시한다.

불안한 외곽의 삶에서 안정적인 중심으로 진입하는 것이 얼마나 어려운가는 '나'가 치르는 공무원시험의 경쟁률이 말해준다. 140:1이란 살인적인 경쟁률은 진입하려는 생각을 포기하게 만든다. 두 번의 낙방 끝에 주인공은 공무원시험을 포기하고 유원지를 새로 손본다. 미국으로 건너간 사장 역시 중심에 들어가지 못하고 세상 이곳저곳을 돌아다닌다.

그래도 이들에겐 서로 돕는 마음이 건재하다. 또 삶이 만만치 않음을 알고 있으므로 나쁜 일이 일어나도 "그런 거죠 뭐"하고 웃는 여유 같은 게 있다. 서로의 삶을 연민의 정으로 바라보는 그들 사이엔 저렴해도 따뜻한 전류가 흐르고 있는 것이다.

4. 장년, 대열에서 낙오되다

삶의 입지가 굳건하지 않은 중년은 서글프다. 육체적으로 쇠락하기 시작하는 나이에 사회적 지위까지 불안하다면 회복하기가 쉽지 않을 것이기 때문이다. 더욱이 한때 최고의 위치에 있다가 추락한 자라면 그 열패감은 더할 것이다.

정이현의 「그 남자의 리허설」(『문학사상』 2005, 5월)은 어린 시절 보이소프라노로 각광받다가 이제는 위성도시의 시립합창단의 일원으로 재계약을 걱정하는 남자가 등장한다. "한때 원대한 꿈이 있었겠지만 지금은 기억도 잘 나지 않"는 그는 우리 삶의 현주소가 어린 시절 꿈꾸던 것과는 상관없는 지점에 와있으며 또한 꿈을 기억하고 산다는 것이 사치라는 사실을 담담하게 보여준다. 같은 소년소녀합창단의 단원이었다가 로마 유학시절 다시 만나 결혼한 아내는 오페라 기획실장으로 성공적인 삶을 살아가고 있다. 아내의 재력이나 능력에 비해 초라한 그는 별다른 타개책이 없다. 합창단과 집을 무료하게 오가며 '사는 게 뭐 있냐'라는 혼잣말로 스스로를 위안할 뿐이다.

이런 그의 무력함은 그가 사는 최첨단 아파트의 견고함에 대비되어 더욱 선명하게 부각된다. 모두 세 단계의 절차를 거쳐야 들어갈 수 있는 초고층 아파트 드림빌은 이름 그대로 모든 시설이 완벽한 현대인의 꿈이면서 동시에 외부인에게는 철저하게 배타적이다. 심지어 입주민임에도 불구하고 열쇠가 없다면 들어갈 수 없는 드림빌은 약간의 틈도 허용치 않는 비정함의 상징이다.

집에서 입는 옷차림 그대로 담배를 사러 나왔다가 열쇠를 두고 왔다는 사실을 깨달은 그가 집으로 들어갈 수 있는 방법은 아내에게 가서 열쇠를 받아오는 것 외에는 없다. 허름한 차림에 돈 한 푼 없는 그가 자동차로 이십 여분 거리에 있는 아내의 회사까지 가는 여정은 험난하기만 하다. 거기에 알 수 없는 고약한 냄새까지 나서 사람들이 외면하고 급기야 아내로부터 미쳤다는 소리까지 듣는다. 다시 집으로 돌아오기까지 그가 겪는 냉대는 낙오된 자에 퍼부어지는 멸시이다.

인정받는 성악가, 존경받는 가장의 자리에서 이탈한 그를 품어주는 것은 욕조의 따뜻한 물 이외엔 없다. 그래서 물속에 잠겨 안온함을 느끼는 그의 모습은 서글프다. 그가 다시 대열의 정상에 오르거나 대열 속으로 진입하는 것은 어려워 보인다. 그래서 그가 일단 시도하는 것은 자신의 방식대로 사는 것이다. 즉 시계분침을 10분 앞으로 당겨놓은 아내의 방식에 맞서 10분 뒤로 돌려놓는다. 아내가 원하는 것을 묵묵히 따랐던 그간의 삶을 바꿈으로써 자신만의 삶을 시작하고자 하는 의지를 드러낸다.

5. 소설, 외곽의 삶을 끌어안다

외곽으로 밀려난 자들의 이야기는 어느 시대에나 존재한다. 1920, 1930년대에는 빈곤과 궁핍의 이야기로, 1970년대에는 산업사회의 구조적 모순으로 인한 소외계층의 이야기로 표출되곤 했다.

2000년대에 와서도 여전히 존재하는 주변인들은 세상의 외양이 화려해짐에 따라 상대적으로 미약해지고 있다. 이는 국가간에도 마찬가지여서 '세계화'라는 구호 아래 강한 나라는 더욱 부강해지고 약한 나라의 시민들은 일자리가 없는 현상이 나타나고 있다. '지구마을 한가족'이란 노래는 허구일 뿐 이 주변인들은 한가족에 끼지 못한다.

주변인들을 소외시키는 것은 미국이란 세계 최강의 나라, 화려한 백화점, 까르티에 지갑이나 로열 코펜하겐 찻잔과 같은 고급물건들, 첨단시설이 완비된 초고층 아파트 같이 자본과 기술의 결합물이다. 이들의 공통점은 그에 어울리지 않는 자들에 대한 정중하면서도 노골적인 배타성이다. 이들이 유지하고 있는 품위있고 고상한 삶을 주변인들이 흠집내는 것이 싫기 때문이다.

그들만의 견고한 울타리는 밖의 사람들이 함부로 넘볼 수 없다. 그래서 외곽에 있는 자들이 중심으로 들어갈 수 있는 확률은 과거 어느 때보다 훨씬 낮다. 소설은 이 외곽의 삶을 이야기함으로써 우리가 편안한 세상에 살고 있지만 모두가 그런 것은 아니라는 점을 일깨워준다. 일상에 매몰되어 무뎌진 우리 의식의 문을 두드려 잘못 살고 있는 삶을 밝혀 주는 것이다.

매체나 역사가 세상에서 우뚝 솟은 자들에게 관심을 보이는 것과 달리 문학은 변방에 있는 자들에게 시선을 보낸다. 우뚝 솟은 자들에 가려 잘 보이지 않고 밑바닥으로 추락해서 볼품 없는 삶에 애정을 갖고 지켜본다. 그들이 그렇게 밖에 살지 못하는 이유를 찾아보고 조금 더 나아지기 위해서는 어떤 방안이 좋을지 탐색하기도 한다. 김현 선생의 표현을 빌면, 배고픈 거지를 구하지는 못하지만 배고픈 거지가 있다는 것을 추문으로 만드는 것이 문학인 것이다.

기억의 서사들

1. 시간의 강 위, 흘러가는 한 다발의 기억

지나간 시간은 다시 되돌릴 수 없다. 이미 흘러간 시간의 강물을 퍼 담을 수 없기 때문에 기억하고 싶은 순간은 사진을 찍듯이 우리 뇌리 속에 각인시켜 놓아야 한다. 이렇게 저장된 빛나는 한 순간은 살아가는 일이 버거울 때, 현실의 남루함을 견디기 어려울 때, 끊임없이 호출되어 되새김질 된다. 그 과정에서 기억은 다소 윤색되고 과장되기도 하리라.

반대로 기억하기 싫은 순간들도 있다. 그래서 마치 처음부터 존재하지 않았던 것처럼 우리 삶의 페이지에서 지우고자 애쓴다. 하지만 완전히 사라지지 않고 무의식 저 아래에 엎드려 있다가 어느 삶의 모퉁이에선가 유령처럼 불쑥 튀어나오곤 한다.

아름다웠던 기억이든 참담한 기억이든 과거에 대한 회상은 감상적으로 흐를 여지가 있는 것이 사실이다. 그래서 문학작품에서 지나간 시간에 대한 회상과 추억이 범람하면 상대적으로 현실감 결여를 가져오거나 사적(私的) 영역으로 침잠하기 쉽다. 과거의 이야기는 현실을 우회하면서 감상적으로 흐르지 않을 때, 또 기억을 통해 삶의 재생을 꿈꾸되 비판적인 현실인식을 전제로 할 때[1] 유효하다고 할 수 있다.

이번 계절에 발표된 소설들 중 기억에 관한 이야기들이 눈에 띤다.

은희경은 '선택적 기억상실'에 의해 너절한 과거의 시간을 지운 중년남자의 망각에 대해 얘기하고 있고 이와 반대로 김연수는 기억할 만한 청춘의 어느 하루를 그리고 있다. 또 최인석은 기억작용이 삶을 긍정하는 힘을 주기도 한다는 것을 역설하며 듀나는 모든 것이 통제되는 미래사회를 배경으로 기억이나 사랑과 같은 정신영역의 활동조차 조종되는 것을 보여주고 있다.

이들 이야기를 통해 기억이 환기하는 힘을 살펴보자.

2. 지우고 싶은 시간과 기억할 만한 시간

지나온 생을 뒤돌아볼 때 부끄러운 부분이 있다면 누구나 지우고

---

1) 김종철(1999), 『시적 인간과 생태적 인간』, 삼인, 190쪽.

싶을 것이다. 은희경의 「유리 가가린의 푸른 별」(『창작과비평』 2005, 여름)은 그렇게 지웠던 과거와 대면하는 이야기이다.

출판회사 사장으로 안정된 삶을 살고 있는 중년 남자가 있다. 언론사에 소속된 출판사업부의 경력사원으로 출발하여 출판부를 인수, 지금은 여러 개의 영역을 거느린 큰 회사로 확장시킨 그는 그러기까지 '면도날', '시베리아'라는 별명을 들을 정도로 치열하게 살아왔다.

그러나 이제 그는 아침에 눈을 뜨자마자 서둘러 일어나지 않는다. 그대로 누운 채 아침빛을 물끄러미 바라본다거나 베개에 얼굴을 묻고 몸을 뒤척여도 출근하기까지 시간은 충분하기 때문이다. 아이들 교육 때문에 8년 전 아내와 두 아들을 미국으로 보내고 혼자 살고 있는 그의 나날은 느긋하고 여유로워 보이는 한편, 젊은날의 패기와 열정이 바랜 노년의 쓸쓸함이 배어난다.

모든 일들은 정해진 궤도에 따라 굴러가고 '무슨 사건이 일어나든 언젠가 겪어본 일처럼' 여겨지며 '잘되든 안되든 결과 또한 예상을 크게 벗어나지 않는' 단계에 이른 그에게 세상은 더 이상 놀라운 것이 아니다.

내 삶의 많은 부분은 이미 결정돼 버렸다. 회사든 가정이든 이제 내 인생에 변수는 거의 없다. 파산이나 이혼이 결코 일어나지 않는다는 뜻이 아니라 그런 일이 생겨도 나라는 사람이 크게 변하지는 않는다는 의

미이다. 더 이상 다른 사람이 될 수 없을 바에야 모험심과 열정 따위는
필요없게 되며 따라서 현상유지 이상의 에너지가 분비되지 않는다.

그런데 변화없는 그의 일상이 슬쩍 흔들리는 사건이 일어난다.
그것은 그동안 잊고 살았던 과거의 귀환이다. 후배 J가 두고 떠난
원고와 "우리 약속 잊지 않았죠?"라는 수상한 메일이 견고한 현실
의 껍질 아래 깊숙이 묻어둔 젊은 날을 불러올린다.

「1991년의 코스모나츠」란 제목의 원고는 인류 최초로 우주를 비
행한 유리 가가린의 이야기로 옛날 이 원고를 잃어버렸던 날로 그
를 인도한다. 동시에 메일을 보낸 은숙이 누구인지 기억나면서 가
장 가슴 아픈 날이었던 그녀의 결혼식날이 떠오른다. '주머니 실밥
이 뜯어진 청색 면점퍼'를 입고 아픈 마음을 숨기느라 목청껏 떠들
어대며 친구들과 늦게까지 술을 마시는 추레한 청년. 그는 술에 취
한 채 뭔가를 끼적이고 한강다리를 건너다가 급기야 원고가 든 가
방을 강물 아래 내던진다.

이렇게 드러난 젊은 날의 '가난과 치기'는 사실 충격적인 정도는
아니다. 그 시절의 고통이 그의 영혼에 지울 수 없는 상처를 남겼
다거나 하는 것은 아니기에 그의 망각욕구가 지나쳐 보이기도 한
다. 작가가 말하고자 한 것은 망각 자체보다 완전히 지워버렸던 청
춘의 어느 하루가 선명하게 되살아나면서 오히려 현재의 모든 것이
비현실적으로 느껴지는 경험인 듯 하다. 은숙의 결혼식날로부터 어

제까지의 시간을 접어 어딘가 보내버린다면 그 날의 다음날이 오늘이 되는 셈이므로 그는 시간을 가로지르는 통로에 서있는 것이다. 이 세상의 시간과도 단절되고 그의 인생의 모든 날과도 단절된 예외적인 순간이 있음을 보여준다. 그러나 이것은 느낌일 뿐 실제적으로 바뀌는 것은 아무것도 없다.

다른 사람이 되어보려는 열정이 식고 모험을 더 이상 시도하지 않는 나이에 이르러, 아무것도 이룬 게 없어 불안했던 그러나 미지에의 호기심으로 반짝이던 청춘을 되살리는 것은 무슨 의미인가? 시간을 거슬러 과거를 대면함으로써 잊고 살던 자신의 또 다른 모습을 바라보기 위함인가? 그때 꿈꾸던 것들을 성취했는지 돌아보고 옛날 순수했던 모습에 향수를 느끼며 변화된 자신의 모습을 반성할 것인가? 잠시 감상에 젖고 말 것인가? J처럼 아직 늦지 않았으니까 '내가 원하는 방식으로 살아' 보는 시도를 할 것인가?

은희경의 소설이 부끄러운 젊은 날을 망각하고자 한 중년의 이야기라면 김연수의 「기억할 만한 지나침」(『문학과사회』, 2005, 여름)은 기억할 만한 젊은 날의 하루를 묘사하고 있다.

세속적인 주변 사람들과는 다른 감수성을 지니고 있는 18세 소녀의 어느 여름 휴가에 일어난 일의 기록이다. 그녀는 18세 청춘이 연상시키는 것들과 무관하다. 이 사회의 고3이라는 신분이 그렇듯이 치기나 모험, 미지로의 호기심 등과는 거리가 멀며 스스로 자신이 늙어가고 있다고 여긴다. 겉으로는 엄마의 특이한 가정교육 아래 매혹적인 여자로 성장하는 듯 하나 또래 소녀들이 관심가질 법한 몸치장이나 남자의 시선 따위는 관심이 없으며 엄마가 원하는 것과는 다른 방향에 서 있다.

기이하게도 그녀는 고통에 매혹당해 있다. 엄마가 원하는 대로 현과 같은 남자와 결혼한다면 고통 같은 것은 느끼지 않는 세계에서 살아갈 것을 알지만 고통에 끌리기 때문에 앞으로 '인생에 실패했다고 여기게 될' 거라는 예감을 지니고 있다. 이 고통이란 것이 구체적으로 어떤 것인지 모호하지만 그녀의 행동의 동인이 된다. 가령 호텔에 공연하러 온 30대 퇴물가수에게 관심을 갖는데 그것은 그의 시선에 '고통이라고 부르면 좋을 만한 느낌'이 서려 있기 때문이다.

이런 모습은 상당히 성숙한 어른 같지만 그의 방에서 나온 뒤 변화된 자신을 알아볼까봐 전전긍긍하며 가족을 찾는 모습에서는 아직 어린 소녀임을 느끼게 한다. 여름과 바다, 밤의 소리, 바람들을 배경으로 모호한 불안의 상태를 넘어가는 소녀의 하루는 훗날 그녀가 되돌아 볼 때 기억할 만한 하루가 될 것이다.

'기억할 만한 지나침'은 원래 기형도의 시로 작가는 제목만 빌려온 것이 아니라 작품 속에서도 시를 인용하고 있다. 이 시는 지나가다가 우연히 접한 상황을 훗날 떠올리면서 공감한다는 내용이다. 눈이 퍼붓고 캄캄한 거리를 지나가다가 시인은 한 관공서 안에서 사내가 울고 있는 것을 본다. 깊이 뇌리에 박힌 그 장면은 훗날 깊은 밤 텅 빈 사무실 창밖으로 눈이 퍼붓는 속에서 시인에게 다시 떠오른다.

무엇을 기억할 만하다고 하는가에 따라 그 사람의 생각을 알 수 있을 터, 원래 시에서의 시인이 울고 있는 남자의 아픔을 공유한 거라면 소녀는 두려움에 끌리는 기이한 성향을 이해한다. 그녀는 소설을 읽다가 이 시를 떠올리는데 소설 속 여자가 두려움에 매혹 당하는 여자이기 때문이다. 즉 고통에 끌리는 자신과의 동일시가 일어나는 것이다. 이처럼 이 소설은 성년으로 가는 소녀의 불안정한 뇌리 속에 기억되는 인물들과 사건들을 펼쳐 보이고 있다.

3. 기억의 힘

최인석의 「목숨의 기억」(『현대문학』, 2005, 7월) 역시 주인공의 지나온 시간을 회상하는 이야기이다. 그러나 그의 삶은 분단이라는 역사적 현실과 연관되면서 아름다움이나 감상이 개입될 여지가 없어진다. 6.25를 전후로 한 이념대립의 문제가 시간이 흘러도 여전히 해결되지 않았음을 한 가족을 통해 보여주고 있다.

세 살 때 아버지가 죽고 이듬해 어머니가 집을 떠나 할아버지 할머니 밑에서 커온 주인공 '나'는 부모대신 조부모의 사랑을 받으며 별 문제 없이 살아온다. 그러나 결혼하고 얼마 안되어 불쑥 들이닥

친 중앙정보부의 등장으로 그의 삶은 급변한다. 이념과는 무관해 보였던 아버지가 간첩으로 남파된 지 20년이 지났다는 소식은 잔잔하던 그의 집안을 뒤흔들어 급기야 처가로부터 이혼당하기에 이른다.

새로 드러난 아버지의 과거에는 분단과 이념대립의 흔적이 묻어 있다. 그가 알고 있는 아버지는 몸이 약했지만 공부를 잘했고 중학교 교사였으며 물에 빠진 아이를 구하다 익사한 평범한 인물이다. 그런데 할애비가 새로 들려주는 얘기는 월북했다가 간첩으로 남파된 친구 때문에 아버지도 방첩대에 끌려간 일이 있었다는 사실이다. 그 후 당국의 감시를 받고 학교에서도 갖가지 불이익을 받다가 이듬해 여름에 익사했다는 얘기를 하면서 할애비는 그 친구가 작곡했다는 노래를 부른다.

> 저 산 너머 저 구름 너머 아직 내가 태어날 곳이 있다
> 저 뻘을 지나 저 골짜기 너머 아직 우리 태어날 땅이 있다
> 지금만이 아니다 여기만이 아니다
> 언젠가 언젠가 저기 저 너머 내가 살 곳 내 꿈이 살아있는 곳

이 노래는 화자도 어릴 때 누군가 부르는 것을 본 기억이 있으므로 이 노래를 만든 자가 아버지가 아닌가 하는 추측을 한다. 그러나 중요한 것은 누가 만들었나가 아니라 삶과 꿈에 대한 이들의 생

각을 잘 드러내 주는 노랫말이다. 곧 삶이란 '징글징글'한 것이고 '시커먼 어둠'인데 이것이 다라고 한다면 '맥풀려' 살 수가 없기 때문에 이 세상 너머를 꿈꾸는 마음이 표현되어 있는 것이다.

이들에게 삶은 곧 꿈이다. 꿈이 없다면 우리 삶은 가혹하고 비루한 것에 그치고 말 것이다. 그래서 할애비 할미는 괴로운 현세에 발목 잡히지 않고 담담하게 받아들이고 당당하게 맞서는 태도를 보인다. "그런 거 다 기억하고 어찌 산다냐. 다 잊고 살아야 한다"며 참담한 일들은 빨리 잊어야 한다는 할미의 말은 고통의 시간을 통과하면서 터득한 지혜로 보인다. 반면에 전생의 여러 삶들을 기억하는 할애비의 경우, 여기가 끝이 아니라는 삶의 영원함과 내세를 믿는 것을 보여준다. 그가 죽으면 가리라 믿는 수궁은 궁극적인 이상향으로, 꽃을 먹고 살며 사람과 동물, 식물이 얘기하고 사랑할 수 있는 화해와 평화의 공간을 의미한다.

그래서 화자는 할애비가 치매증세를 보이면서 되살리는 수많은 전생의 기억들을 헛소리로 여기지 않고 그 안에 그의 삶이, 또 꿈이 담겨 있다고 느낀다. 치매로 인해 얘기하던 것을 마무리하지 못하는 모습에서도 화자는 우리 삶의 한 단면을 본다. 사람 사는 일이 시작은 하지만 '이루고자 하는 일은 언제나 엉뚱한 자리에서 중단'되곤 함을 깨닫는 것이다. 또 한때 살았던 것들은 죽은 뒤에도 생명의 기억이 남는다고 믿는 할애비처럼 생명은 유한하지만 기억은 영원하다고 생각한다.

즉 전생이나 수궁 같은 비현실적인 이야기들은 현실의 어둠을 이기고자 하는 자들의 판타지라고 할 수 있다. 현실은 남이나 북이나 어디나 캄캄하며, 예전이나 지금이나 정보부 수사관의 무례한 수색이 자행되는 등 세상은 변하지 않기 때문이다. 변화시키기에 세상은 너무 견고하고 개인은 약하므로 변화시키겠다는 의지보다 그 속에서 삶을 긍정하고 버텨야 하는 방법을 보여주고 있다. 그 방법은 노래, 이야기, 옛날 기억 더듬기, 상상하고 꿈꾸기…… 어떤 형태라도 무방할 것이다.

4. 우리를 행복하게 만드는 기억

인간은 자기 몸의 지속을 통해 자기를 확인한다. 우리 몸이 지속된다는 것은 우리가 생명의 연속선상에 있음을 말하며 기억을 통해 정체성이 사라지지 않도록 싸운다는 것을 의미한다. 즉 기억은 우리가 지속될 수 있게 하는 요인인 것이다.[2]

그러면 무엇을 기억하고 있는가, 기억이 담고 있는 내용이 무엇인가에 따라 그가 누구인지, 어떤 삶을 살아왔는지를 알 수 있다.

「유리 가가린의…」의 주인공이 과거를 지우고 싶어 한 것은 그것이 자신이 쌓아올린 성공한 사업가의 이미지를 훼손시키지 않을까

---

2) 이정우(1999), 『인간의 얼굴』 민음사, 24쪽.

두려워한 때문일 것이다. 현재의 모습으로만 그를 알고 있는 자들에게 치기만 남은 가난한 청년의 모습을 환기시키고 싶지 않았던 것이다.

그러나 망각의 층을 뚫고 귀환한 과거는 모든 일에 흥미를 상실한 그의 삶에 파문을 일으킨다. 이 파문이 일시적일까, J처럼 새로운 삶으로 방향을 틀게 할 것인가는 미지수로 남아있다.

「기억할 만한...」에서는 무정형의 정체성을 정립하고자 하는 소녀를 통해 아직 채워지지 않은 기억창고에 하나씩 둘씩 늘어나는 기억들을 보여준다. 우연히 지나치면서 만나는 기억할 만한 것들은 훗날 비슷한 상황에서 환기된다.

"기억할 만하다"는 가치평가는 "기억하겠다"는 의지의 다른 표현이다. 기억할 만하다고 여긴 것들은 언제 어느 때곤 불러낼 수 있다. 성인으로 나아가는 불안한 길목에서 마주친 것들 중 그녀가 평생 기억할 것은 창으로 불어오는 바람이며 그리고 물에 빠진 사람을 찾고 있는 것을 지켜볼 때 흩날리던 머리카락, 그와 함께 떠오르는 부끄러움, '자신이 알지 못하는 어떤 존재로 변해가는 느낌'들이다. 이들은 그녀의 변화가 성장이나 깨달음에 의한 것이 아니라 매혹과 연관되는 것임을 보여주는 징표들이다.

「목숨의 기억」에서처럼 행복했던 시간에 대한 기억은 살아가는 힘을 주지만 현실적으로 무언가를 변화시키기에는 역부족이다. 하지만 달리 방법이 없는 사람들은 옛날 기억과 노래, 꿈꾸기로 힘겨운 현실을 버틴다.

그리고 정확도의 문제나 누군가에 의해 주입되었을지도 모르는 가능성 등을 생각하면 기억을 믿는다는 것이 불필요해 보이기도 한다. 의도적이든 아니든 기억은 어떤 부분이 삭제되거나 과장되거나 윤색될 가능성이 많은 것이다. 영화 「블레이드 러너」에서처럼 기억이 이식되거나 듀나의 「죽음과 세금」(『문학과 사회』 2005, 여름)에서처럼 중앙통제기관 같은 곳에서 필요에 따라 인간의 기억을 지우고 주입하고 한다면 기억은 더욱 믿을 수 없는 것이 된다. 한 남자가 한 여자를 사랑했고 사랑한 기억이 있는데 그것이 외부기관에 의해 프로그램된 것이라면 얼마나 끔찍한가.

그래서 기억의 중요성은 정확한가 아닌가에 있지 않고 그 기억으로 인해 행복한가 아닌가에 있을 것 같다. 기억의 힘을 믿고 현실의 어두움을 아름다운 것에 대한 기억으로 잊는 것은 적극적인 현실대응방식은 아니지만 힘없는 자들이 발명해낸 최소한의 방어수단이 아닐까.

삶과 죽음 - 한 가지에 핀 꽃*

1. 들어가며

과학의 발달로 과거에는 SF에서나 상상했던 일들이 우리 눈앞에 현실로 펼쳐지는 세계에 우리는 살고 있다. 생명복제실험이 성공적으로 이루어지고 난치병의 특효약이 발명되는 등, 인간의 수명은 길어지고 많은 질병이 치료되는 과정에 있다. 하지만 그런 한편으로 변종 바이러스가 나타나고 엄청난 자연재해, 테러와 전쟁이 지구촌 어디에선가 끊임없이 일어나고 있으며 기아로 상당수의 사람들이 죽어가고 있어 죽음은 결코 인류에게서 멀어진 것이 아님을 확인하게 된다. 오히려 문명이 발달하면서 죽음의 파장은 더욱 커지고 있다고 하겠다.

---

* 황동규의 시 「풍장」 중 "결국 죽음과 삶의 황홀은 한 가지에 핀 꽃"에서 인용.

생명체라면 피할 수 없는 죽음은 두려움의 대상이기도 하다. 그래서 세상에서의 삶을 조금이라도 더 누리고자 하는 많은 노력들이 시도되어 왔으며 죽음을 보다 편안하게 받아들이기 위해 많은 종교와 철학에서 죽음의 의미를 천착해 왔다. 죽음을 바라보는 시각은 여러 가지가 있을 수 있으나 공통점은 삶과 뗄 수 없는 관계라는 것이다. 곧 죽음은 삶, 생명과 상반되는 개념이지만 삶과 별개로 생각할 수 없으므로 죽음에 어떤 의미를 부여하느냐에 따라 삶을 어떻게 바라보는가가 선명하게 드러난다.

가을에 발표되었던 소설들 중 죽음을 소재로 한 소설들이 많이 눈에 띄었다. 다양한 형태의 죽음들이 그려지면서 죽음에 이르기까지의 여러 가지 삶의 양상이 함께 펼쳐지고 있다. 의학의 발달로 생명은 연장되지만 고통을 줄이지 못하는 90세 노인의 이야기에서부터, 어린 자식을 사고로 잃은 여자들, 암으로 죽는 여인을 지켜보는 남자, 오랜 전쟁으로 계속 죽음을 경험하는 이라크 사람들, 가상현실과 현실을 착각하여 자살한 자, 죽은 자가 화자가 되어 자신의 삶을 되돌아 보는 이야기 등, 우연히 또는 사고나 질병, 전쟁으로 이 세상을 떠난 자들과 남은 자들의 이야기들이 그것이다.

각자 죽음의 이유가 다르듯 그들이 채워온 삶의 페이지가 다르다. 그 죽음들을 통해 드러나는 삶의 편린들을 읽어보자.

2. 불완전한 생의 마무리로서의 죽음

이경혜의 「모독」(『문학사상』 2005, 8월)은 독특한 화자가 등장한다. 곧 토막살인을 당한 여자이다. 서해안 작은 포구의 가난한 집에서 태어난 '나'는 지겨운 고향을 떠나기 위해 서울에서 대학에 다니는 육촌언니의 수발을 자청한다. 그 덕에 전문대학에 다니고는 있지만 언니가 공부를 끝내면 서울에 매어줄 말뚝은 사라지게 되는 것이므로 미래가 없는 상황이다.

미래에 대한 불안은 그녀로 하여금 남자에 집착하게 만든다. 평범한 외모를 가졌으나 잘생긴 남자들의 허점을 잘 알고 있는 그녀는 이미 고등학교 때 학교에서 가장 잘생겼던 남학생을 몸으로 꼬신 전력이 있고 한 남자가 떠나면 다음 남자를 그런 식으로 만든다. 현재 남자친구도 그녀가 첫눈에 반해 결사적으로 따라붙어 만나고 있는 것이므로 온기라고는 전혀 없다.

말다툼을 하다가 화가 난 남자친구가 가버려서 혼자 남은 그녀에게 한 남자가 접근한다. 온정이 필요했던 그녀는 쉽게 그를 따라가고 결국 그에게 죽임을 당하고 두 토막으로 잘라진 채 비닐봉투에 담겨 버려진다. 죽은 후에야 자신의 철없던 삶을 되돌아보는데 그 삶이란 부모 외에는 가슴 아파할 사람 하나 없는 삭막한 것이다.

살아있을 때 '눈앞의 것들만을 보았지, 그 뒤의 것들을 헤아리지 못했'던 여자는 죽어서 철이 든다. '철없고 난만했던 스무 살'의 자신의 삶이 비로소 보이는 것이다. 스무 해의 시간을 살아오면서 건 질 것이 없으며 죽어야 하는 이유조차 모른 채 갑작스레 죽은 그녀 의 생은 앙상하기 그지없다. 그러나 이미 지나간 생은 다시 돌릴 수 없으므로 이제 그녀의 남은 소망은 고향 바람에 말려져 사라지 거나 개펄 어디엔가 묻혀 잘 썩는 것이다.

자신의 머리카락과 눈알이 미역으로 성게로 바뀌어 어머니의 갈 퀴에 걸려나오는 상상은 죽은 뒤 고향의 일부가 되고자 하는 마음 의 발로이다. 즉 척박했던 생이 죽어서라도 풍성해지기를 원하는 것이다. 그리하여 생과 죽음이 별개의 것이 아니라 이어져 있어 생 의 결핍이 죽은 후 채워질 수 있음을 보여준다. 불완전했던 생은 죽어서 자연의 일부가 됨으로써 완성되는 것이다.

이응준의 「약혼」(『현대문학』, 2005. 9)에서도 이 세상에 왔다가 아무 것도 남기지 않은 채 사라지는 여자가 등장한다. 육손이라는 기형 을 천형처럼 안고 사는 해원의 소망은 어릴 때 헤어져 입양된 쌍둥 이 동생을 만나보는 것이다. 육손이로서의 어두운 삶을 경험하지 않았기 때문에 '상처에 찌들지 않은' 자신의 모습이 어떤지 동생 얼굴을 통해 보고 싶은 것이다.

수술해서 없어진 여섯 번째 손가락에서 계속 통증을 느끼는 그녀 는 불우함을 극복하지 못하고 암으로 죽는다. 즉 그녀는 '여린 것들 이 저주받는 이 세계'에서 버티지 못하고 생을 마감한 것이다. 소설 끝에서 화자는 해원의 동생을 만나게 되는데 그녀는 해원이 꿈꾸던

'귀하고 섬세한 손'을 가지고 있다. 기형과 결핍으로 고통받았던 그녀의 삶은 상처입지 않은 그녀의 동생을 통해 온전하게 이뤄지고 있음이 암시된다.

3. 환영을 통한 위안

조명숙의 「미즈 맘」(『문학사상』, 2005, 9월)과 윤영수의 「이런 소설이 있었다」(『현대문학』, 2005, 9월)는 어린 자식을 사고로 잃은 여자를 등장시킨다. 전자는 죽은 아이의 환영을 보며 위안을 얻는데 비해 후자는 아이가 죽은 뒤에도 무심하게 살아가는 모습을 보여준다.

「미즈 맘」은 교통사고로 여덟 살 딸아이를 잃은 현이라는 여자의 이야기이다. 비오는 날 하교길에서 우산을 쓰고 가다가 내려오는 덤프트럭을 보지 못해 일어난 사고였다. 이후 그녀는 비가 오는 날이면 아이가 사고를 당했던 학교에 가서 아이의 환영을 본다.

이는 어릴 때 들은 외할머니의 이야기에 기대고 있다. 달문이 열리면 비가 오며 빗속에는 귀신이 산다는 할머니 말대로 달 뒤에 나타나는 자그마한 아이의 모습이 비가 올 무렵이면 커져서 비오는 날 자신에게 내려오는 것이라고 믿는다. 이로써 그녀는 살아가는 힘을 얻지만 남편은 비정상적 행위로 보고 병원치료를 권하게 된다. 그녀와 남편과의 거리는 점점 멀어지고 결국 그녀는 집을 나와 옥탑방을 얻어 산다.

앞집 여고생 지나는 죽은 아이로부터 벗어나지 못하는 그녀에게 현실로 다가오는 아이이다. 평탄치 않은 환경에서 사는 지나는 모든 게 나쁘다. 하지만 '나가봤자, 거기서 거기라는 거'를 이미 알고 있으므로 가출하는 일은 하지 않는다. 몽유병자 엄마로 인한 비애 때문에 '절대 애 같은 건 안 낳을 거'라는 어른스러운 모습도 지니고 있다.

하지만 현실은 생각대로 되지 않는다. 덜컥 임신을 하고 돈이 없어 중절수술도 못하고 7달을 넘긴다. 지나가 유일하게 의논하는 상대인 현이는 자신의 문제 때문에 잠시 그녀를 잊고 그 사이에 지나는 아이를 낳는다. 그러나 그 결과는 끔찍하게도 비닐봉투 안에 담겨져 계단 모퉁이에 버려진다. 즉 지나가 마주치는 현실은 현이의 삶에 비해 훨씬 잔인하다고 하겠다.

현이는 아이의 환영에 기댈 뿐 별다른 고뇌가 나타나지 않는다. 아이가 삶과 죽음에 대해 가르치려고 환영으로 나타난 것이라고 생각하지만 그에 대한 깨달음은 그려지지 않고, 삶은 죽음과 함께일 때 삶다워진다는 것을 깨닫지만 역시 그로 인한 변화는 보이지 않는다.

이에 비해 윤영수의 소설은 똑같이 사고로 아이를 잃었으나 잊고 살아가게 마련인 인간 모습을 담는다. '나'는 7년 경력의 애니메이터로 아이를 친정 어머니에게 맡기고 직장에 다니던 중 사고를 당한다. 아이가 11층 아파트 창문 턱에 올라섰다가 방충망과 함께 떨어져 버린 것인데 그 소식을 듣고 '덜덜' 떨던 마음은 1년이란 시간 동안 진정되어간다.

그래서 이 소설은 아이 죽음에 대한 것보다 화자가 사람의 마음을 읽게 되면서 나타나는 여러 가지 삶의 양태에 대해 비중을 둔다. 사람들의 생각이 등판에 그림으로 떠오른다는 설정을 통해 숨겨진 비루한 욕망들을 드러내고 있는 것이다. 아랫집 여자의 밍크 코트와 감옥간 아들, 서로 자신이 중심 자리를 차지하려는 아귀다툼, 황무지에서 한없이 빨래를 널고 있는 그림이나 엄마 품에 안겨 울고 있는 남편 등판의 그림들은 외롭고 고달픈 삶을 의미한다.

4. 그래도 삶은 계속된다

구효서의 「앗쌀람 알라이 쿰」(『현대문학』, 2005, 9월)은 이라크에서 반전평화팀의 일원으로 일하고 있는 젊은 여성이 겪은 죽음에 대한 이야기이다. 평화팀 일부가 암만으로 철수를 하는 긴박한 현장에서 그녀는 고아원 아이들에게 그림물감을 가져다주겠다는 약속을 지키기 위해 고아원에 간다. 그런데 타고 가던 승합차가 누군가의 습격으로 전복되는 사고를 당하고 정신이 든 후 찾아 들어간 민가에서 그녀는 기이한 경험을 한다.

'막 죽을 고비를 넘긴 사람이라기엔 지나칠 만큼 맘이 가라앉아' 있는 그녀는 '편하고 공허하고 끝도 없이 안심이 되'는 느낌 속에서 그 집에 도착한 것을 '마침내' 도착했다고 느낀다. 그녀를 바라보는 그 집 식구들의 눈빛도 다정하다. 준비된 풍성한 식탁과 갈아입으라고 가지고 온 폴라니트 등 그녀는 '불청객'으로가 아니라 당연히 와야 할 누군가로 대접되고 있는 것이다.

그들은 그녀에게서 4년 전에 죽은 딸의 모습을 본다. 그녀의 식성이나 트림하는 모습 같은 일상적 습관에서부터 나이와 생일조차 같다는 사실에서 그들은 그 느낌을 더욱 굳힌다. 다소 비현실적 설정을 통해 드러난 딸의 생애는 '사람 편'에 서서 살다간 것이다. 특정 이념이나 특정 정파와 무관하게 민주화를 꿈꾸다가 기관총탄을 맞고 죽은 아름다운 여대생이 그녀이다.

그런데 이처럼 끔찍한 사실을 회상하는데도 온화한 미소를 잃지 않는 그들에게 '나'는 의문을 갖는다. 사랑하는 딸의 죽음까지도 신의 뜻으로 보는 건 "무기력한 패배의식을 신에 대한 믿음으로 치부하려는 것은 아닐까" 하는 생각 때문이다.

그러나 수세기 동안 영국, 이란, 쿠웨이트, 미국 등 여러 나라와 싸웠고 정부가 국민을 살해하는 것을 지켜본 이들에게 죽음은 두려움이 아니다. '아무도 싸우거나 죽고 싶진 않았지만 끝없이 싸움에 동원되거나 정부군에 의해 살해당'하며 살아온 이들에게 죽음은 삶 속에 들어있다고 할 수 있다. 즉 신에게 기대는 것은 삶을 포기한 것이 아니라 체념하지 않기 위한 지혜에서 비롯된 것이다. 죽음에 흥분하고 분노하면 이 긴 싸움에서 지게 되므로 가족의 죽음을 잊지 않고 자신 안의 평화를 믿어야 흔들리지 않는다고 생각한다.

> 평화에 이르는 길은 없어요. 평화 자체가 길이니까요...... 이미 내 안에 있으면 돼요...... 나 자신이 평화면 되는 거예요. 누구도 그걸 없앨 순 없어요.

이러한 태도는 이 나라에 평화를 전한다고 왔으나 공습이 잦아지자 거의 떠나버린 외국인 평화팀의 모습, 평화팀의 일원으로 일하고 있으나 내면은 공허한 '나'와 대비된다. 평화란 외부의 누군가가 전달한다고 전해지는 것이 아님을 보여주는 이들은 평화가 무엇인지 고민하지 않아도 진정한 평화를 이미 내면에 갖고 있는 것이다.

며칠 뒤 고아원에 다녀오다가 카심의 동네가 폭격으로 불모지로 변해버린 것을 발견한 그녀는 텅 비어버린 들판에서 당혹해 한다. 언제 죽을지 모르는 살벌한 이곳의 실상을 잘 보여주는 이 장면은 이들이 내면에 중심을 두고 살아갈 수밖에 없음을 역설하고 있다. 자신들의 의사와 상관없이 전쟁에 동원되고 사랑하는 가족이 죽음을 당하는 역사 속에서 신에게 기대지 않는다면 또 내면의 평화가 없다면 한 순간도 버티기 어려우리라. 그래서 한쪽에서 건물이 폭격으로 불타고 있어도 집안에서 평화로운 식탁을 차리고 살아남은 자들은 '하던 일은 해야 한다는 식'으로 시장을 열고 계속 살아가는 것이다. "앗쌀람 알라이 쿰(당신에게 평화를)"이란 인사말을 하며.

5. 나가며

죽음은 이 생에서의 삶을 마감하는 것이다. 종말은 두려운 것이기에 의학과 과학은 좀 더 생명을 연장시키기 위해 노력하고 철학과 종교는 죽음 이후의 세계와 죽음을 맞는 자세에 대해 설파한다. 종교를 갖고 있든 아니든 자신의 생을 정리하고 죽음을 맞는 자는 행복하다고 할 수 있다. 그렇지 못한 죽음이 많다는 것은 외형적 발전과 상관없이 삭막해져가는 현대의 삶을 드러낸다.

죽음을 소재로 하고 있는 이번 소설들에서 환기되고 있는 삶의 모습들은 황량하다. 전쟁터, 갑작스러운 사고, 갓난아이의 유기, 살인, 현실감각 상실로 인한 자살 등, 우리가 살아가고 있는 세계는 「약혼」에서 말하고 있듯이 여린 자가 저주받기 쉬운 세계이다. 그래서 상처에 예민하고 온혈동물일수록 공수병에 걸리고 죽기 쉬운 것이다.

견디기 어려운 상황에 놓일 때 사람들은 자신과 다른 삶을 꿈꾸고 환상에 기대게 된다. 「약혼」에서 해은이 자신과 달리 밝은 동생의 얼굴을 보기 원하고 「미즈 맘」에서 현이가 환영을 통해 위안받듯이. 하지만 환영은 지속적인 위안이 아니라는 것을 「미즈 맘」이 보여준다. 현이가 환영을 좇고 있는 동안 그녀가 관심 갖고 보살폈으면 하는 지나가 망가지고 있는 것이다.

이 소설에서 환영이 개인적 위안으로 끝나고 있다면 「이런 소설이 있었다」에서는 다른 사람의 삶을 들여다보는 도구로 쓰인다. 사고로 아이를 잃은 슬픔은 더 이상 이들 부부를 잠식하지 않는다. 가장 연연해할 줄 알았던 할머니조차 나들이 생각으로 꽉 차있는 것을 보여주면서 부부사이, 가족사이라 해도 각자의 세계 안에 침잠해 있는 현대인의 삶을 드러낸다.

「모독」은 모래에 쌓은 성처럼 허망한 한 생애를 보여주면서 죽어서 자연의 일부가 됨으로써 온전해지기를 바라는 상상을 하고 있다. 또 삶의 현장이 고단할수록 내면의 평화가 중요하며 고통스러워도 삶을 포기해서는 안 된다고 「앗쌀람 알라이 쿰」이 말하고 있다.

이처럼 죽음을 소재로 한 소설들은 등장인물들이 죽음을 맞기까지의 다양한 삶을 펼쳐 보임으로써 삶에 대해 다시 한 번 생각하게 한다. 용납하기 어려운 죽음, 잘못되거나 엉뚱해 보이는 죽음들도 많지만 인간으로서 할 수 있는 일은 순간순간을 열심히 살며 내면의 평화를 간직하는 것일 것이다. 그리고 죽음이란 아주 다른 세상이 아니라 생에 바로 이어져 있어 '달라진 게 없다고 / 몸 속 원자들 서로 자리를 바꿨을 뿐 / …. 다 그대로 있다고'[2] 생각한다면 죽음 앞에서 좀 더 의연한 태도를 보일 수 있을 것이다.

---

2) 황동규(1999) 『풍장』, 문학과지성사.

길 위의 이야기와 방 안의 이야기

1. 길 위에서 - 기억의 회복과 과거의 확인

신년특집을 비롯하여 지난 겨울에 발표된 소설들은 그 어느때보다도 풍성했다. 6,70대에 이른 연륜 깊은 작가에서부터 4,50대의 중장년작가, 푸릇한 20대의 작가들까지 그 연령층이 폭넓었던 만큼 그들이 쏟아낸 이야기들도 다양했다.

등단 초부터 6.25동란으로 인한 민족간의 갈등과 대립을 꾸준히 다루어 온 김원일은 이번에 발표한 두 작품에서도 6.25로 인한 상처를 보여주고 있다. 역시 어린 시절 전쟁의 와중에서 경험했던 전 깃불 공포가 트라우마로 형성되는 것에 주목한 바 있는 이청준은 6.25때 겪었던 일을 되짚어보는 노인의 이야기를 통해 사실이라고 알고 있던 것의 일면성, 혹은 기억의 불완전함에 대한 성찰을 유도

한다. 6.25로 비롯되는 상처와 이야기는 아직도 무궁무진하다는 것을 새삼 느끼게 하는 작품들이다.

노년에 이르면 누구나 지나온 생을 되돌아보게 된다. 생을 마감하기 전에 해결되지 않은 일을 정리하고픈 욕구는 자연스러운 일일 것인데 김원일과 이청준 소설의 주인공들이 지고 있는 문제는 6.25에서 비롯되고 있다.

김원일의 「오마니별」(『창작과비평』 2005, 겨울)은 TV에서 많이 보아온 이산가족을 찾는 이야기이다. 주인공 조평안 영감은 전쟁으로 가족을 잃은 사람이다. 인민군으로 차출된 아버지가 전사하고 어머니, 누이와 함께 남하하던 중 폭격으로 어머니가 죽고 이어진 또 다른 폭격으로 누이마저 잃고 만다. 그 또한 머리와 귀를 다치고 기억력마저 잃은 채 몇 번이나 죽을 고비를 넘고 어느 시골 염소치는 남자에게 거두어진다. 남자의 성을 따 조씨라 하고 평안도말씨로 미루어 평안이란 이름을 얻게 된 그는 평생 그를 거두어준 집안일을 돌보며 '궁상맞은 홀아비'로 혼자 늙어간다.

그런데 동네 학교 교사로부터 그의 누나일 것 같은 사람이 동생을 찾는다는 소식을 접하고 만나러 간다. 그의 누이는 미국 중산층 가정에 입양되어 순조롭게 성장한 뒤 스위스남자와 결혼하여 스위스에서 살아왔는데, 꿈 속에서 동생을 본 후 동생을 찾으러 한국에 온 것이다.

평생 초라하고 쓸쓸하게 살아온 조영감이 54년 만에 누나를 만난다는 이 이야기는 평탄하게 살았을 한 사람의 삶이 전쟁으로 망가지는 것을 보여줌으로써 전쟁의 잔인함을 되새기고자 한다.

또 이 소설은 당시 사리분별이 가능했던 누이의 시선을 통해 전쟁의 실상을 고발한다. 그녀가 겪은 것은 무차별한 폭격, 미군들이 피난민 대열 중에 숨은 인민군을 가려낸다고 남자들을 추려내어 욕을 하며 총살한 행위이다. 이 체험은 황이장처럼 미군을 우호적으로 보는 입장과 다른 시각을 그녀에게 심어준다. 인민군을 가려낸다는 명분이 있더라도 그들의 행위는 '인간으로서는 차마 할 수 없는 그런 짓'이라는 생각이다.

전쟁의 상처는 남매에게 각기 다른 양상으로 남는다. 소년의 경우 기억을 빼앗겼지만 누이의 경우 전쟁과 관련된 나라의 말을 자발적으로 잊는다. 곧 상처의 근원인 한국말을 쓰지 않아 거의 잊었고 폭격하던 미군에 대한 원한 때문에 영어를 쓰지 않는다. 그러나 조영감이 동생이라는 확신이 들면서 그녀는 자연스럽게 한국말이 나오고 부모가 죽은 뒤 하늘의 별을 보고 '오마니별'이라 불렀던 기억을 끌어냄으로써 둘이 남매임이 증명된다.

인위적으로 잊으려 했으나 잊히지 않고 되살아난 모국어나 끊을 수 없는 혈육의 정은 본능이나 감정과 연관된 것이다. 모든 문제가 혈연 확인으로 해결되고 있으므로 감정적 호소력은 강하나 결말이 단순하다는 느낌을 준다. 전쟁으로 인한 이별은 이미 익숙해진 이야기인데다 누이의 삶이 원하는 대로 순조롭게 이루어진 점, 동생을 확인하는 대목이 도입부에 비해 쉽게 해결되는 점 등이 소설의 감동을 약화시키고 있다.

이에 비해 「백꽃 지다」(『현대문학』 2006, 1월)는 전쟁 중 싹튼 사랑에 대한 이야기이다. 그러나 마음 속으로만 간직한 사랑이기에 애틋함을 준다.

6.25동란 중 학도병으로 지원, 용초도 포로수용소에서 근무하던 주인공은 포로가 된 아들을 찾으려는 월남난민 모녀를 만나게 된다. 그 딸에게서 난생 처음 이성을 느낀 그는 위험을 무릅쓰고 그녀의 오빠를 탈출시키기까지 한다. 그리고 헤어질 때 살아있으면 5년마다 동백꽃 필 무렵 용초도에서 만나자는 약속을 한다.

그런데 첫 5년이 되는 해 만나지 못하고 10년 되던 해에 만난다. 그녀를 생각하고 아직 총각이던 그와 달리 그녀는 아이까지 있는 몸이므로 5년 후를 기약하고 다시 헤어질 수밖에 없다. 그 후 그도 결혼을 하고 가정을 이루어 살지만 그녀에 대한 첫정을 버리지 못해 5년마다 용초도를 찾는 것이다. 그러나 그녀가 오지 않아 오십 년 동안 네 차례 만났을 뿐, 이루어지지 못한 그의 사랑이야기는 안타까움과 회한을 준다.

이러한 사연은 그것을 듣는 민박집 민이네의 반응을 통해 여러 각도로 바라볼 수 있게 한다. 곧 환갑이 넘도록 그런 사랑을 못해 본 자신의 삶을 돌아보기도 하고 그의 입장에서 안타까워 하다가 그 아내의 입장을 헤아려 '본부인을 속여' 먹은 '괘씸한 영감'이라고 화가 나기도 하는 등 복합적인 반응이 나타나는 것이다.

즉 이 작품은 이루어지지 못한 사랑이라는 틀을 가지고 포로수용소의 참상, 미군의 실책과 이기심 등, 역사적 정황과 함께 우리 삶에 드리워 있는 회한을 끄집어내고 있다. 사건의 시발은 전쟁이지만 전쟁 이야기를 넘어 삶의 여러 가지 얼굴을 보여주는 것이다. 아내에게는 거짓말을 한 셈이지만 부정한 것이라고 단순히 말할 수 없는 측면, 또 약속 하나 믿고 바보같이 일생을 살아온 노인의 모습을 통해 삶이란 기다림의 연속이며 꿈만 가지고도 살 수 있음을 말해준다.

이청준의 「지하실」(『문학과사회』 2005, 겨울) 역시 6.25동란 중에 일어났던 이야기를 되짚어보는 작품이다. 노년에 이르러 고향집을 복원하려는 화자는 어릴 때 일을 떠올린다. 그것은 그의 집에 있던 비밀 지하실에 얽힌 이야기인데 한 동네가 좌우익으로 갈렸을 때 '사람의 생사 갈림길'을 안고 있던 곳이다.

좌익을 피해 집안 어른이 지하실에 숨어 목숨을 부지했고 세상이 다시 바뀌자 '마을위원회' 일을 책임맡고 있던 윤호 아버지가 숨어들기도 한다. 그래서 지하실은 '명암과 영욕의 내력을 양면으로 함께 간직'한 장소가 된다. 이와 함께 숨어있는 집안어른을 찾는다고 지하실 앞까지 와서 수색하던 병삼에 대한 원한과 끝까지 숨어있지 않고 제 발로 나와 처형당한 윤호아버지에 대한 기억이 되살아난다. 병삼은 그 집안의 머슴으로 지하실의 존재를 알고 있던 자이므로 수색대를 끌고온 그에 대한 배신감과 분노는 '치명적'이었던 것이다. 또 윤호 아버지가 처형된 뒤 홀로 시신 앞에서 울고 있던 어린 윤호의 모습, 청년기도 맞기 전에 죽은 윤호의 불운한 삶이 겹쳐 떠오른다.

화자는 이런 기억들을 되살리면서 집안어른이 숨어 목숨을 부지했던 것을 기리고자 하는 마음으로 지하실을 복원하고자 한다. 그러나 손위 성조형은 병삼에 대한 그의 생각이 오해였음을 말해주고 윤호 아버지가 지하실에 끝까지 숨어있지 않은 데 대해 동네사람들이 어떻게 생각했던가를 일깨운다. 즉 지하실을 되살리는 것은 잊고 지내온 험한 내력을 되살리는 것이므로 그냥 묻어두자고 한다. 이 일이 '제 편에 이로운 것만 골라' 살리는 것임을 지적하면서 동네 분란거리가 될 수 있음을 깨우쳐 주는 것이다.

어느 시절 어느 한 쪽에 그럴 힘이 있어 그걸 알아두면 이로운 일이 생기는지 모르지만 그 힘 바뀔 때마다 우리는 살기가 더 불편해. 그래서 그냥 이렇게 살아. 그도 보통 힘든 세월이 아니었지만.

내 우정 자네를 탓하려는 게 아니라, 눈길을 바꿔 보면 세상일이란 사람 따라 세월 따라 다 그렇게 달라 보이는 법이여! 지난 일이 그리 소중하다면 내일 또 지난날이 될 오늘 일이 우리한텐 더 소중하니께 말여.

전에 없이 서슬이 선 어조와는 딴판으로 성조씨는 언제부턴지 해맑은 가을 볕발 속에 얼굴색이 무참한 흑빛으로 변해 있었다.

화자가 병삼에 대해 잘못 생각하고 당시 동네사람들이 자신의 가족을 어떻게 생각했는지에 대해서 전혀 생각해 본 적 없다는 상황은 어떤 사건이 일어났을 때 그에 대한 생각이 편파적일 수 있다는 것, 사실로 믿고 있는 것의 일면성, 나에게 이로운 일이 누군가에게는 해가 될 수 있다는 상대적 진실 등을 생각하게 한다. 또 힘없는 보통 사람들은 수시로 힘이 바뀌는 나라에서 목숨을 부지하고 살려면 아는 척 하지 않고 묵묵히 살 수 밖에 없음을 보여준다.

이와 같이 6.25전쟁은 일어난 지 55년이 넘었으나 상처와 회한, 괴로움 등으로 남아 종결된 과거가 아니라 진행중인 현재임을 다시금 되새기게 한다. 그런 참담함을 겪으면서 살아온 이 나라 백성들의 얼굴은 '무참한 흑빛'일 수밖에 없음을 다시 한번 환기시킨다.

2. 길 위에서 – 통과의례의 고단함

노인들이 과거를 돌아보고 과거에 맺은 연을 되살리고자 하는 이야기와는 달리 젊은 세대는 앞으로 나가고 있다. 그들 앞에 놓인 삶은 당연히 쉽지 않은데 이를 어떻게 통과하는가가 젊은 세대들의 숙제이다. 그래서 주어진 삶을 어떻게 지나는가 하는 통과의례가 젊은이들의 주된 이야기가 된다.

최근 많은 주목을 받고 있는 젊은 작가 김애란의 「베타별이 자오선을 지나갈 때, 내게」(『창작과비평』 2005, 겨울)는 젊은 여자의 인생살이를 그리고 있다. 어렵게 재수를 해서 사립대학 특차에 붙었으나 늘 경제적 어려움이 그녀를 기다리고 있다. 재수할 때도 4명이 한 방을 쓰는 최하수준의 독서실에서 살았던 그녀는 대학에 다니면서도 학원 강사를 하면서 학비를 번다.

이제 스물여섯의 그녀는 강사경력 3년차의 이력서를 들고 취직자리를 구하고 있다. 학과성적이 4.0이 넘고 토익점수도 900점 이상이며 성격도 원만하다고 생각하지만 번번이 서류심사에서 떨어진다. 이것은 그녀가 처해있는 현실이 경제적 조건이 중요하게 작용하는 사회임을 드러낸다. 자기소개서를 잘 써야 취직되는 것이 아니라 '인생 자체가 잘 씌어' 있어야 하며 '고시도 잘 사는 집 애들이 잘 붙'는다. 자기소개서에 들어갈 '콘텐츠'는 '돈'으로 만드는 것이 최근의 현실이다.

재수생활을 시작하면서 그녀는 경제적 상황에 따라 극명하게 나뉘는 삶을 체험하게 된다. 동생이 둘이나 있는 마당에 재수할 수 있는 것을 '황송'하게 여겼던 그녀는 월 11만원짜리 독서실에서 지낸다. 일심학원에 다니고 싶었지만 석달치 학원비를 선불로 낼 수 없어 포기하고 실핀을 꼽고 매일 똑같은 옷을 입고 다닌다. 일심학원에 다니며 월 80만원짜리 학사에 사는 민식의 경우와 비교해보면 그 차이는 매우 크다.

같은 독서실에서 살며 임용고시와 공무원 시험을 준비하는 언니들의 삶도 매한가지이다. '얼굴을 보냐, 아버지 직업을 보냐, 손가락 열 개 달렸음 되고, 그냥 열심히 해서 답만 맞추면 되'기 때문에 공무원시험 준비를 한다는 말에서 평범한 외모와 집안의 사람이 성공하기 힘든 것을 드러낸다.

대학생이 되어도 그녀의 삶은 별반 달라지지 않는다. 복잡한 지하철 안에서 밀리고 있는 현실은 수강증을 끊기 위해 수많은 인파 속에서 밀리던 재수시절과 달라진 것이 별반 없어 보인다. 나아지는 게 없이 여전히 노량진을 '지나가고' 있는 것이다. 그러나 절망이나 체념의 분위기가 강하게 나타나지 않는데, 6년전 쓰러질 것 같던 그녀에게 민식이 손을 내밀어 끌어내 주었던 것처럼 "아영아, 내 손 잡아" 하는 소리를 듣기 때문이다.

그 소리에 정신을 차리고 '어디까지 왔는지' 따져보는 그녀는 쉽게 넘어지지 않으리라는 느낌을 준다. '나는 곧, 내릴 것이다'라는 단언처럼 현재의 지나가는 과정을 어느 순간 마무리하리라는 결심을 보여준다.

이에 비해 서하진의 「꿈」(『현대문학』 2006, 1월)은 암울하다. 이 작품의 주인공은 궁핍의 문제가 좀더 절박한 24세의 여성이다. 「베타별이..」의 경우 주인공 혼자 겪는 현실이지만 여기서는 가족의 문제가 섞인다.

세 모녀의 기둥 역할을 하던 성실하고 착한 오빠가 병으로 죽고 이후 그녀의 어머니는 생의 의욕을 잃은 채 살아간다. 오빠 대신 가장의 역할을 해야 하는 화자는 달리 돈을 마련할 방도가 없어 난자를 판다. 띠동갑의 가난한 냉장고 수리기사와 결혼하여 아이를 가진 20살의 동생, 임신했다고 행복해하지만 언니인 화자가 보기에 그녀의 삶은 좋아 보이지 않는다.

주변에 착한 사람들만 있고 실질적으로 도움 주는 사람이 없는 그녀는 착한 사람이 지긋지긋하다. 사귀던 남자도 착하기 때문에 이별을 통고하는 그녀는 가난하지 않았다면 스무살의 동생이 '칠년간의 직장생활로도 반지하 단칸방을 면하지 못한 남자'와 결혼하진 않았으리라고 생각한다. 곧 가난한 사람이 좋은 것을 선택하기 어렵고 착함만으로 세상을 살기에 이미 이 사회는 너무 팍팍하다는 것을 안 것이다.

간간이 기억을 잃고 49세인데 70대 노파처럼 보이는 어머니가 끝내 사라져버리고 어머니를 찾으러 돌아다니는 화자는 '쉽사리 깨어 날 수 없는 길고 어지러운 꿈에 빠졌다는 것을' 깨닫는다. 착하고 성실하게 살았으나 보상은커녕 젊은 나이에 죽음을 맞고 손을 잡아줄 사람조차 없는 냉혹한 현실을 냉정하게 보여준다.

3. 방 안에서 - 닫혔으나 노출된 공간

젊은 작가들의 작품에서 많이 나타나는 또 다른 현실은 컴퓨터가 생활의 중심이 된 최근 사회상이다. 컴퓨터게임의 세계나 삐삐와 같은 당시 새로운 문화와 관련된 것은 김영하가 이미 다룬 바 있지만 관련기술이 계속 발전하고 있으므로 이에 대한 이야기는 앞으로도 계속 다양하게 변주될 것으로 보인다.

컴퓨터가 단지 생활을 편리하게 하는 기계로서가 아니라 세상과 소통하는 출구가 되면서 컴퓨터 이외의 것에 관심을 잃고 컴퓨터안의 세계를 현실로 간주하는 경우들이 나타나고 있다. 그 이전의 세대가 부단히 자신의 삶의 목표를 추구하고 잃었던 것을 되찾기 위해 걸음을 옮겨 왔다면, 이들은 컴퓨터 안의 세계에 침잠해서 삶의 낙을 건지고자 한다.

김미월의 「너클」(『문학과사회』 2005, 겨울)은 피시방에서 일하는 26세의 여자가 등장한다. 그녀는 '공주만들기'란 게임에 몰두하고 있는데 근무시간에도 늘 게임을 하고 있다. 머릿속은 게임 속의 아이를 어떻게 해야 완벽하게 키워 최고의 단계로 나아가느냐로 분주하다.

그녀가 일하는 피시방이 있는 건물 5층엔 만화방, 4층엔 전화방, 3층엔 DVD방, 2층엔 노래방, 1층엔 찜질방이 있다. 일이 끝나면 만화를 보거나 DVD를 보고 노래를 부르기도 한다. 집에 들어가기 싫으면 찜질방에 가서 잔다. 곧 그녀가 움직이는 동선은 집에서 건물까지이며 모든 것이 방에서 이루어지는 것이다.

치매에 걸린 할머니와 함께 살지만 할머니는 간병인이 돌보고 있으므로 집에서도 그녀가 하는 일은 지루해 하면서도 만화책을 보고 수음을 하거나 DVD를 보는 일이다. 게임의 세계에 빠져 있을 때 시간은 빨리 흐르지만 '현실세계에서의 시간은 움직일 줄' 모른다.

그녀가 이렇게 사는 이유는 무엇일까? 그녀를 억압하는 것은 '어긋난 관계, 떠나간 사랑, 악몽'이다. 어린 시절 무서운 꿈을 꾸고 나서 다정한 엄마의 위안을 기대했지만 겨우 열여섯살 손위인 그녀의 엄마는 티비를 보고 있을 뿐이다. 그나마 그녀를 떠난다. 그녀의 어린 시절은 악몽과 어머니의 부재, 할머니의 악담과 욕설과 구타로 채워져 있다.

그래서 그녀가 몰두하는 게임은 어머니로부터 받지 못한 사랑을 받고자 하는 대리행위이다. 방치되었던 자신과 달리 게임 속의 아이 신시아는 '부모의 사랑을 듬뿍 받고 자란, 살아오면서 한번도 매를 맞아 본 적 없는 소녀다운 천진함과 스스럼없음이 온몸에서 배어'나는 아이이다. 꿈조차 선택해서 꿀 수 있다. 교양, 성실성, 지식, 사교성, 전투력, 매력, 건강 등 모든 면에서 최고점을 받은 신시아는 모든 면에서 현실의 '나'와 상반된다.

이제 신시아에게 남은 일은 사랑하는 사람을 만나는 것이다. 그러나 사랑하는 사람을 만나면 게임이 종료되므로 그 이후에 할 일이 없어지는 그녀는 신시아를 계속 잠자게 한다. '앞날에 기다릴 무엇인가가 있는 삶'을 누리고 있기 때문에, 더욱이 엄마가 꼭 껴안아주는 꿈을 꾸면서라면 영원히 자는 것도 나쁘지 않을 것이기 때문이다. 스스로 게임과 자기만의 방에서 나가지 못하듯이 신시아도 밖의 세계로 내보내지 못하는 것이다.

그녀가 자신을 지켜주는 무기로 너클을 구하는데 이는 "자기 몸은 자기가 지켜야 한다" '믿을 건 자기 주먹'이라고 엄마가 말했기 때문이다. 작은 주먹을 가진 엄마와 어울리지 않는 이 말은 아마도 믿을 사람이 없었던 엄마의 과거를 짐작하게 한다. 그러나 약한 주먹에 너클을 끼운다고 힘이 세지는 것은 아니다. 피시방 종업원인 커서가 너클을 가져도 상관없어 하는 것은 그녀가 이 사실을 알기 때문으로 보인다. 곧 너클은 그녀에게 무기라기보다 엄마와의 연결고리라고 하겠다.

철저하게 방안에서만 사는 그녀, 가짜 보석팔찌를 진짜라고 믿고 백사장을 따라다니는 소녀들, 가짜 장신구들을 사주면서 소녀를 데리고 다니는 중년의 백사장, 손님들이 두고 간 물건들을 슬쩍하는 커서, 피시방에서 포르노와 게임에 빠져 사는 사람들..... 모두 모니터 밖의 세계에는 관심을 가질 여유도 이유도 없는 자들이다. 자신만의 세계에 갇혀서 각각 살아가며 타인의 문제에 관심을 갖거나 도와주거나 하는 일과 무관한 이들은 현대의 자폐아들이다.

이에 비해 노희준의 「외눈박이」(『현대문학』 2005, 12월)에는 방안에 있으나 몰래카메라를 통해 밖의 세계를 낱낱이 살피고 있는 남자가 등장한다. 영화 찍는 것이 꿈인 남자는 영화장면에 넣기 위해 자신이 사는 원룸 복도에 카메라를 설치하고 돈 때문에 몰카를 설치해 주면서 산다. 카메라를 통해 드러나는 것은 비슷한 일을 반복하는 무의미한 현대인의 삶이다.

늘 여자를 끼고 다니는 301호 남자, 베일에 싸인 건물 주인인 302호 여자, 세 남자와 사귀고 있는 304호의 여대생, 유일하게 부부가 사는 305호. 이들은 섹스를 하고 포르노를 보거나 술을 마시고 밥을 먹고 하는, 심드렁한 오늘의 삶을 드러낸다. 화자의 삶 역시 활기 없이 이어지는 단조로운 것이다.

나는 그저 심드렁했다. 아무것도 나를 흥분시키지 못했다. 그 자리에 서있으면 모든 것이 농담 같았다. 인생도, 섹스도, 외로움도, 영화도, 보잘 것 없는 빛과 소리의 단자로 환원되어 잠시 차가운 허공을 떠돌다 사라지는 것이었다.

어떤 것을 봐도 흥분하지 않고 충격 받지 않는 그의 모습은 꿈을 가진 젊은이와는 거리가 먼, 늙은이를 연상시킨다. '언젠가는 반드시 거짓말도 트릭도 없는 감동적인 영화'를 찍는 것이 꿈이라고 하지만 그 꿈을 이루기 위한 노력은 나타나지 않는다.

화자에게 몰래카메라 설치를 부탁한 의뢰인의 경우는 좀더 엽기적이다. '욕구불만에 가득찬 어린아이'와 같은 모습이던 남자가 다른 남자와 관계 맺는 아내를 몰카 화면으로 보며 자위를 하고 삶의 활기를 얻는다는 것은 참담하다.

방은 더 이상 개인의 프라이버시를 가려주지 않는다. 방 안에 있다고 다른 사람의 시선에서 차단되는 것이 아니므로 방의 이미지는 이제 단순히 갇힘만을 표현하지 않는다. 어디선가 카메라가 내려다보고 있는 방은 나만의 방이 아니라 모두의 방인 셈이다. 카메라뿐만이 아니라 이메일, 인터넷 SNS 서비스, MSN 메시지는 공개일 기장이나 마찬가지이며 GPS가 내장된 휴대전화는 현재위치를 알려준다. 그 결과, 타인과 단절된 방안에서 혼자 살아가고 있지만 그 내용이 적나라하게 타인의 시선에 노출된다는 아이러니를 보여준다.

그 아이러니는 몰카를 통해 3층 사람들의 모든 것을 보고 있다고 생각했던 화자가 302호 여자의 몰카에 찍히고 있음을 발견하는 데서 극대화된다. 즉 자신은 모두 본다고 생각했으나 한 면만 보고 있었던 것. 그래서 '외눈박이'란 소설 제목은 한 눈으로만 바라봄으로써 온전하게 보지 못하는 상황을 가리킨다.

스스로의 삶은 철저하게 가리면서 타인의 삶을 엿보는 것은 일찍이 키에슬로프스키의 영화 「레드」에서 묘사된 바 있다. 전화를 도청하여 다른 자의 삶을 엿듣는 은퇴한 노판사의 일그러진 모습은, 「외눈박이」에서 타인을 엿보는 자신을 다른 사람이 엿보고 있다는 이중설정으로 좀더 비틀려 투영되고 있다.

타인을 훔쳐보는 것은 자신을 숨기기 위해서라는 화자의 인식은 방안의 세계에서 타인과의 교류를 원치 않는 단절된 현실을 잘 드러낸다. 이렇게 살아가는 원인이 설명되어 있지 않으나 타인과의 소통이나 교류에 의미를 두지 않는 것임은 분명하다. 이로서 이 소설은 자신만의 방에서 살아가는 파편화된 현대인의 삶을 극명하게 보여주고 있다.

가족과 어머니의 삶에 대한 질문

1. 변화하는 가족관

최근 우리 사회의 가족관이 변화하고 있다. 호주제 철폐안이 국회에서 통과되고 국제결혼이 증가하면서 가부장과 단일 혈통 위주의 가족관이 수정되어야 할 지점에 온 것이다.

조선조부터 이어져 내려오던 가부장제도는 억압된 어머니와 여성의 숨죽인 인내로 유지되어 왔다고 할 수 있다. 따라서 많은 가족 이야기들이 아버지의 절대 권력으로 인한 갈등과 그에 대한 저항, 아버지의 그늘에 가려 자신의 목소리를 낼 수 없는 어머니와 여성들을 다루어 왔다.

그러나 점차 아버지의 권위는 약화된다. 90년대 초에 이르면 늙어서 무력해진 아버지를 독재자에 빗대어 노래하기도 하며 2000년대에는 농담의 대상으로 희화화되고 가족의 개념 역시 확장된다. 곧 아버지 없이 모계를 중심으로 한 가족들과 혈연관계가 없어도 함께 사는 가족들이 선보이기 시작한다. 김애란의 「달려라 아비」를 보면 태어나기 전에 사라져 한번도 본 적 없는 아버지가 등장하며, 영화 「가족의 탄생」은 혈연과 무관하게 보살핌을 중심으로 한 가족들을 등장시킨다.

2006년 봄 기간에 발표된 소설들 중 여러 작품들이 가족이나 어머니에 대해 그리고 있다. 아버지는 일찌감치 죽거나 있어도 무능하고 미미한 존재이므로 어머니가 감당해야 할 몫이 커질 수밖에 없다. 또 여러 가지 문제로 가족이 해체되고 새로운 가족이 만들어지기도 한다.

아버지의 빈 자리를 채우는 어머니와 가족 이야기들에서 어떤 변화의 흐름을 읽을 수 있는지 살펴보자.

2. 모성이데올로기의 구현

문순태의 「느티나무와 어머니」(『문학사상』, 2006, 5월)는 미국에서 흑인 아내와 결혼해 살고 있는 화자가 오랜만에 어머니를 만나러 오는 이야기이다. 30년 전 미국으로 유학온 그는 흑인여자를 사랑하게 되는데 흑인며느리를 용납 못하는 어머니와 아내 사이에서 아내를 택한다. 그의 아내는 멕시칸 아버지와 아프리카 이민 2세인 어머니 사이에서 태어난 자이고 아들은 황색인과 흑인 사이의 혼혈이며 며느리가 될 여자는 드라비다와 아리안 혈통을 지닌 인도 출신이다. 거기에 베트남 출신의 입양 딸까지 있어 그의 가족은 '민족과 혈통을 초월한 개체로서 인생의 동반자들인 셈'이다.

즉 그의 가족은 같은 민족이어야 하고 혈연에 의한 경우만 가족이라는 종래의 관점을 넘어서 있다. 그런데 문제는 이를 용납하지 못하는 그의 어머니이다. 25년 전 결혼식장에서 흑인 며느리를 보고 질겁하고 한국으로 돌아간 이후 그의 전화도 받지 않을 정도로 어머니의 태도는 강경하다. 이런 어머니의 태도를 그는 아들에 대한 집착으로 여긴다.

그의 머릿속에 각인된 세 가지 장면은 어머니의 신산했던 삶을 요약해준다. 첫 번째 장면은 그가 다섯 살 때로 며칠째 집에 들어오지 않는 아버지를 찾아갔을 때이다. 주막집 각시에게 달려든 어머니를 거꾸로 아버지가 빗자루로 후려치고 내동댕이치는 장면. 두 번째는 열두 살 때 도부장수를 하며 이 마을 저 마을을 떠돌 때. 세 번째 기억은 그가 학교 갈 때나 집에 돌아올 때 늘 동구 밖 느티나무 밑에 서 있던 어머니의 모습이다.

남편의 사랑을 받아보지 못한 채 고생만 한 어머니는 힘들게 키운 아들 또한 자신의 뜻을 따르지 않으므로 박복한 여인의 전형이라고 할 수 있다. 이런 어머니에 대해 효성이 지극할 법 한데 이 소설의 화자는 어머니에 대한 그리움이 그다지 크지 않다. 고생하던 어머니를 회상하면서도 그에 대한 안타까움이 없으며 83세로 혼자 고향에서 살아가는 어머니의 생활을 염려하는 모습 역시 없다. 현재 노모를 찾아가는 이유도 자신의 그리움 때문이 아니라 아들이 할머니를 보기 원해서이다.

그가 드디어 고향집에 도착했을 때 감격에 겨운 재회의 장면이 없는 것은 그래서 당연해 보인다. 그를 맞는 것은 정겨운 고향마을이 아니라 폐가가 드문드문 있는 을씨년스러운 마을이며 당당한 어머니 대신 허리가 직각으로 굽은 초췌한 노파가 있을 뿐이다.

서로 누구냐고 묻는 마지막 장면은 이 노파가 어머니인지 아닌지 말해주지 않는다. '늙기는 했어도 남자처럼 우람한 체격에 허리가 곧고 눈빛이 당당했던' 기억 속의 어머니가 더 이상 존재하지 않는다는 것만 확실한 사실이다.

민족과 혈통을 초월한 가족 구성원을 자랑스럽게 여기면서 정작 자신의 어머니를 돌보지 않는 것, 흑인 며느리와 손자를 용납하지 못하는 어머니의 심정을 아들에 대한 집착으로만 치부하는 것 등은 어머니에 대한 그의 인식이 자기중심적임을 말해준다. 그의 어머니는 남자는 바람피고 폭력을 휘둘러도 가정을 지켜야 하며 아들은 헌신적으로 키워야 한다는 현모양처 혹은 모성이데올로기에 희생된 경우라 하겠다. 아들에 대한 사랑이 집착에 가까울 수는 있지만 고생으로만 점철된 어머니의 삶을 생각할 때, 그 사랑만이 그녀 삶을 유지시키는 힘이었을 것임을 이해하지 못하는 아들은 그녀의 일생을 더욱 허망하게 만들고 있다.

이와 비슷하게 억척스런 어머니가 유민의 「겨울」(『현대문학』, 2006, 4월)에도 등장하는데 강한 어머니일 뿐 아니라 삶의 철학이 확고하다는 데서 전자와 다르다고 하겠다.

사업에 실패하고 무일푼이 된 화자는 임신한 아내와 함께 어머니의 신세를 진다. 어머니는 평생 메밀묵을 만들어 팔아왔는데 '일일부작 일일불식(一日不作 一日不食)'을 신념으로 하는 사람이다. '잘 나가던 오너'였는데 메밀묵 장사 같은 것은 할 수 없다고 생각하는 철없는 화자는 사사건건 어머니와 부딪친다.

기계를 이용하지 않는 어머니께 세상이 바뀌었다고 하면 "바뀐 세상에 다 적응하고 살면 옛맛을 잃어버린다" "편하자고 장사를 하면 묵맛이 없어진다" "음식은 자고로 정성이 들어가야 한다"란 대답이 돌아온다. '로비를 잘해야 돈 버는 세상'이라는 생각으로 '사업할 때는 하루 술값으로 천만 원도 썼던' 그는 어머니의 신념과는 반대로 계속 허황된 꿈을 꾼다.

계속되는 어머니와의 갈등 끝에 드러나는 어머니의 삶은 미담이다. 남편이 일찍 죽은 뒤 30년을 추운 겨울 밤거리를 다니며 메밀묵을 팔아 삼남매를 키운 것이며, 거기에 장애인들과 소년소녀 가장들을 돕고 있는 장한 어머니였던 것이다.

그런 어머니의 고생을 늦게야 깨닫고 반성하는 아들의 이야기는 도덕 교과서 같은 느낌을 준다. 어머니의 고생, 철없는 아들 대신에 마음이 통하는 며느리, 아들의 각성 등이 정형화되어 있어 감동을 약화시키고 있는 한편으로, 세상이 바뀌어도 꿋꿋하게 자신의 신념대로 살아가는 어머니의 모습을 통해 변화무쌍한 현대의 삶에서 옛 가치를 고수하는 인물에 대한 향수를 드러내고 있다.

3. '자식을 마땅히 구해주는 존재'로서의 어미

김인숙의 「조동옥, 파비안느」(『창작과 비평』, 2006, 봄)는 주인공의 어머니의 삶이 고려 때 수령옹주와 대비되면서 전개된다. 수령옹주는 현종의 넷째 아들과 결혼해 옹주가 되었고 대군인 아들 셋과 역시 옹주인 딸 하나를 둔 복받은 여인이라고 할 수 있다. 그러나 딸을 원나라 공녀로 보내게 되면서 슬픔에 겨워 병이 나 결국 55세에 죽는다.

주인공의 어머니는 그녀와 헤어진 지 16년 되는 해, 59세에 죽는다. 귀한 신분은커녕 원하는 삶에 도달하지 못한 것을 늘 모욕으로 느끼며 그 상처를 걸죽한 욕설로 내뱉으며 살았던 그녀 어머니와 수령옹주의 삶이 겹치는 부분은 딸을 향한 그리움이다.

이혼 후 상처로 인해 어린 딸이 임신한 사실을 너무 늦게 알게 되지만 상황을 파악한 순간 어머니는 침착하게 일처리를 한다. "아무 일도 아니다, 그러니 조용히 해" 하며 산통으로 비명을 지르는 딸의 입을 막고 딸의 뱃속에서 아이를 꺼낸다. 그녀는 "세상의 모든 어미는 자식을 마땅히 구해주는 존재여야 한다"고 믿기에 그 아이가 어찌 되었는지 묻지도 않고 자신의 일상으로 돌아온다.

어머니는 딸을 남편에게 맡기고 친정식구들이 살고 있는 브라질로 떠나는데 떠나기까지의 과정이 '단호하고 매몰차게' 진행된다. 그렇게 매정하게 떠나고 죽을 때까지 한번도 연락을 하지 않은 것은 사실 그녀가 낳은 아이에 대한 완벽한 뒤처리였음이 드러난다. 즉 어머니의 죽음을 알리는 편지는 바로 그 아이가 쓴 것임이 암시된다.

시골 초등학교 선생의 딸로 태어나 '가당찮게도' 피아니스트가 되는 것이 꿈이었던 어머니의 일생은 꿈과는 다른 방향으로 나아간 '당신을 배반한 생'이었다. 아버지가 일찍감치 집 바깥으로 떠도는 동안 홀로 가난과 모욕과 싸워야 했는데 모욕을 이기는 어머니의 유일한 방법은 그것을 견디는 것이다. 도도한 표정을 흩뜨리지 않으면서 작은 소리로 온갖 욕을 주워섬기며 자존심을 지켜낸다.

브라질에서의 어머니의 생은 구체적이진 않으나 씩씩했으며 욕을 잘했다는 점은 동일하다. 단지 딸에 대한 그리움이 '치유할 수 없는 병'이었던 점이 다르다고 하겠다. 스스로를 '개잡년'으로 칭하며 술과 남자로부터 위안을 구하기도 했으나 궁극적으로는 자식을 사랑하고 '자식을 마땅히 구해주는' '어미'로서의 삶이었다.

생은 온통 축복이었지. 너로 인하여 받은 기쁨은, 그후 내가 생으로
부터 받은 모든 배반과 상처의 열배를 합쳐놓은 것보다도 크단다. 댓가
로 치면, 도저히 갚을 수 없을 정도의 기쁨을 너한테서 받았어. 얼마나
예뻤는지, 사랑스러웠는지, 기뻤는지······

아이를 낳은 딸에게 해주는 어머니의 이 이야기는 딸이 그녀에게
얼마나 소중한 존재인지 잘 말해준다. '예쁘고 도도했을 여자아이'
가 세월의 힘에 의해 '어느 곳은 무르고 어느 곳은 퍼석하고 어느
곳은 너무 딱딱한 수제비반죽'이 되어버렸지만 '어미'로서 자식에
대한 사랑이 깊었음을 이 소설은 잔잔하게 보여주고 있다.

4. 가족의 해체와 가족의 탄생

어머니가 가족을 거두는가 여부에 따라 가족은 보존되기도 하고
해체되기도 한다. 어머니마저 자신의 삶을 찾아 떠나는 경우 가족
은 해체되고 남은 아이들은 불안에 떨며 생계를 도모하기 위해 새
로운 가족을 만들기도 한다.

천운영의 「후에」(『문학과사회』 2006, 봄)는 아버지 없이 엄마와 사는
딸들의 이야기이다. 이들의 엄마는 교양, 이성, 절제와는 거리가 먼
인물이다. 먼 나라에 있는 학교에서 무용을 배웠는데 결혼하느라
무용을 그만 둔 것에 대한 회한이 깊다. '옷 입는 걸 참 거추장스러

위했'고 예절이나 학교가기 등 일상적 삶에 관심없다. 아이들에게도 청소하라거나 공부하라거나 잔소리를 하지 않는다.

그래서 이들은 학교에 가지도 않고 먹고 싶을 때 배가 터지도록 먹고 아무 곳에나 물건을 두고 옆집에서 냄새가 난다고 찾아오면 욕을 하며 쫓아버린다. '모든 걸 망쳐놓은' '애비'에 대해 욕하고 '쓰레기더미에서 밥먹고 밥 먹은 자리에서 잠을 자고 그 이불 위에서 뒹구는' 생활이지만 이들은 진정으로 행복하다.

> 그렇게 키득거리며 정신없이 놀다가 진이 빠지면 아무데나 누워서 과자도 먹고 과일도 먹고 그랬어. 손만 뻗으면 어디든지 먹을 게 있었고, 조금 추워진다 싶으면 아무거나 당겨와서 덮으면 그만이었지. 얼마나 풍족하고 얼마나 편하고 얼마나 행복했는데 발가벗고 뛰어노는 걸 누구보다 좋아한 사람이 언니였어. (중략) 그때 우리가 함께 했던 그곳은 그야말로 낙원이었어. 그땐 누구도 이래라저래라 하지 않았어. 먹고 싶으면 먹고 놀고 싶으면 놀고 울고 싶으면 울고. 강물에 흘러가는 배처럼 자유로웠어. 그리고 행복했지.

동생이 회상하는 이들의 삶은 자연의 방목된 삶, 야생, '밀림'의 삶이다. 문명의 시선으로 볼 때 '쓰레기집'이지만 이들에게는 '낙원'이었던 것이다.

그런데 TV 프로그램에서 이들을 방영하기 시작하면서 이들의 삶에 균열이 가기 시작한다. '불결하고 위험한 밀림'인 이들의 삶을 개선시키기 위해 집안을 치우고 아이들을 교육시키며 엄마에게는 춤과 노래를 배우도록 해준다.

방송국 사람들이 맛난 것도 사주고 선물도 안겨주고 TV에도 나오고 하면서 행복했지만 그것은 잠시, 그들의 교육에 따라 엄마와 언니가 변한다. "애들은 지겹다는 말을 써서는 안 돼. 애비라는 말을 써서도 안되고" "예쁘고 반듯한 걸 먹어야 예쁘고 반듯하게 클 수 있어", 이런 교육에 따라 언니는 청소를 열심히 하고 나쁜 말을 쓰지 않으려 하고 엄마는 춤을 배우기 시작한다.

그러나 그들의 선심이 선심이 아닌 것을 동생은 파악한다. 이들에게 최고이던 엄마가 TV에서는 '신경질적이고 변덕스럽고 무책임하고 무능력한 사람'으로, 자신들은 '더럽고 버르장머리 없고 제멋대로인 문제아들'로 비치고 있음을 발견하는 것이다. 곧 겉으로 시혜를 베푸는 듯하지만 '골칫덩어리'라는 것을 보여주면서 자신들을 욕보이며 농락한 것임을 깨닫는다.

그러나 엄마는 이 프로그램 이후 자신의 삶이 엉망인 것을 깨닫고 아이들에게서 떠난다. 전에는 아이들이 '친구였고 남편이었고 보호자'였으나 이제 부끄럽고 귀찮은 존재로 여겨지기 때문이다.

모든 것이 변한 현실에서 동생이 숨는 곳은 유일하게 치워지지 않은 장롱 속이다. 엄마가 두고 간 옷과 핸드백이 있어 엄마냄새가 남아있는 곳이기 때문이다. 어둠 속에서 그것들을 만지고 있으면 '낙원에 있었던 때로 돌아가는 것 같'고 그 수선스러움이 자신을 살아있게 만드는 것 같아 장롱 속에서 나오려 하지 않는다.

이 작품의 엄마는 자식들과 '한 몸'이 되어 모든 것을 함께 했던 친구와 같았으나 새로운 세상을 찾아 아이들을 버린다. 그럼에도 아이는 엄마가 되는 게 꿈이다. 변하기 전 잔소리를 하지 않고 자유로웠던 엄마를 꿈꾸는 것이다.

김이설의 「순애보」(『현대문학』 2006, 4월)는 버려진 아이가 새 가족을 만드는 이야기이다. 엄마는 아빠를 사랑하지 않았으므로 아빠가 떠나자 새 남자의 아이를 갖는다. 새 남자와 살 집으로 이사가는 도중 아이를 고속도로 휴게소에 버리고 간다. 버려진 아이는 트럭을 타고 다니면서 꿩만두 등을 파는 남자에게 거두어진다. "선의도 반드시 대가를 치러야 한다"는 것을 일찌감치 깨달은 아이는 그의 후의에 대한 보답으로 그의 장사를 돕고 밤에는 그의 여자가 된다. 그를 아빠라고 부르면서 새로운 가족으로 살아가는 것이다.

아빠에게 다시 버림받기 싫어서 그녀는 성실하게 자신에게 주어진 일을 한다. 꿩을 죽이고 요리하는 일부터 아이를 원하자 아이를 낳기까지 아빠의 요구는 모두 듣는다. 별 문제 없이 흘러가는 이 가족 사이에 새로운 인물이 끼어들면서 문제가 생긴다. 치우라는 말더듬이 청년이 그녀를 사랑하면서 그녀를 이 곳에서 데리고 나가려고 하는 것이다.

그러나 그녀는 나갈 생각이 없다. 아이에게 "제 아빠가 아닌 아빠를 두게 할 수는 없다"는 그녀의 생각은 자신의 삶을 아이에게 반복시키고 싶지 않은 데서 비롯된다. 치우와 함께 떠나라는 아빠의 말에 그녀는 "아빠가 나를 포기했다"는 생각에 괴로워하는데, 이는 어른이 되어서도 버림받는 것에 대한 두려움이 여전히 존재하는 것을 보여준다.

이 작품은 아빠를 불쌍하게 여기고 있는 점에서 엄마보다 아빠에 더 가까운 감정을 보여준다. 그러나 그녀가 트럭을 얻어 타려고 위험을 무릅쓰고 갓길에 서있는 것이나 트럭을 타고 항구에 가려는 것은 엄마에 대한 그리움이라고 할 수 있다. 어릴 때 이사 가려던 곳이 항구이기 때문이다. 담담해 보이지만 엄마를 잊지 못하고 있으며 버려질 때의 가슴 통증을 잊지 못하는 그녀는 까투리를 죽임으로써 잊혀지지 않는 엄마를 용서하는 의식을 치른다.

이 작품들에서 모성 이데올로기에 지배되었던 7,80대 여성의 삶, '개잡년'처럼 살아도 자식을 지켜주려는 어미의 본분을 잊지 않은 그 다음 세대의 어머니, 자신의 새 삶을 위해서라면 자식들을 버릴 수 있는 보다 젊은 어머니들을 볼 수 있었다.

몇몇 작품으로 결론내기는 위험하나, 묵묵히 일만 하는 희생적인 어머니상은 앞으로 찾아보기 어려우리라는 예측을 할 수 있다. 아버지가 없어도 남은 어머니들은 씩씩하게 살아가며 생을 농담으로 받아들인다거나 욕망이나 본능에 충실하다거나, 다양한 양상을 보여주고 있다. 물론 아버지가 떠난 뒤의 상처와 현실적 어려움 같은 문제를 안고 있지만 각자 자신만의 방법으로 해결하고자 애쓰며 살아간다.

　우리의 삶, 특히 여성의 삶이 외부에서 주어진 공식이 아니라 이처럼 내면에서 요구하는 방향으로 나아가는 것은 일단 정직한 방향이라고 할 수 있다. 그에 따라 확장되는 가족의 개념 역시 관심을 가지고 지켜볼 일이다.

2000년대 현실의 소설화

1. 2000년대 현실과 문학

새 천년에 대한 설렘과 기대, 한편으론 약간의 불안이 섞인 감정으로 2000년대를 맞이한 지 6년이 되었다. 2006년의 현실은 어떠한가? 그 전시대에 비해 나아졌는가? 여전한가? 아니면 오히려 그 전보다 못한가?

나라 밖에서는 이라크전, 이스라엘의 공격 등 크고 작은 전쟁들이 계속되고 북한이 미사일을 발사했으며, 나라 안에서는 노동자와 농민, 장애인들의 시위가 끊이지 않고 한미 FTA협정에 대한 논란, 혼란만 더해가는 듯한 정부의 정책과 달라진 것 없어 보이는 정치 양태, 점차 심해지는 양극화현상, 청년실업, 노인문제, 환경문제, 성의식의 변화 등, 복잡하고 해결해야 할 것들이 여전히 산적해 있는 오늘의 현실을 본다.

생활여건은 놀랍도록 변화되어 가는데 그에 따라 정신적 만족감이 비례하지 않는다는 것이 문제일 것이다. 모든 것이 상품화되어 이윤의 극대화를 최상가치로 여기는 자본주의의 상품논리가 사회 전반에 만연되어 있어, 실용성이나 이익과 무관한 정신적 측면은 점차 경시되고 주변부로 밀려난 자들의 소외감은 더욱 강해지고 있다.

이런 현실에서 문학은 어떤 역할을 하고 있는가? 또는 해야 하는가?

2000년대 초 김명인은 한국문학을 옥죄는 '이중의 악몽'에 대해 지적하였다. 영화나 인터넷 콘텐츠 같은 '밖에서 오는 악몽'이 이제까지 문학이 차지해왔던 문화적 위의(威儀)를 잠식하고 있다면, '안에서 오는' 악몽은 '파편화, 왜소화, 쇄말화로 요약될 수 있는 문학의 자기위축 혹은 자기모멸'이라고 진단한 바 있다.[1]

영상매체나 인터넷이 문학의 자리를 위협한다는 것은 이미 2000년 이전부터 언급되어왔고 이와 함께 자본주의와 대중매체의 발달로 문학작품도 하나의 소비상품으로 변화되어 저급화 현상이 나타나고 있는 점도 문제로 지적되고 있다. 젊은 작가들에게 많이 나타나는 '대중문화 코드'[2]에 대해서도 우려의 목소리가 들린다.

---

1) 김명인(2004), 「단자, 상품, 그리고 권력」, 『자명한 것들과의 결별』, 창작과비평사, 239-240쪽,
2) 김영찬은 2000년대 젊은 소설 다수가 "대중문화의 코드 그 자체에 몸 전체를 신

이번 여름 기간에 발표된 소설들 중 젊은 작가들의 것이 많았기에 이들의 현실독법을 읽어볼 수 있었다. 분단으로 인한 비극에서부터 일자리를 구하는 젊은이들의 이야기, 가난한 젊은이들의 비애, 삶의 기저에 드리운 공포, 성적 소수자와 장애인, 고아, 혼혈, 외국인근로자 등 주변인들의 상처와 결핍 등, 우리 현실이 직면하고 있는 문제들을 다양하게 끌어안고 있으며 젊은이다운 상상력과 환상을 활용하고 있기도 했다. 이들이 풀어놓은 이야기들에서 무엇을 발견할 수 있을까 살펴보자.

2. 분단현실에 대한 시각

분단현실과 이데올로기의 대립으로 인한 비극은 70년대 이후 많은 작가들에 의해 소설화되어온 소재이다. 이기호의 「할머니, 이젠 걱정 마세요」(『창작과 비평』 2006, 여름)는 72년생 작가가 바라본 6.25 이야기라는 점에서 눈길을 끈다. 40년대생 작가들의 경우 어린시절 직접 경험했던 6.25를 형상화하고 이후 세대 작가들은 부모세대의 경험을 듣고 소설화했다면, 70년대 생 작가의 경우 이야기 전달자는 할머니이다.

「할머니, 이젠 걱정 마세요」는 전쟁 때 죽은 사람들을 불러내어

고" 있다고 지적하고 있다. 김영찬 「소설의 상처, 대중문화라는 증상」, 『파라21』 2004, 봄, 74쪽.

화해를 하는 이야기이다. 어릴 때부터 화자에게 많은 이야기들을 들려준 할머니는 여든을 넘기자 6.25에 대한 이야기만 반복해 들려준다. 그것은 할머니의 죄책감이다. 곧 할머니 형부가 좌익이어서 언니네 가족 모두가 몰살당했는데 어린 조카가 숨겨달라고 찾아왔을 때 모른 척한 죄이다.

이들은 '나'의 꿈에 수시로 등장하는데 의외로 명랑하고 밝다. "내 머리 쓰다듬으면서 막 이렇게 웃어주더라구. 말도 막 태워주고 옥수수도 주고 풀피리도 만들어주고……" "장난이 얼마나 심한데. 말은 또 얼마나 많다고……" 하는 말에서 알 수 있듯이 이들은 한맺힌 죽음을 당한 사람들과는 거리가 멀어 보인다.

화자는 이들을 불러내어 할머니와 대면시킨다. 그리하여 이들이 이 세상을 뜨지 못하는 이유는 막내가 아직 오지 않았기 때문이며 그 막내가 자신과 똑 닮았다는 것을 알게 된다. 결국 할머니가 내몰았던 막내와의 장면이 재현되고 가려졌던 사실이 드러난다. 사실은 할머니가 아이를 모른척 한 것이 아니라 아궁이에 숨겼는데 수색대원이 아궁이에 불을 피우라고 했던 것이다. 그 이상의 설명은 생략되어 있으나 아궁이에 숨어있던 어린 아이에게 어떤 일이 일어났는가는 상상할 수 있다.

과거의 장면이 재현되고 죽은 사람들과 만나는 등 비현실적인 장치는 할머니의 죄씻김을 위한 의식이라 할 수 있다. 여기서 '나'는 할머니와 혼들을 만나게 하고 시뮬레이션 게임처럼 과거장면으로 들어가게 하는 매개자 역할을 하면서 할머니의 맺힌 한을 풀어주는 것이다.

한을 풀지 못한 영혼들이 이승을 떠돈다는 생각은 우리나라 민간신앙에서 흔히 나타나는 이야기이다. 황석영의 「손님」에서도 과거에 일어난 참혹한 살육현장의 화해를 유도하기 위해 '헛것'들이 출몰하는 방식을 활용한 바 있다. 황해도 진지노귀굿 열두마당을 구성틀로 삼아 그 사건으로 인한 원혼들을 위로하는 살풀이 굿을 치루는 효과를 의도했던 것이다.

이 작품에서 화자의 역할도 이러한 한풀이 굿을 유도하는 것이라 하겠는데 할머니에게 말하는 어조가 가볍고 코믹하여 비극의 정도가 묽어진 느낌이 든다. 역사적 무게를 덜고자 하는 의도로 읽히기도 하나 이야기 전개와 무관한 부분의 코믹함은 절제해도 될 것이다. 그러나 혼들이 '나'와 할머니에게 잘하고 할머니 역시 조카를 숨겨준 것에서 가족간의 정과 사랑이 분열과 대립을 뛰어넘을 수 있다는 작가의 생각을 읽을 수 있다.

이성호의 「낙동강」(『창조문학』 2006, 여름)은 낙동강 근처 원동이 고향인 할머니의 굴곡진 삶을 중심으로 한 집안의 사연을 손녀인 '나'를 통해 보여주는 작품이다. 할아버지는 혁명가로 옥살이를 전전하며 살았고 큰 할아버지는 월북했으며 막내 할아버지는 총살당하는 등, 적산집안으로 멸문지화를 당한 내력이 있다. 할머니는 이처럼 망한 집안을 원형 그대로 재현하고자 하는 꿈을 안고 실천에 옮긴다. 옛집 정경과 비슷한 가평에 땅을 사서 집과 양조장을 만드는 공사를 시작하는데 할머니와 아버지는 그 완성을 보지 못하고 세상을 뜨고 '나'가 그 일을 완성한다는 이야기이다.

여기서 흥미로운 것은 할머니가 시작한 가업이 아버지로부터 아들로 이어지지 않고 딸인 '나'에게로 이어진다는 점이다. 어머니의 이해할 수 없는 행동으로 아버지, 할머니와의 골이 깊어지는데, 오빠는 어머니를 따름으로써 두 사람은 이들 가족의 밖에 있는 자들이기 때문이다.

70년대에 이르기까지 경찰의 감시를 받으며 살아온 할아버지, 남편 옥바라지하며 핏덩이를 맡기고 유학가 버린 며느리 대신 손녀를 키우며 말년에는 병으로 고생하다가 죽는 할머니, 아내와 사이가 좋지 않고 아들마저 싫어한 아버지, 어린 딸을 시어머니에게 맡기고 유학을 떠나고 시어머니 병이 심해졌을 때 교환교수로 떠나버린 어머니 등, 각 인물의 사연이 복잡하여 단편 분량으로 모두 아우르기에는 무리가 있다.

'혁명전사'로 살아간 할아버지의 삶의 내력, 그에 대한 할머니, 아버지, '나'의 생각이 드러났다면 집안의 몰락이 좀더 강력하게 다가올 수 있을 것이다. 옛집의 복원은 집안을 다시 일으킨다는 의미에서 중요한 일이지만 아버지, 어머니가 불화하는 현 시점에서 집터와 양조장을 건설하는 게 과연 의미가 있을까? 단순히 옛 술맛을 재현하는 것이 옛날 영화를 누리던 시절로 돌아가는 것이 아니며,

과거로 돌아가는 것은 문제해결이 아니라 퇴행임을 깨닫게 한다.

3. 가난한 자의 비애

　김애란의 「성탄특선」(『문학과사회』 2006, 여름)은 신경림의 시 「가난한 사랑노래」를 연상케 한다. 가난한 두 남매가 번갈아 화자로 나오는 이 작품은 선물과 파티로 흥청거리는 날로 변질된 크리스마스에 겪는 에피소드를 그리고 있다.

　형편이 어려워 여동생과 방 하나에서 살고 있는 사내는 사랑하는 여자와 '소소한 잡담을 나누고, 온종일 함께 있을 수 있'는 방을 꿈꾼다. 그러나 그의 소망은 이뤄지지 않는다. 서울살이 십여 년 동안 그가 전전한 방은 '다른 이들과 욕실을 같이 쓰는 단칸방', '장마 때마다 바지를 걷고 물을 길어내야 하는 반지하', 좁고 가파른데 난간이 없는 계단을 올라가야 하는 옥탑방 등이다. 동네아이들이 떠드는 소리, 야채트럭의 확성기 소리, 하수도 공사음이 '전투적으로' 들리곤 해서 사랑한다는 고백을 하는 순간조차 우스꽝스러워진 씁쓸한 경험을 안고 있다.

　　"사랑해."
　　그녀가 한 손으로 사내의 얼굴을 만졌다. 사내는 기대에 찬 눈으로 그녀를 바라봤다. 이윽고 그녀의 입술이 천천히 열리며 뭔가 마음의 대답이 전해지려는 순간, 창 밖으로 한 떼의 아이들이 지나가는 기척과 함께 누군가 소리치는 게 들려왔다.

"씹탱아! 그게 아니잖아! 저 새낀 항상 저래."

한없이 부풀어올랐던 방안의 공기는 외계의 소음에 찢겨 초라하게 쪼그라들었다. 사내는 야한 농담을 했는데 아무도 웃어주지 않았을 때처럼 죽고 싶어졌다.

성탄절 새벽 한시, 조용해진 서울 외곽에서 그는 '가짜 아디다스 추리닝'을 입고 편의점에서 라면과 담배 한 갑을 사서 방으로 돌아온다. 가난해서 온전한 방 하나 마련하기 힘든 그에게 여자와 함께 즐겁게 지내는 성탄절은 허용되지 않는다. '지구의 연인들이 최선을 다해 소리지르고 있을' 밤이지만 혼자 라면을 먹으며 TV의 성탄특선영화를 보는 그에게는 '일년 중 가장 먹먹한 새벽을 만나는 날'인 것이다.

한편 그의 여동생은 연인을 만나 드디어 성탄절을 함께 보내게 된 것에 대해 기대에 차 있다. 대학 때부터 사귀기 시작한 이들은 네 번째 크리스마스를 맞았지만 함께 크리스마스를 보내는 건 이번이 처음이다. 첫 번째 크리스마스 때, 여자는 남자에게 한 마디 말도 않고 시골집으로 내려갔는데 그 이유는 입고 나갈 옷이 변변찮았기 때문이었다. 남자에게 '예뻐 보이고' 싶은 스물 한 살 여자의 '소박한 순정'이 가난으로 이루어지지 않은 것이다.

두 번째 크리스마스는 남자가 돈이 없어 고향에 간다고 거짓말을 한다. 세 번째 때는 헤어져 있었고 다시 만나게 된 그들이 드디어 함께 성탄절을 보내게 된 것. '남들처럼' 영화를 보고 근사한 저녁을 먹고 바에 들어가 와인을 마시며 선물도 교환한다. 영화는 지루했지만 그들은 "뭔가 하고 있다"는 기분에 들떠있고 식당에서도 삼십분을 넘게 기다려 자리를 잡지만 웃고 있다.

그러나 이들은 남들과 같은 크리스마스를 보내는 데 익숙치 않아 실수를 한다. 식당에선 처음 보는 음식이라 주문이 서툴러 음식을 많이 남기고 '크리스마스엔 숙박업소의 방들이 금세 차버린다는 것을 모르고' 있어 방을 구하지 못한다. 세 시간이 지나도록 헤매다가 구로공단 근처까지 와 여인숙에 들어가게 되는데 그곳에서 마주치는 외국인 노동자들은 성탄절과 어울리지 않는 현실을 보여준다.

청년은 목발을 쥔 채 커다란 가방을 메고 있었다. 나머지 다리는 잘렸는지 헐렁한 바지 끝이 둥글게 매듭져 있었다. 청년은 조금전 여인숙 안으로 몰래 들어온 눈치였다. 청년의 머리 위엔 이상하게도 산타 모자가 씌워져 있었다. 그것은 유난히 도드라지며 빨게 보였다. (중략) 청년이 소주병이 든 봉지를 흔들며 말했다.

"나, 친구 만나요. 이거 먹고 갈습니다. 나 안 자요. 나 집 있어요."

여인숙의 수준은 형편없다. '누렇게 얼룩진 이불 위로 낯선 이의 음모와 머리카락이 꿈틀대고' 있고 '녹물이 흐르는 세면대 위엔 머리카락이 굵게 뭉쳐져' 있다. 도저히 잘 수 없어 방을 나서는 이들의 한편에 그런 방에서 자기 위해 주인 몰래 들어오는 외국인 노동자들이 있는 것이다.

소비사회에서 성탄절은 더 이상 예수를 기억하는 날이 아니다. 보통때보다 더 많이 소비하고 즐기는 날이다. 애인과 함께 '저녁도 먹고 선물도 주고 와인이나 칵테일도 마시고 평소 가던 곳보다 조금쯤 더 비싼 모텔에서 근사한 섹스도 하'는 날이며 그러기 위해서는 애인이 있어야 하며 돈이 있어야 함을 이 소설은 보여준다. 그리하여 소외된 자들을 사랑하라고 한 예수와 무관하게 소외된 자들에게 '가장 먹먹한 날'이 된 아이러니를 잘 보여주고 있다. 다리가 잘리고 잘 곳이 없어 여인숙의 친구 방으로 몰래 숨어들어온 외국인 청년의 산타모자는 그래서 '이상하게' 보일 수밖에 없다.

화려한 소비가 허락되지 않는 자들은 '빤한' 삶을 살 수 밖에 없는 현실을 작가는 가장 호화로운 소비를 부추기는 성탄절에 일어난 사건을 통해 세밀하게 드러낸다. TV에 나오는 성탄절 선물은 예쁘게 포장되어 있고 장식된 전나무 밑에 놓여있지만, 이들이 받았던 선물은 늘 '까만 봉다리'속에 들어있다. 곧 이들의 현실은 화려한 이미지와 거리가 먼 지점에 놓여 있다.

그런데 이들의 태도에 비장함이 묻어나 있지는 않다. 신경림이 "가난하다고 해서 사랑을 사랑을 모르겠는가…… 가난하다고 해서 왜 모르겠는가 / 가난하기 때문에 이것들을 / 이 모든 것들을 버려야 한다는 것을"이라고 읊었을 때 느낄 수 있는 비장함이 나타나지 않는 것이다. 크리스마스 이브가 지나 25일이 된 것을 휴대폰을 열어 확인한 후 '이상한 안도감'을 느끼는 사내의 모습에서 주어진 현실을 원망하고 한탄하는 모습을 찾을 수 없다. '빤한' 자신을 자책할 뿐 사회에 대한 비판이나 불만 역시 드러나지 않는다. 최소한 사람이 사는 자신만의 기준을 세워놓고 묵묵히 살아가는 모습에서 너무 거대해져서 개인의 힘으로 어찌해 볼 도리가 없는 자본주의체제 아래 알아서 견디는 이들의 정황을 아프게 확인하게 된다.

4. 근원적 공포와 상처

편혜영의 「사육장 쪽으로」(『창작과비평』 2006, 여름)는 한 가족이 겪는 끔찍한 이야기를 통해 우리 삶에 내재한 공포, 그 앞의 무력한 인간을 보여준다.

도시의 연립주택에서 살던 주인공이 전원주택으로 이사 오면서 빚을 지고 결국 파산하기에 이른다. 그는 어느 날 출근하면서 현관 문틈에 끼워져 있던 편지를 발견하는데 겉봉의 '붉은 글자'는 '당장 그들이 쳐들어오는 것'처럼 두려움에 떨게 한다. '그들'로 표현되는 집행인은 사실 그의 잘못으로 인한 파산을 법적으로 처리하는 자일 뿐이지만 저승사자와도 같이 묘사된다.

이들이 사는 집은 산을 배경으로 한, 경사진 지붕의 새하얀 전원주택이다. 흰 자갈이 깔린 마당에는 파라솔이 놓이고 낮은 화단은 격자형 울타리로 둘러싸였다. 날씨 좋은 주말 저녁이면 파라솔 밑에서 고기를 구워 먹으며 눈이 마주친 이웃들과 손을 흔드는 평화로운 정경을 연출하지만, 인근에 개 사육장이 있어 늘 개 짖는 소리가 끊이지 않으며 고속도로의 화물차 지나가는 소음과 기계음이 들리는 곳으로, 겉은 그럴듯하지만 사실은 언제 깨질지 모르는 위태로운 유리잔과도 같다.

특히 사육장은 가본 사람이 아무도 없지만 흉흉한 소문이 무성한 섬뜩한 장소이다. 어디에 있는지 알 수 없어 실체를 드러내진 않지만 개짖는 소리로 자신의 존재를 확연히 알리며 군림하는 절대자와 같다.

집행인의 편지에서 시작해 개 짖는 소리로 고조되는 불안은 아이가 개에 물리면서 정점에 오른다. 이 장면은 개를 쫓을 수 있는 방법을 모른다는 점과 아무도 도와주지 않는다는 정황으로 이들의 공포와 고립감을 극대화한다. 작가는 그 순간 인물의 생각과 행동을 하나하나 꼼꼼히 묘사함으로써 처절함을 더욱 강화시킨다.

> 그는 침착하려고 애썼다. 생각과 달리 몸이 후들거려 다리를 움직일 수 없었다. 그는 개들을 후려칠 만한 몽둥이를 찾기 위해 사방을 두리번거렸다. 아무것도 눈에 띄지 않았다. 당황한 나머지 눈이 흐려졌다. 우선 닥치는 대로 마당에 깔린 자갈을 개들에게 내던졌다. 아무리 맞아

도 아프지 않을 거였다. 그는 절망적으로 개들을 향해 소리쳤다. (중략) 그러면서 마을사람들을 향해 소리를 질렀다. 그들을 도와줄 만한 사람은 없었다. 사람들은 이미 개 짖는 소리를 듣고 집안으로 들어가 문을 꽁꽁 잠갔을 거였다. (중략) 자신의 방망이가 닿는 것이 개인지 아이인지도 분간할 수 없었다. 그는 무턱대고 방망이를 휘둘렀다.

개들이 아이 몸에 사나운 이빨을 박아놓고 있는 동안 그는 철저히 무력하다. 개들을 후려칠만한 몽둥이를 찾아보지만 아무것도 없고 마당에 깔린 자갈을 던져보지만 별 효과없다. 아내가 가져온 야구방망이로 내려치지만 "방망이가 닿는 것이 개인지 아이인지도 분간할 수 없었다"는 지점에 이르면 그의 무력함에 대해 분노가 일 지경이 된다. 이에 비해 개들은 승자처럼 느긋하다. 개들은 그의 공격 때문에 도망가는 것이 아니고 지치도록 물어뜯은 후에야 느릿느릿 신작로 아래로 내려간다.

축 늘어진 아이를 담요에 감싸 차에 오르지만 이번에는 병원이 어딘지 모른다. '무턱대고' 마을 입구쪽으로 내려가다 여섯 번째 집 주인사내에게 병원의 위치를 묻는다. 사육장 쪽이라는 소리에 차를 돌려 야산쪽으로 거슬러 올라간다. 한번도 사육장 쪽으로 가본 적이 없는 그는 개짖는 소리가 나면 사육장 근처라는 생각으로 그 소리를 나침반 삼아 운전한다. 그러나 고속도로를 달리다가 개짖는 소리가 앞선 트럭 위 철창 안에 갇힌 개들의 소리였음을 발견한다. 해결책을 찾지 못하고 그저 운전만 하고 있는 그의 모습은 인간이 할 수 있는 일이 무엇인가 하는 의문을 갖게 한다.

이처럼 이 소설은 경고장에서 시작해 개에게 물리고 병원을 찾지 못해 헤매는 상황으로 점차 단계를 높여가면서 두려움 앞에서 무력한 인간의 모습을 치밀하게 그리고 있다. 두려움의 진원지인 사육장이 병원과 가깝다는 아이러니는 사육장에서 멀어져야 하는 게 아니라 사육장쪽으로 향해야 한다는 모순을 낳게 한다. 그러나 그 어느 것도 확실하지 않은 상황에서 무작정 개짖는 소리를 따라가고 있는 그의 모습은 어리석고 무력한 인간을 적나라하게 드러낸다. 마지막 장면은 근원도 알 수 없고 해결책도 알 수 없는, 알려고 하지 않았던 자가 맞닥뜨리는 결말이 어떠한 것인지 섬뜩하게 보여주는 장면이라고 하겠다.

어쩔 수 없이 품고 살아야 하는 상처는 소설에서 즐겨 다루는 소재이다. 이번에도 다양한 상처에 대한 이야기가 많았는데 먼저 김윤영의 「그린 핑거」(『창작과비평』 2006, 여름)는 선천적 언청이로 태어난 여자에 대한 것이다. 주인공 '나'는 여러 번의 수술 끝에 기형을 고치고 캐나다에서 사는 남자와 결혼해 잘 살아가고 있다. 비록 아이는 없지만 큰 집에서 홈스테이를 하며 정원을 아름답게 가꾸며 산다.

겉으로 아무 문제없는 그녀의 삶은 사실은 위태하다. 자신의 기형이 유전될 것을 염려해 남편이 아이 갖는 것을 회피한다고 의심하는 여자는 아이에 대한 열망을 정원 가꾸는 데 병적으로 쏟아 붓는다. 잠시 머물다간 희주엄마와 희주는 그들 부부에게 아이에 대한 열망을 부추기게 하고 그녀의 불안은 고조된다.

외형적 수술이나 행복한 결혼생활로 쉽게 상처가 아무는 것이 아님을 보여주는 이 소설은 스스로를 다스리지 않는 한 완벽한 치유는 없다고 말한다. 자신이 극복하려고 하기 보다 자신에게 상처 준 자들에게 복수하는 것을 택함으로써 상처 회복이 더 어려워지는 경우를 보여주고 있다.

백가흠의 「웰컴, 베이비!」(『창작과 비평』 2006, 여름)는 쇠락한 '웰컴 모텔'에서 일어난 이야기이다. 지어진 지 이십 년이 넘은 이 모텔은 건축 당시엔 시내에서 가장 크고 현대식인 여관이었다. 그러나 동네가 신도시계획에서 밀려난 후 급격하게 쇠락해 현재는 유령처럼 서있다. 이 모텔의 주인인 미스터 홍과 재영, 홍이 키우는 아이, 장기투숙하고 있는 부부들을 통해 주변인으로 살아가는 자들을 보여준다.

미스터 홍은 동성애자이다. 데리고 있는 소년도 그가 사랑했던 남자가 죽으며 맡긴 아이이며 아직도 그를 잊지 못해 재영의 구애도 뿌리친다. 아이는 학교도 가지 않고 옷장에서 잠을 자며 말도 하지 않고 옷장 안에서 손님들의 정사를 훔쳐보곤 한다.

장기투숙하고 있는 어린 부부는 고아원에서 만난 사이이다. 열여섯에 첫 임신을 하고 낳은 아이는 고아원에 버리고 나온 뒤 네 번째 임신 중이다. 동네 PC방에서 여는 게임대회를 따라 떠돌아다니는 부부는 아무 생각 없이 되는대로 사는 모습을 보여준다. "인간들아, 왜 사니?" 내뱉는 재영의 말처럼 이들의 삶은 동물적 수준이다.

특히 배가 아파 변기에 앉아 있다가 아기를 낳는 장면은 인간의 존엄과는 한참 거리가 멀다. 변기에서 아기를 꺼내 일회용 면도기로 탯줄을 끊는데, 눈과 귀가 없는 기형아인 것을 알고는 아기를 두고 도망간다. 아이에 대한 애정이나 타인에 대한 예의 등은 아예 찾아볼 수 없고 성욕이나 식욕과 같은 원초적 욕망만 살아있는 이들의 모습은 애정을 받아보지 못하고 방치되어 자란 자들이 어떠한지 섬뜩하게 보여준다. 방에서 목을 매어 자살하는 투숙객까지 온통 삭막한 이 곳에서 버린 아기를 보듬는 미스터 홍의 따뜻함에서 가녀린 희망을 감지하게 된다. 그는 남자지만 머리를 길러 묶고 아기에게 젖을 물리는 등 여성성을 구현하고 있는 인물로서, 지옥같은 이 곳에서 주변을 사랑으로 감싸는 존재이다.

이들 소설들에서 볼 수 있는 오늘의 현실은 분단현실과 그로 인한 비극, 소비사회에서 살아가는 가난한 자의 비애, 삶이 내포하고 있는 근원적 공포와 그 앞에서의 무력함, 외국인 노동자나 혼혈, 장애를 가진 자, 성적 소수자나 고아 등, 중심부에 들지 못하는 자들의 삶이다.

6.25때 좌우익의 대립으로 무고한 양민이 죽음을 당한 이야기나

가난한 자, 주변인들에 대한 이야기는 어느 시대에나 소설의 소재로 등장하던 것이다. 그런데 이번 소설들을 통해 이전과 같은 이야기이나 다른 시각으로 바라보기 시작했다는 사실을 느낄 수 있었다.

곧 6.25때 희생당한 원혼을 명랑하게 설정하고 코믹한 어조로 과거의 상처에 대한 화해를 시도한 경우나, 소비를 미덕으로 여기는 소비사회에서 가난으로 인한 소외양상을 비장함없이 담담하게 그려낸 경우, 우리 삶에 드리워 있는 근원적 공포와 인간의 무력함에 대한 통찰, 동물적 본능만 살아있고 상처와 결핍으로 얼룩진 정황에서도 사랑으로 보듬을 수 있는 인물의 존재 등. 이들 소설을 통해 우리는 절망적인 상황에 처했을지라도 '희미하게'나마 웃을 수 있는 희망을 본다.

관계 맺기의 정치학

나는 너와의 만남을 통해 비약적 인격으로 전환된다.
- 마르틴 부버 -

1. 삶, 타인과의 관계로 맺어진 조각보

2006년이 가고 있다. 2000년 벽두에 설렘과 두려움이 섞인 마음으로 21세기의 시작을 지켜본 지 6년이 지났다.

영상문화의 위세가 강력해지는 가운데 디지털 형태의 하이퍼텍스트가 출현하고 인터넷 작가가 등장하는 등 전통적 문학의 개념이 흔들리고 문학환경이 변화하는 것을 심각하게 우려했으나 6년이 지난 지금, 그 이상의 다른 변화들 없이 문학은 건재하고 있다. 영상문화에 비해 열세이긴 하나 새로운 작가들이 꾸준히 등장하고 다양한 문학 실험과 모색이 이어지고 있는 것이다.

첨단기술과 과학이 놀랄 만큼 발달하고 있지만 여전히 치유되지 않는 질병과 기아로 고통받는 사람들이 있으며 소득이 증가하고 경제규모가 커지지만 빈곤의 문제를 해결하지 못하고 전쟁과 갈등이 끊이지 않는 등, 현실의 문제는 여전히 복잡하고 다양하다. 또한 자본의 위력이 강해지고 실용주의적 가치가 우세해지면서 여유있는 삶의 태도, 전통적 인간관, 정신적 가치 등은 점차 힘을 잃어가고 있다.

변화된 세상 속에서 정신적 가치를 중시하고 예전 방식을 고수한다는 것은 점차 찾아보기 어려워진다. 그러나 인간답게 사는 것에 대해 끊임없이 환기하는 문학에서만큼은 지속적으로 다뤄지는 소재이다. 세상과 어긋나 있지만 자신의 영역을 지키는 자의 의연함은 세상적 삶에서는 실패했을지라도 아름다운 삶으로 기려지고 있다. 또 개인주의가 만연하고 타인에 대한 불신이 늘어나고 있는 세태속에서 순수한 관계맺기가 어려워지고 있음을, 모든 인간관계가 권력이나 이해관계에서 오는 것임을 바라보면서, 타인과의 공존 가능성을 묻고 있기도 하다. 현대사회에서 사실 불가능한 타인과의 동일시에 집착하는 인물을 통해 사랑과 소통의 문제를 제기하기도 하며 진실한 우정이라면 이생과 저생을 넘어설 수도 있지 않을까 하는 바람을 드러내기도 한다.

이번 가을에 발표된 소설들에서 가족, 연인, 친구, 직장동료나 상사 등 여러 타인들과의 관계를 읽어본다. 타인들 혹은 세상과 섞이지 않고 홀로 자신의 세계를 이루는 자, 타인과의 공존에서 오는 어려움, 타인과의 완벽한 동화를 꿈꾸는 데서 오는 현실과의 괴리 등에서 타인과의 관계 맺기, 세상과의 소통에 대한 작가들의 꾸준한 탐색을 엿볼 수 있다.

2. 세상과 어긋난 단독자의 삶

박범신의 「아버지 골룸」(『창작과비평』 2006, 가을)은 한 목수의 이야기이다. '집을 지으라면 어디든 달려갔으며 집을 다 짓고 나면 하루도 더 머물지 않고' 떠나 오로지 집짓기에만 전념해온 자가 이상한 병에 걸려 54세에 생을 마감한다. 몸은 비대해지는 데 반해 얼굴은 빠르게 근육질이 빠지고 주름살이 늘어나는 희귀한 병증을 얻어 죽기까지의 과정을 중학생인 아들의 시점으로 그리고 있다.

아버지의 목수일은 생계와 관련된 일이 아니라 장인이 되기 위한 엄숙한 훈련과정이다. 막일꾼으로 시작해 새끼목수 지차목수를 거쳐야 마침내 먹줄을 튕기는 도목수가 되는데 아버지가 도목수가 된 것은 마흔이다. 쉰 살 즈음 세상이 변해 더 이상 그의 집짓기 기술을 필요로 하지 않자 소싯적에 지은 집을 둘러보러 다니고 병에 걸려 몸을 쓰지 못할 때도 집짓는 것을 훈수한다. 죽을 때까지 그의 삶은 집짓기와 뗄 수 없는 관계에 있는 것이다.

이러한 아버지가 집을 지을 때 태도는 진지할 수밖에 없다.

팽팽히 당겨진 먹줄을, 아버지는 두 손 합장한 스님같은 표정이 되어, 가만히, 그렇지만 힘있게 당겼다가 놓는 것인데, 먹줄이 마름질 잘 된 아름드리 기둥 속살을 철썩하고 때릴 때, 나는 번번이 온몸을 한 차례 푸르게 떨곤 했다.

먹줄통을 목숨처럼 소중하게 여기고 못을 쓰지 않는 고전적인 방법을 고수하는 아버지의 자세는 경건한 종교의식을 집행하는 사제를 연상시킨다. 이는 또 예술의 경지와도 연결되는데, 목수가 되지 않았다면 시인이 되고 싶었다는 말에서 잘 드러난다.

'배낭을 머리꼭대기까지 오지게 지고서 산맥의 가파른 허리를 올라가고' "땅끝에서 땅끝까지, 도시에서 도시까지 아버지가 흘러가 보지 않은 곳은 세상천지 아무데도 없었다"는 표현에서 나타나듯이, 어느 한 곳에 머무르지 않고 길을 따라 떠도는 그의 모습은 바로 전형적인 낭만주의 예술가, 방랑자의 모습이다.

그러나 이제 세상은 변했다. 시멘트 콘크리트로 집을 짓는 세상이 되었으므로 먹줄통 수평자 손대패를 울러메고 다니는 그를 찾지 않는 것이다. 이런 세상의 변화는 아버지가 거두어 일을 가르쳤던 손자귀에게서 명확히 드러난다.

과거엔 말없이 일만 하던, 아버지가 지청구를 해도 웃고 '술좌석에서 노래 한자락이라도 시키면 수줍어 얼굴부터 벌겋게 달아오르던 사람'이었으나, 이젠 아버지의 잔소리에 "요샛세상, 형님 세상 아니우!"라고 불퉁하게 맞받아친다. 예전부터 '손자귀아저씨'라고 부르는 '나'에게 "손자귀라고 부르지 마라"고 화를 내고 그의 집에서 일꾼들과 함께 제집처럼 방자하게 군다.

이런 변화에 대해 아버지는 억울해하거나 분노하지 않는다. 손자귀의 방자함을 속상해하는 '나'에게 "그냥 냅둬라"라고 하고 "집짓는 걸로 먹고사는 사람 중에는 자고로 악종이 없다"는 말로 달랜다. 비록 밤중에 소리죽여 울기도 하지만 겉으로 아버지의 태도는 의연하다. 자신의 이상한 병증세도 농담의 대상으로 삼는 여유를 보여주는 것이다.

> "어떤 땐 가만히 누워있는데도 급행열차가 막 내 몸속에서 지나가는 것 같은...... 그거, 시간을 느낀다. 조금 있으면 케이티엑스 기차가 될 게야. 이쪽 갈빗대를 뚫고 들어온 기차가 기적도 없이 쏵쏵하고 이쪽 갈빗대 사이로 빠져 달아나는 느낌이랄까. 흐흐. 에버랜드 놀이기차 탄 것처럼, 어떤 땐 고소하고 어떤 땐 어지러워. (중략) 머지않아 비행기가 지나가는 것처럼 될 거다, 아마." 아버지는 계속 웃으며 말했다.

곧 자신의 삶을 충실히 채운 자의 여유로운 객관화가 드러나는 것이다. 세상과의 관계에 대해서도 아버지는 정확한 비유를 써서 정리한다. 곧 봄에 나온 잎이 여름에 다 말라붙으면 그제서야 꽃이 피는 상사화처럼 아버지와 세상은 엇박자라 만날 수 없었다는 것이다. 세상과 어긋나게 살았던 자가 지닐 법한 불만이나 자조, 비판적 태도와는 거리가 멀다.

아버지의 죽음 후 손자귀는 멋대로 이들의 집에 들어와 살고 아버지가 살던 집을 담으로 둘러쳐 격리시킨다. 감옥처럼 변한 담장 속의 작은 집에서 '나'는 손자귀를 향한 적의를 불태운다. 혼자 힘으론 안될 거라는 아버지의 염려와 달리 '나'는 자신 있는 태도를 보인다.

과연 아직 어린 그가 변해가는 세상에 맞설 수 있을까? 이미 세상은 변해 아버지 같은 목수를 원하지 않는데 손자귀를 물리친다는 것이 어떤 의미가 있을까? 의문을 남긴 채로 이 작품은 세상의 잣대와 상관없이 자신의 일에 최선을 다한 자, 구도자이면서 예술가인 그의 삶에 대한 경의를 표하고 있다. 또 중학생이지만 씩씩한 '나'를 통해 세상이 받아들이지 않는다고 하더라도 그를 잇는 후계자가 사라지지 않는다는 사실도 이야기하고 있다.

3. 타인과 함께 하기

김애란의 「침이 고인다」(『문학사상』 2006, 11월)는 타인과의 만남과 헤어짐에 대해 이야기하고 있다. 학원강사로 일하는 젊은 여성이 주인공이라는 점에서 앞서 발표한 「베타별이 자오선을 지날 때」의 연장으로 볼 수 있다.

아침마다 더 자고 싶은 마음과 싸우며 일어나야 하고 학원 체육대회가 있어 공휴일에도 출근하는 그녀의 삶은 현대사회 고단한 도시 직장인의 삶을 잘 보여준다. 13평형 원룸의 월세를 내고 의료보험, 적립식 펀드와 적금을 붓기 위해서는 '열심히 얼룩말처럼 달리고 곰처럼 춤춰야' 하는 것이다.

이러한 삶에 작은 변화가 일어나는데 그것은 후배와 함께 살게 된 것이다. 대학 후배라는 것 이외에 특별히 가까운 관계가 아닌데 하루 묵기를 청했던 후배는 그녀와 함께 지내게 된다.

처음 온 날 후배는 어릴 적 어머니에게서 버림받던 날 이야기를 한다. 인삼껌 한 통을 주곤 도서관 안으로 사라진 어머니를 기다리며 껌을 씹던 어린 아이. 그 날 이후 후배는 '사라진 어머니를 생각하거나, 깊이 사랑했던 사람들과 헤어져야 했을 때' '떠나고, 떠나가며 가슴이 뻐근하게 미어졌던, 참혹한 시간들을 떠올려 볼 때'는 그때처럼 침이 고인다고 말한다.

후배가 이야기를 시작할 때는 "참 익숙한 이야기를 듣게 되는구나" 하며 '익숙하다는 이유만으로' '좀 피곤한 느낌'을 갖고 "지금 나를 속이려는 걸까" 의심하던 그녀는 점차 후배의 이야기에 마음이 '움직이고' 특히 "지금도 입에 침이 고여요"라는 마지막 말은 잊지 못할 정도로 깊이 각인됨을 느낀다.

함께 살게 되면서 그녀는 차츰 둘이어서 좋은 것들을 경험하게 된다. 살림을 분담하고 생활비도 줄고 함께 밥을 먹고 공과금을 상의하는 등, 여러 좋은 점들 중에서도 특히 같이 '먹을 때' 좋은 것을 깨닫는다.

그러나 둘의 관계에 '습관'이란 게 생겨나고 차츰 후배의 행동들이 거슬리기 시작하며 퇴근 후 현관문 앞에 서서 "지금 저 안에 후배가 없었으면 좋겠다"라는 생각까지 일어난다. 결국 체육대회에서 피곤에 지친 몸을 끌고 귀가한 날 '이제 그만'이라고 말하게 되고 그 말만으로 후배는 알아듣고 떠난다.

대학선후배라는 사실 외에 별다른 고리가 없던 두 사람이 함께 살게 된 데에는 좋은 목소리로 들려주는 이야기의 힘이 작용한다. 사소한 농담 한 마디에 같이 웃고 이야기에 공감하면서 처음의 어색함이 사라지고 '왠지 마음이 놓이는 것'이다. 또 '어릴 때 많이 돌아다니면서 자랐'기 때문인지 후배는 이럴 경우 무엇을 해야 할지를 잘 안다. 그녀가 학원에 간 사이 눈부시게 청소를 해놓는다거나 영화나 드라마를 다운받아놓는다거나 하는 행동으로 그녀의 마음을 계속 잡고 있는 것이다.

그러나 타인 사이의 동질감이 지속되긴 힘들다. 점차 불편함을 느끼게 되고 전에 보이지 않던 것들이 결함으로 비쳐진다. "자신에겐 별 문제가 없다고 생각"하면서 이런저런 것들이 거슬리기 시작하는 것이다. 이러한 심경을 간파한 후배는 바로 떠나고, 샤워하는 사이 후배가 떠났음을 알게 된 그녀는 적막해한다.

후배가 떠난 밤, 그녀는 잠을 이루지 못하다가 후배가 건넸던 인

삼껌을 찾아내 입에 넣는다. "세상에" "아직 달다"며 놀라지만 그
것이 후배를 내보낸 것에 대한 후회나 자책으로 연결되지 않는다.
'무표정한 얼굴로' 자리에 누워 드라마의 '전송 완료'를 기다리는
그녀의 표정이 "울상인 듯 그렇지 않은 듯 퍽 기괴해 보인다"고 묘
사함으로써, 후배와의 관계 및 직장내 여러 문제를 감당해 나가야
하는 젊은 여성의 복잡한 심경을 잘 그려내고 있다.

이로써 이 소설은 이해타산으로 이루어진 현대사회에서 맺는 관
계에서 빚어지는 심리상태를 섬세하게 보여준다. 감기에 걸렸을 때
한 마디씩 걱정하는 말은 해주지만 보강해 주겠다는 말은 하지 않
으며 그녀가 추워하는 것을 알지만 아무도 에어컨을 줄이거나 끄자
고 하지 않는 학원 동료강사들, 학원의 이윤을 저해하는 행위는 가
차 없이 야단치는 부장 등과는 달리, 눈빛이나 목소리가 좋아서, 이
야기에 끌려서 함께 할 수 있는 관계가 가능하지만, 처음의 감정이
한결같지 않음을, 겉으로 드러나지 않는 감정의 미세한 변화를 차
분하게 드러내고 있는 것이다.

4. 동일시를 향한 욕망과 교감

백가흠의 「굿바이 투 로맨스」(『현대문학』 2006, 10월)는 타인을 향한
일체화의 욕망, 또는 소유욕에 대한 이야기이다. 사랑은 '온전히 소

유하는 것'이라고 믿는 한 남자와 그가 사랑하는 두 여자의 이야기로 사랑이란 무엇인가에 대해 묻고 있다.

자상하고 세심한 남자에게 끌려 먼저 남자에게 접근한 영숙씨는 그의 배려에 감동하고는 최고의 행복을 만끽한다. 그러나 잠자리를 하고 난 후 그의 태도는 변한다. 그녀의 과거를 듣고 질투에 못 이겨 폭력을 행사한 후 이상행동이 심해진다.

'언제나 같이 있으려고' 하는 그의 바람은 현대사회에서 불가능한 것이므로 자연히 엽기적인 행동들로 나타난다. 그로부터 도망쳤다가 다시 발각된 그녀는 체념상태로 살아가는데 똑같이 괴롭힘을 당하는 남자의 새 애인과 동지애적 우정을 나눈다.

'사랑의 깊이와 상대방의 의심은 비례'하며 '사랑은 고통'이고 '집착'이라고 주장하며 '나만 바라보고 나만 생각하고'를 요구하는 남자는 자신이 요구하는 것을 어길 때 가혹한 형벌을 내리며 흡족해 한다. 이런 상태에서 도망가지도 못하는 두 여자들은 서로를 의지하며 살아간다.

상대를 온전히 소유하기 위해 어떤 비도덕적 행위라도 불사하며 비정상적 행위를 사랑으로 포장하는 것은, 상대를 소유할 수 없다는 불안이나 두려움에서 비롯된 허약함의 산물이다. 사실 타인과의 완벽한 일체, 동일시란 불가능하다. 그런데 이를 인정하지 못하고 가능하게 하려는 데서 오는 무리는 기이행동으로 나타날 수밖에 없는 것이다.

이와 반대로 진정한 사랑의 힘을 그리고 있는 작품이 최창학의 「이생과 저생」(『문학과사회』 2006, 가을)이다.

대학교수인 화자 '나'와는 달리 택시운전을 했던 친구는 살아온 세계가 다름에도 불구하고 '이상하게' 잘 통했다. 친구가 그를 '병적으로 좋아했'는데, 만날 때마다 악수 대신 그의 손을 '몇 차례씩 주물러 주었'고 "얼굴에서 웃음을 거두는 일이 거의 없었다."

그러던 친구가 암에 걸려 죽게 된다. 그런데 죽은 지 삼개월이 넘었는데 이런 저런 방법을 통해 '나'에게 메시지를 전하는 것이다. 가령, 그의 전화번호를 이미 지웠는데, 아내가 전화번호를 물은 다음날 그의 휴대전화에 그의 번호가 찍혀 있다. 알아보니 친구의 손자가 휴대전화를 가지고 놀다가 저장된 단축번호를 누른 것이다.

또 생전에 친구가 도와줬던 탈북소녀의 꿈에 나타나 '나'를 찾아 가보라고 하고, 소녀가 '나'를 찾아온 후 '나'의 꿈에도 나타나며 아내가 우연히 그 집 딸의 혼사소식을 듣는 등, 우연이라고 할 수도 있는 일들이 연이어 일어난다.

작가는 이런 일들에 대해 놀랍게 생각하는 화자와 독실한 신자여서 당연히 친구의 영혼을 믿는 아내를 등장시켜 영혼이 존재함을 말하고 있다. '신이니 영혼이니 저세상이니 하는 것들은 그저 사람들이 외로워서 꾸며낸 것일 뿐'이라는 이야기에 반해 영혼이 존재하며 진실한 교감은 이생을 떠나서도 가능한 게 아닐까 하는 생각을 조심스레 드러내고 있다.

세상에서 맺는 관계의 상당수가 이해타산과 관련된 것이라고 할 때, 이와 같은 교감의 이야기는 환상적이라고 할 수 있겠다. 백가흠의 소설에서 그려진 사랑이 소유하고자 하는 욕망으로 일그러진 것이라면, 이 이야기에 나타난 우정은 상대를 향한 순수한 존중과 이해, 염려의 표현이다.

3부

획일성이 지배하는 세계

− 하성란과 편혜영의 소설을 중심으로 −

1. 획일화된 사회의 삶

오늘날 우리는 인터넷 클릭 한 번으로 손쉽게 정보를 얻고 전 세계의 상황을 동시간대에 확인할 수 있게 되었다. 수전 손택이 지적한 것처럼 세계는 가까워지고 지구상의 모든 사람들이 표준화된 환상을 똑같이 공급받으며 균질화된 삶을 살아가게 된 것이다. '같은 공장에서 생산된 공산품처럼 똑같아' 보이는 집에서 비슷한 시각에 일어나고 비슷한 시각에 출근하고 주말이면 비슷한 부위의 고기를 구워먹으면서, 무엇보다 자신이 다른 사람과 비슷하다는 점에 안도하면서 살아간다. 즉 우리의 삶은 자신도 모르게 표준화된 양식, 문화패턴에 의해 지배되고 있는 것이다.

그래서 이처럼 획일화된 문화에 동화되지 못하거나 표준화된 삶에서 벗어나게 되면 다른 사람들로부터 비현실적이라는 따가운 시선을 받거나 스스로 불안하게 된다. 밀란 쿤데라의 말을 빌린다면, 과거에는 획일성으로부터 벗어나는 것을 꿈꾸었으나, 이제는 획일성을 상실할 때 불행을 느끼게 되는 것이다.

최근 우리 소설에서도 우리사회가 요구하는 표준적인 삶과 관련한 문제들을 형상화한 경우를 자주 발견하게 된다. 하성란이 자본과 실용성을 중시하는 사회분위기 속에서 이해타산에 둔하고 실적을 올리지 못해 뒤처지는 인물을 통해 표준화된 삶의 외곽을 그리고 있다면, 편혜영은 획일화된 삶의 양식에 아무런 성찰없이 길들여진 삶을 섬뜩한 시선으로 지켜보고 있다.

2. 획일적 삶의 외각에서 절뚝거리다

하성란은 세속적 욕망이 넘쳐나는 현대사회에서 욕망과 무관하게 살아가는 인물들을 통해 세속사회를 조망하고 있다. 이들은 소유욕을 비롯하여 식욕이나 성욕, 기억의 욕구 등 모든 욕구에서 자유롭다. 가녀린 몸피에 일상에 서투르고 실수가 잦으며 잘 넘어지고 길눈이 어두워 길을 잃고 헤매는 공통점을 보인다.

등단작 「풀」(1996)의 여주인공 역시 식욕이 없고 건망증이 심하며 일이나 인간관계 모두에 서투른 인물이다. 이러한 면은 아버지에게서 물려받은 것으로 아버지는 대학을 나왔으면서도 '벌이'를 못해 '돈벌이'를 제일로 여기는 어머니로부터 질책을 듣는다. 출판사 영업을 하면서 한 권의 책도 팔지 못한 아버지는 '빈둥'거리는 무능한 가장일 뿐, '멍든 것 같은' 그의 마음을 헤아려 줄 사람은 없다. 여자의 남자친구 역시 여자를 이해하지 못하고 여자의 이야기에 귀기울이지 않으며 "너 같은 밋밋한 여잔 처음이야." 거침없고 단호한 목소리로 '쏘아붙인다.'

세속적 가치를 중시하는 인물들의 자기중심적인 태도는 상대방의 말이 완결되기 전에 '칼같이' 자른다. 그래서 여자나 아버지의 말은 번번이 잘리거나 침묵으로 이루어진다. 이러한 폭언과 타인을 배려하지 않는 행위들은 이들에게 폭력으로 작용하므로 여자는 '군데군데 부비트랩이 설치된 미로의 막다른 골목 앞'에 서 있는 것 같은 느낌으로 살아간다.

그러나 한편으로 희망의 싹을 붙잡고자 하는 노력을 볼 수 있는데, 여리거나 불완전한 존재에 대한 응시가 그것이다. 여주인공은 회사 맞은 편 건물의 절름발이 사내가 다리를 절면서도 베란다 화분에 물을 주고 팔굽혀펴기를 하는 것을 바라보며 외따로 피어난 작은 풀꽃을 지나치지 않는다. '살진' 개쑥이 무더기로 피어있는 가운데 '무리도 없이 외따로' 피어났지만 꽃을 피울 수 있는 것처럼, 아주 미미한 존재라도 희망의 씨를 품고 싹 틔울 수 있다는 것을 기대한다. 삭막한 삶을 견디게 하는 온기가 어딘가에는 존재하며 생각보다 가까운 데 있을지 모른다는 희망을 놓지 않는 것이다.

이처럼 하성란은 세속적 삶을 강요하는 현 사회에서 그에 동화되지 않고 절뚝거리면서도 자신의 길을 걸어가는 인물들을 따뜻한 시선으로 그려낸다.

3. 획일적 일상에서 헛갈리다

편혜영의 「사육장 쪽으로」(2006)는 전원주택에 사는 남자가 어느 날 경고장을 받는 것에서 이야기가 시작된다. 우체통이 있음에도 '보란 듯이 문틈에 꽂혀' 있는 경고장이 야기하는 공포와 불안감은 계속 독자를 짓누르다가 아이가 사나운 개들에게 물어뜯기는 후반부 장면에서 고조되어, 아이를 차에 태우고 병원을 찾으려 하는데 병원이 어디 있는지 몰라 헤매는 마지막 장면에서 극대화된다.

이외에도 도시의 직장으로 출근하기 위해 고속도로에서 운전할 때 뒤에서 클랙슨을 누르며 위협하는 거대한 화물차와 트레일러들, 방바닥에서 기계음이 들리고 고속도로의 화물차가 지나가면 신작로의 균열이 그대로 느껴지며 인근 사육장에서 끊임없이 개짖는 소리가 들리는데다가, 뒷산에는 '흉터처럼 낮은 무덤이 누워' 있는 등, 이야기 곳곳에 불안한 정조가 압도적으로 깔려있다.

작가는 획일화된 삶의 양식에 충실히 길들여진 주인공의 모습을 '헷갈리다'와 '후회하다'란 동사를 반복 사용하여 묘사한다. 매체에서 접하는 정보들로 그려진 표준화된 삶과 자신의 진짜 현실을 헷갈리고, 심사숙고나 반성 없이 '선뜻' 또는 맹목적으로 결정하고는 뒤늦게 '후회'하는 행위의 반복이 그의 삶이다. 그가 무리한 이사를 결심하는 것은 "전원주택이야말로 진정한 도시인의 꿈이 아니겠느냐"고 한 중개인의 말 때문인데, '도시인'이라면 그 말에 선뜻 동의할 거라는 생각에서였다. 그러자 '정말로 전원에 사는 것이 자신의 오랜 꿈인 양' 여겨지기 시작하는데, 그가 얼마나 '도시인'의 이미지에 의심없이 길들여져 있으며 그 이미지에서 낙오될 것이 두려워 헛된 이미지에 가닿으려 노력하는지 알 수 있는 장면이다.

그의 생각과 취향은 자신의 것이 아니라 '주워들은 이야기'거나 매체를 통해 익숙해진 것이다. 그가 중개인의 말을 그대로 회사 동료에게 옮기면서도 '다른 사람의 말을 그대로 인용하고 있다는 객쩍음'을 느끼지 못하는 것, 주식을 갖고 있지 않으면서도 '습관'에 의해 주가를 체크하면서 탄식하는 것, 아파트에서 산 적이 한번도 없었음에도 "획일적인 아파트가 지겹지 않느냐"고 태연히 말하고, 주식과 부동산 얘기를 나누다가 파산하게 된 자신의 처지를 헷갈리기도 하는 장면들이 그 예들이다.

이야기의 클라이막스이자 후회의 최고점은 마을 근처에 사육장이 있다는 것을 대수롭지 않게 여긴 결과 자신의 아이가 개에게 물리는 장면일 것이다. 개에게 물려 죽은 듯이 늘어진 아이를 차에 태우고 병원을 찾는 과정에서도 헛갈리고 후회하기를 반복한다. 병원이 사육장 근처라는 것 외에 아는 것이 없어 헤매다가 '자신이 찾는 것이 사육장인지, 아이를 치료할 병원인지, 아니면 아이를 물어뜯은 개인지 헛갈리기'까지 하며 계속 후회하면서 헤매는 장면은 극도의 암담함에 더해 분노마저 자아낸다.

그가 할 수 있는 것은 "언젠가는 길이 끝날 거였다. 길이 끝나는 곳까지 달려가면 어딘가에 닿을 거였다. 그는 그들이 닿는 곳이 사육장 쪽이면 좋겠다고 생각"하는 것 외엔 없다. 곧 이미 조성된 가치가 자신의 의견과 전혀 상관없이 이루어졌다는 사실에 아무 이견 없을 뿐 아니라 그로부터 벗어나는 것이 오히려 두려운 인물을 통해 획일화된 삶이 드리우는 공포를 작가는 섬뜩하게 그려내고 있다.

소설에 나타나는 도시공간

1. 들어가며

소설에서 공간은 단순한 배경으로 설정되는 것에 그치지 않고 상징적 의미를 띠는 경우가 많다. 즉 소설의 공간이 인물의 행동과 유기적으로 연결됨으로써 궁극적으로 주제를 드러내는 역할을 하는 것이다.[1] 많은 공간들 중에서 도시는 인간문명의 위대한 산물이기도 하지만 동시에 사회병리와 자연파괴의 온상이 되기도 하므로 다중적 의미를 내포하고 있다. 특히 농촌중심사회에서 도시중심 사회로 변화하는 과정에서 나타나는 이질감이나 부적응의 문제는 거대

---

[1] 가령 황석영의 「삼포가는 길」에서 '삼포'는 단순한 배경이 아니다. 작중인물 정씨의 고향을 뜻하면서 유토피아의 이미지를 갖기 때문이다. 이상적인 공간인 삼포는 현실에서 닿기 어려운 곳으로 사람들은 계속 '길'위에 서있을 수밖에 없다는 작품의 주제를 잘 나타내고 있다.
한혜경(2002), 『상상의 지도』, 두남, 48-52쪽 참조.

해져가는 현대사회 속 왜소해지는 인간상을 표현하는 데 적절하다고 하겠다.

지금으로부터 약 5500년 전 농업혁명에 의해 처음 만들어진 도시는 18세기 산업혁명 이후 거대해지기 시작했으며 현재는 거의 모든 현대인들의 삶의 자리가 되면서 소설 속에 자주 등장하는 공간이 되었다.

우리나라의 경우, 조선시대까지 농촌중심의 사회구조를 유지해왔으나 일제시대에 와서 땅을 빼앗긴 이농민이 도시로 집중되는 현상이 일어난다. 해방 후 1960년까지 해외이주 인구의 귀환과 전쟁에 의한 피난민의 이동 등의 이유로 도시화가 계속 이루어져왔다. 특히 1960년대는 산업화가 추진되기 시작한 때로 가난을 견디지 못한 농촌인구가 일거리를 얻기 위해 대거 서울로 몰려들어 과잉도시화 현상이 두드러지게 나타났다. 70년대 후반에는 전체 인구의 절반이 도시에 거주할 정도가 되었으며[2] 80년대 이후 도시중심사회로 전환하게 되었다.

이러한 변화는 자연스럽게 문학에 투영되는데 문학 속에서 도시의 삶은 대체로 각박하고 견디기 어려운 것으로 나타난다. 많은 소설에서 대도시는 낯설고 이질적인 공간으로 그려지고 있다.[3] 화려

---

[2] 한상진(1999), 『도시와 공동체』, 한울 아카데미, 13-16쪽 참조.
[3] 박완서의 「엄마의 말뚝 1」은 주인공이 생전 처음으로 마주치는 도시에 대한 느낌을 '적의'로 표현하고 있다. 8살의 어린 주인공은 송도를 처음 본 느낌을 다음과 같이 묘사한다.
"내가 최초로 만난 대처는 크다기 보다는 눈부셨다. 빛의 덩어리처럼 보였다. 토

한 도시는 매혹적일 수 있으나 낯익은 부드러움과는 다른 것이므로 두려움과 공포로 인식되는 것이다.

즉 고향을 떠나 낯선 곳에서 겪는 외로움, 도시생활로 인한 좌절과 절망, 도시생활에서 잃은 것들에 대한 그리움 등, 도시와 연관된 여러 형태의 삶이 소설 속에 묘사되면서 도시는 현실을 드러내는 중요한 상징적 공간으로 부각되기 시작한다. 농촌중심 사회에서 도시중심 사회로 이동하면서 일어나는 숱한 문제들, 자본주의 체제로 전환된 도시적 삶의 양식이 주는 소외감, 화려함에 대한 동경과 좌절과 환멸, 모든 욕망이 집결하는 곳이면서 상대적으로 패배감과 상실감이 함께 어우러지는 양상 등, 도시에서의 삶을 그리는 것은 현대인의 문제를 효과적으로 드러내는 방법이 되는 것이다.

이를 전제로 이 글에서는 소설 속 공간에 대한 탐구의 일환으로 도시를 배경으로 한 소설들을 살펴보고자 한다. 산업화가 추진되던 초기 1960년대 서울의 단면을 보여주는 김승옥의 「서울, 1964년 겨울」과 산업화가 상당히 이루어진 1970년대의 경우, 이청준의 「잔인한 도시」, 그리고 자본주의 체제가 더욱 확고해진 1990년대 이후 서울을 배경으로 전개되는 하성란의 소설들4)을 통해 도시에서 형

담과 초가지붕에 흡수되어 부드럽고 따스함으로 변하는 빛만 보던 눈에 기와지붕과 네모난 이층집 유리창에서 박살나는 한낮의 햇빛은 무수한 화살처럼 적의를 곤두세우고 있었다."
박완서(1985), 「엄마의 말뚝 1」, 『그 가을의 사흘동안』, 나남, 138쪽.
즉 도시의 눈부심이 매혹적이고 아름다운 것으로 받아들여지는 것이 아니라 날카롭고 낯선 것으로 인식되는 것이다.

성되는 삶의 양상을 탐색해보고자 한다. 그리하여 도시공간에서의
삶이 어떤 의미를 지니고 있는지, 궁극적으로 삶의 본질과 어떻게
연관되어 나타나고 있는지 밝히고자 한다.

먼저 각 작품에서 드러나는 도시의 이미지를 살피고 그 안에서
살아가는 등장인물의 양상을 고찰하는 순서로 전개한다.

2. 익명의 도시, 파편화되는 개인

1960년대는 한국에서 과잉도시화 현상이 가장 두드러졌던 시기
이면서[5] 문학사적으로는 이전세대와는 다른 서구적이고 새로운 감
수성의 문학이 등장한 시기이다. 무(無)의 상태에서 새 길을 열고 새
세계를 건설하고자 하는 젊은 열정을 가진 자들이 1962년 『산문시
대』를 창간한다.

이들은 "태초와 같은 어둠 속에 우리는 서 있다. (중략) 우리는
이 투박한 대지에서 새로운 거름을 주는 농부이며 탕자이다."와 같
은 선언으로 등장하면서 우리 문학계에 새로운 문학을 선보이기 시

---

4) 「서울 1964년 겨울」은 『한국대표중단편소설 50』(중앙 M&B, 1995)에 수록된 것
   을 대상으로 하였고 「잔인한 도시」는 이청준(1998), 『소문의 벽』, 열림원에 수록
   된 것을 대상으로 하였다. 하성란의 소설 중 「루빈의 술잔」은 하성란(1997), 『루
   빈의 술잔』, 문학동네에, 나머지는 하성란(1999), 『옆집여자』, 창작과비평사에 수
   록되어 있다. 각 작품들을 본문에서 인용할 때 본문 안에서 해당 쪽수만 밝힐 것
   이다.
5) 한상진, 앞 글, 15쪽.

작했다.6) 그중 김승옥은 이 새로운 감수성을 가장 잘 보여주는 작
가로 평가받고 있는데7) 「서울, 1964년 겨울」은 산업화 초기, 공동
체적 가치가 사라지고 개인의식이 싹트면서 개개인의 삶이 고립되
고 있는 서울을 인상적으로 그려낸 작품이라고 할 수 있다.

거리의 선술집에서 우연히 마주친 두 청년이 나누는 무의미한 대
화들과 아내의 시신을 병원에 팔고 괴로워하는 30대 남자의 만남과
헤어짐이 아무 감정 없이 덤덤하게 묘사되고 있다. 슬픔이나 안타
까움, 기쁨과 같은 감정들이 애초부터 없었던 자들처럼, 이들이 만
들어내는 서울의 이미지는 무채색의 도시이다.

2.1. 우연이 지배하는 고도(孤島)

1960년대 추진되기 시작한 산업화 및 근대화 정책에 따라 도시
는 점차 시골의 삶과 달라지게 된다. 이에 따라 시골의 많은 젊은
이들이 일거리를 찾아 도시로 이동하는데, 환상을 안고 올라왔다가
환멸을 느끼고 고향에 돌아가거나 좌절한 채 주저앉아 어두운 도시
구석에서 삶을 연명하는 일이 늘어나기 시작한다. 김승옥은 「환상

---

6) 이는 '우리는 화전민이다'라는 구호를 앞세우고 전후문학을 이끌던 이어령의
　목소리와 흡사하다. 단지 이어령이 혼자였던 데 비해 『산문시대』는 김승옥을 비
　롯하여 김현, 최하림, 강호무, 서정인, 김치수, 염무웅, 곽광수 등 여러 사람이 함
　께 내는 소리라는 점이 다르다.
　김윤식 · 정호웅 공저(1993), 『한국소설사』, 예하, 356쪽 참조.
7) 유종호(1991), 『현실주의 상상력』, 나남, 86쪽.

수첩」과 「누이를 이해하기 위하여」에서 이러한 양상에 대해 다음과
같이 그리고 있다.

> 그해 가을도 깊었을 때 나는 마침내 하향해 내리기로 결심했다. 더
> 견디어내기 어려운 서울이었다. 남쪽으로 고향이 있는 남해안으로 가면
> 새로운 생존방식이 있을지도 모른다는 기대에서였다.
>
> 「환상수첩」에서

> 누이는 도시로 갔었다. (중략) 그러나 도시에서는 항상 엉뚱한 일이
> 일어나는 모양이었다. 어떠한 일들이 누이를 할퀴고 지나갔을까. 어떠
> 한 일들이 누이를 찢고 갔을까, 어떠한 일들이 누이에게 저런 침묵을
> 떠맡기고 갔었을까.
>
> 「누이를 이해하기 위하여」에서

이와 같이 김승옥은 엉뚱한 일이 일어나는 곳, 견디어내기 어려
운 곳으로 서울을 그리고 있는데, 「서울, 1964년 겨울」에 드러난
서울은 겨울이며 그중에서도 밤을 배경으로 하여 한기와 어둠이 한
층 강화되어 있다.

거리의 선술집에서 우연히 만난 25살의 두 청년과 30대 남자가
가는 곳은 중국요리집, 화재현장, 여관 등이다. 선술집은 당시 밤이
면 거리에 나타나는 장소로서 오뎅과 군참새와 세 가지 종류의 술
을 팔고 "얼어붙은 거리에 휩쓸며 부는 차가운 바람이 펄럭거리게

하는 포장을 들치고 안으로 들어서게 되어" 있는 곳이다.

이곳은 튼튼한 벽으로 둘러쳐진 공간이 아니므로 외부와 완전히 차단되지 않는다. 포장 한 겹이 들춰지면 밖의 공간과 쉽게 통하며 포장이 드리워지면 안의 공간이 된다. 언제든 바람이 불거나 누군가 들어오고 나가면 곧바로 거리의 일부가 되는 경계의 공간이다. 낮 동안 녹았던 길이 밤이면 다시 얼어붙어 한기가 올라와 "곁에 선 사람과 무슨 얘기를 주고받을 만한 데는 되지 못하는 곳"이다. 그러나 모르는 관계라도 곁에 선 사람과 쉽게 대화를 시도할 수 있고 동행도 가능한 곳이므로 혼자만의 공간인 방이나 집과 대비된다.

방은 외부로부터 보호하고 추위를 막아준다는 의미에서 긍정적이나 타인과의 교감을 차단하고 있는 점에서 부정적이다. 이 소설에서 방은 따뜻하고 안온한 공간이기 보다 사면이 벽으로 막힌 고립된 공간을 의미한다. 안이 밤이 되면 집을 나와 밤거리를 쏘다니면서 해방감을 느끼고 '나'도 돈만 생기면 집 밖으로 나오는 점이 이를 말해준다.

선술집에서 나와 이들이 가는 중국요리집이나 여관은 모두 방의 연장선상에 있다. 중국요리집은 선술집에서 30대 사내가 동행하게 되면서 저녁을 먹기 위해 함께 들어간 곳이다. 이곳은 식사를 하는 곳이지만 비밀스런 남녀관계가 이루어지기도 한다. 옆방에서 들려오는 신음소리는 도시 한 켠에 숨겨진 음습한 욕망을 나타내면서

방과 방이 차단되어 각기 고립된 섬과 같음을 보여준다.

이들이 함께 간 여관 역시 단절된 공간이다. 옆방에서 사람이 죽어가고 절망에 빠져있어도, 아무도 관심 갖지 않는 고립된 방들로 이뤄진 구조인 것이다.

"여관에 비한다면 거리가 더 좁았던 셈"이라고 느끼는 것은 '벽으로 나뉘어' 고립된 방들에서 기인하는 막막함, 고독감이 거대하기 때문이다.

또 우연히 도착한 화재현장 역시 특이하다. 불이 나면 으레 따르는 비명이나 아우성, 웅성거림이나 북적이는 소란 등이 부재한다. '경찰들의 호각소리, 소방차들의 사이렌 소리, 불길 속에서 나는 탁탁 소리, 물줄기가 건물의 벽에 부딪쳐서 나는 소리'는 있지만 '사람들의 소리는 아무것도 나지' 않고 있으므로 이 장면은 사람들이 부딪치는 곳이 아니라 각기 자리에 서있는 정적인 풍경화를 연상시킨다. '정물처럼' 서 있는 사람들과 발밑에 굴러있는 페인트 통 위에 앉아 불구경을 하고 있는 이들의 모습은 화재로 인한 고통이나 아수라장 같은 동적 현장과는 무관하게 정지상태의 화면을 보는 듯하다.

이들에게 화재로 인한 손실이나 슬픔 등은 관심 밖의 일이다. 화재의 의미에 대해 생각하는 안, 안의 얘기에 귀 기울이지 않고 '불이 좀더 오래 타기를' 바라며 '미용학원'이라는 간판에 차례로 불이 붙는 과정을 구경하고 있는 '나', 불길 속에서 자신의 아내를 보았다고 착각하는 사내는 나란히 앉아 있지만 각자의 세계에 빠져 있다. 그래서 셋이 같이 있음에도 각기 자신만의 '방'에 고립되어 있다고 할 수 있다. 그리하여 한 사람이 죽어도 다른 자들은 알지 못하는 결말은 당연한 수순의 결과라 하겠다.

이처럼 이 소설은 1964년 서울이란 도시가 자신만의 세계에 갇혀 살아가는 고립된 섬과 같음을 보여주고 있다. 이웃에 대한 관심이나 정과 같은 공동체적 가치는 힘을 잃고 개인의식이 강해지는 산업화 초기의 분위기 속에서 목적의식 없이 우연에 의해 움직이는 인물들을 잘 포착하고 있다. 우연히 선술집에서 만나 우연히 동행하게 되었다가 각자 헤어지는 모습을 통해 작가는 삶의 목표나 지향점 없이 움직이는 무감각의 세계를 관념적으로 드러냈다고 할 수 있다.

2.2. 도시를 떠도는 익명의 미아들

「서울, 1964년 겨울」의 화자인 '나'와 안은 25살 청년이다. '나'가 구청 병사계에서 일하고 있고 대학구경을 해보지 못한 청년이라면, 안은 부잣집 장남에 대학원생이다. 또 30대 남자는 책 외판원이며 아내가 죽었고 그 시신을 병원에 팔고 괴로워하고 있다는 사실 외에 드러나는 바가 없다. 이 세 인물은 이름도 밝혀지지 않아 도시를 떠도는 익명의 개인들이다.

선술집에서 우연히 만난 '나'와 안은 서로 어울리지 않는 계층이지만 관심이 일치하는 지점을 역시 우연히 발견한다. 곧 자신만이 알고 있는 사실들을 나열하는 것인데 "평화시장 앞에 줄지어 선 가로등들 중에서 동쪽으로부터 여덟 번째 등은 불이 켜 있지 않습니다", "적십자 병원 정문 앞에 있는 호두나무의 가지 하나는 부러져 있습니다"와 같이 아무 쓸데없는 사실들을 각기 중요하게 기억해 온 것을 알게 된다.

'나'와 같은 가난한 청년에게는 혼자만 알고 간직하는 사실이므로 일종의 재산과 같은 것이라면, 안은 사물을 바라보는 것이 즐겁기 때문에 밤거리 사물들을 관찰한 결과 이런 것들을 기억하는 것이다. 곧 이들의 일치는 안의 말대로 '서로 다른 길을 걸어서 같은 지점에 온 것'인 셈이다.

안은 밤이 되면 거리로 나오는데 그것은 해방감을 느끼기 때문이다. "낮엔 그저 스쳐 지나가던 모든 것이 밤이 되면 내 시선 앞에서 자기들의 벌거벗은 몸을 송두리째 드러내놓고 쩔쩔"매고 있으므로 그런 사물을 바라보는 것이 즐겁다는 것이다. 그래서 밤거리는 '뭔가 좀 풍부해지는 느낌' '뭔가 뿌듯해지는 느낌'이 들면서 '모든 것에서 해방된 것'을 느끼는 것이다.

이와 같은 안의 행동과 사고는 개인주의적이고 관념적이다. 다른 사람과의 관계가 배제된 사물과의 관계에서만 바라보고 있으며 사물에 대해서만 의미를 부여하기 때문이다. 이런 입장에서는 타인

신상에 대한 관심, 흔히 우리 일상에서 이루어지는 타인과의 관계에 관심이 갈 수 없으며 일상적인 감정과 무관하다. 그래서 아내가 죽었다는 사내의 말에도 "네에에"라는 간단한 대꾸 뿐 동정 같은 반응이 없다. "혼자 있기 싫다"는 사내의 말에 대해서도 감정적 반응이 부재한다.

이는 그가 비정해서가 아니라 일상에 대한 관심이 없으며 상식으로 통용되어 오는 질서와 무관하기 때문이다. 사내의 자살도 예측했지만 "그렇지만 어떻게 합니까?" 라고 반문하는 태도는 각자의 삶은 스스로 해결해야 하며 타인이 간섭할 수 없다는 개인주의적 사고를 나타낸다.

인간에 대한 관심 대신 그는 무의미해 보이는 일들에 의미를 붙이고 집중한다. 또 실제 사실과 느낌을 구분하고 "실제로는 그렇지 않을는지 모르지만 그렇게 느낀다"고 느낌을 중시한다. 그가 또래의 친구들과 하고 싶은 이야기는 '꿈틀거림'에 대한 것인데 이런 주제로 함께 대화를 할 수 있는 자들은 드물 것이다. 따라서 번번이 "얘기는 오 분도 안 돼서 끝나버"리는 것이고 "거짓말을 하고 있었다"는 생각이 들 수밖에 없다. 이처럼 타인과 공유하기 힘든 자신만의 사고틀을 가지고 자신의 세계 안에서 살아가고 있는 안은 고아와 같다. 이러한 안의 모습은 현실적 기반이 허약하므로 변화하는 현실과의 역동적 교섭을 통한 창조적 자기갱신이 불가능하다는 비판을 받게도 하는 점이다.[8]

안에 비한다면 '나'는 평범한 청년이다. 돈이 생기면 하숙방에서 나와 밤거리를 쏘다니고 사내의 자살에 충격을 받는 등 보통 사람의 면모를 보여준다. 그러나 만원버스 안에서 여자 아랫배의 움직임을 바라보며 신선하다고 느끼거나 자신만 아는 사실을 간직하는 특이함도 있다. 그러나 무의미하게 흘러가는 삶에 대한 자의식 같은 건 없는 평범한 청년이다.

30대 사내는 제법 깨끗한 코트를 입고 머리엔 기름도 얌전하게 바른 모습이지만 '가난뱅이 냄새'가 나는 사내이다. 선술집에서 안과 '나'의 곁에 있다가 동행을 요청한 그는 죽은 아내 시체를 병원에 팔고 괴로워하며 그 돈을 어찌해야 좋을지 모른다. 돈을 써버려야 한다는 강박으로 그의 행위는 불안정하다. 화재현장에서 갑자기 돈을 불에 던지고 밤중에 밀린 책값을 받으러 가는 등 비정상적 행위를 보이는데 이는 아내를 잃은 슬픔에서 기인하는 것으로 보이므로 씁쓸한 웃음을 준다.

그 사내 역시 자신의 얘기를 들어줄 상대가 없는 고독한 존재로서 혼자 있기 싫고 무서워 생을 포기하기에 이른다. 그러나 그가 처한 상황이 동정을 불러일으킬 만함에도 사실적이기 보다 연극적이어서 연민을 느끼는 것을 방해한다.

돈이 있어도 무엇에 써야 할지 모르고 '아무 데도 갈 데'가 없는 이들은 1964년 겨울 밤거리에 내던져진 미아와도 같다. 가야 할 방

---

8) 김윤식 · 정호웅 공저, 앞 글, 359쪽.

향을 모르고 공감대 없이 각기 타인인 이들이 도착하는 곳은 자신의 의사와 상관없다. 우연에 의해서 만나고 헤어지고 어딘가에 닿는 것이다. 택시 안에서 어디로 갈지 의견이 서로 엇갈리는 동안 우연히 화재현장에 도착하는 것처럼 생이란 인간 의지와 상관없이 흘러가는 것임을 보여준다.

옆방에서 한 사람이 죽어가고 있는데 '꿈도 안 꾸고 잘' 잘 수 있으며 눈이 내리고 버스가 지나가고 아무 일 없이 일상이 시작되는 곳, 그곳이 서울이다. 도시 어딘가에서 누군가는 일하고 누군가는 술을 마시며 누군가는 죽어가고 있지만, 도시의 아침은 다시 밝아오며 또 하루가 시작되는 것이다.

전통사회에서 중시했던 이웃에 대한 관심이나 공동체적 가치가 사라진 시대, 각기 자신만의 방 안에 갇혀 살아가는 현대인은 가족, 타인과의 관계가 단절된 고아처럼 자기 의사와 상관없이 흘러가는 삶에 몸을 내맡기고 있음을 이 소설은 잘 드러내고 있다.

3. 거짓자유의 도시, 왜소한 개인의 우화

이청준은 폭력과 억압이 존재하지 않는 세계를 꾸준히 지향해온 작가이다. 집요하고도 꼼꼼한 탐구로 이 세계의 모습을 드러내고자 하는 그는 「잔인한 도시」에서 자본주의 체제 아래에서 거대해진 금

권과 그 아래 왜소한 인간들을 그리고 있다. 교도소에서 출감한 사내가 교도소 근처 공원에서 지내다가 새의 자유에 숨겨진 놀라운 비밀을 발견하고 결국 고향을 향해 떠난다는 설정을 통해, 거짓자유가 난무하고 믿음과 정이 사라진 사회를 우화적으로 제시한다.

3.1. 거짓 자유와 타산이 지배하는 도시

「잔인한 도시」에 등장하는 도시는 실제 있을 법한 구체적인 공간이 아니라 교도소와 그 위 공원으로 이루어진 가상의 공간이다.

> 교도소는 도시의 서북쪽 일각, 벚나무와 오리나무들이 무질서하게 조림된 공원 숲의 아래쪽에 있었다. 그리고 그 무질서한 인조림이 끝나고 있는 공원 입구께에서 2백미터 남짓한 교도소 길목이 꺾여들고 있었다. 공원 입구에선 교도소 길목과 높고 음침스런 소내 건물들을 제 손바닥 들여다보듯 한눈에 모두 내려다 볼 수 있었다. (중략) 하지만 그 길목은 언제부턴가 사람의 눈길을 끌 만한 움직임이 끊어진 지 오래였다.

도시 한 켠에 있는 교도소와 공원이 이 소설에 등장하는 공간의 전부이다. '무질서하게 조림된' '인조림'이라는 표현에서 아름다운 공원이 아니라 삭막한 이미지를 떠올릴 수 있다. 더욱이 이 주변은 교도소를 나오는 출감자들의 모습이 뜸해지고 면회객들의 발길조차 자취를 감추고 있다고 하여 적막함이 강조된다.

그러나 밤이면 높다란 감시탑들의 불빛이 확고부동하게 비추이므로 세상 사람들의 기억에서 잊혀졌을 뿐 교도소가 엄연히 존재하고 있음을 보여준다. 인적이 드문 곳에서 교도소의 탐조등 불빛만 이리저리 움직이고 있는 밤의 도시는 살벌한 분위기를 형성한다.

교도소는 감금과 차단의 공간이다. 갇힌 자들이 편지를 써도 가족에게 전달되지 않으며 점차 면회자들이 드물어지다가 완전히 끊겼다는 사실은 수인들이 외부와 철저히 차단되어 있음을 강조한다. 이에 비해 공원은 자유롭고 즐거운 공간으로 추측하기 쉽지만 사실은 또 다른 억압이 가해지는 곳이다.

이러한 배경 속에 등장하는 인물은 교도소를 막 출감한 사내이다. 낡고 작은 사물보퉁이를 들고 '조그맣게' 걸어나오는 사내는 낡은 옷차림에 '허옇게 센 머리털'로 지치고 무기력하게 보인다. 그는 공원 입구의 '방생의 집'에서 발길을 멈춘다. 방생의 집은 새장에 들어있는 새를 사서 날려 보내는 집이다. 이 가게의 주인은 "서른이 좀 넘었을까 말까, 하관이 몹시 매끈하게 빨려 내려간 얼굴 모습이 어딘지 좀 오만스럽고 인색스런 인상을 풍긴 데다가 차가운 백동테 안경알[9] 속에서 눈알을 몹시 영민스럽게 굴려대고 있"는 차가운 분위기의 남자이다.

---

[9] 박완서의 「엄마의 말뚝1」에서도 안경은 도시 유리창의 번쩍거림처럼 낯선 이미지를 지닌 것으로 등장한다. '대처사람'인 외삼촌이 끼고 있는 안경은 "번쩍거림 때문에 나는 그속의 눈을 볼 수가 없었다. 나는 그렇게 번쩍거리는 사람이 싫고 무서웠다"고 묘사된다.

사내는 다음날 아침 공원에 떨어진 동전들을 주워 모아 새를 사서 날려보낸다. 왜 집에 가지 않느냐는 가게 주인 젊은이의 비아냥에 사내는 가족이 없어서 가지 않는 게 아님을 완강하게 강조한다. 그의 고향집은 '주위엔 탱자나무 울타리가 높게 둘러쳐지고 뒤켠으론 대밭이 무성하게 우거진 규모있는 기와집'으로 '집터가 시원하게 트이고 게다가 햇볕도 깊'은 곳이라고 자랑한다. 그리고 중요한 것은 그곳에 아들이 살고 있는 것이다. 아들은 사내에게 생명 이상의 존재로 '녀석이 없었으면 난 아직도 저 가막솥 나올 생각도 않았을지' 모를 정도로 큰 의미를 차지하고 있다.

그가 곧바로 집에 가지 않고 공원에서 지내는 것은 아들이 찾아올 것을 기다리는 것이기도 하지만, 또 한편으로 감옥 안의 동료들을 위해 새를 사기 위해서이다. 새를 사서 날려주는 것은 그들에게 자유를 사는 것을 의미하므로 이들은 "날개를 산다"고 말한다. 이처럼 새를 날려 보내는 것은 '잠깐의 장난거리'가 아니라 아직 갇혀 있는 동료의 자유를 기원하는 엄숙한 행위인데, 이 새들에게 부여된 자유가 가짜라는 데 문제가 발생한다.

즉 가게의 젊은이는 낮에 풀어준 새들을 밤이면 다시 잡아들이고 있다. 날개 아래 속깃을 잘라냈기 때문에 멀리 날아가지 못한 새들은 밤이 되면 다시 사내에게 포획되는 것이다. 결국 새들에게 주어진 자유는 일시적이고 제한적인 것이며 거짓자유이므로, 공원은 새를 날려 보내면서 자유의 꿈을 꾸었던 자들을 잔인하게 배신하는 공간이다.

공원의 젊은이는 도시를 대표하는 인물로 수인들의 꿈이나 새의 자유는 안중에 없다. 오직 돈벌이에만 관심이 있으므로 상업적 이윤을 위해서라면 다른 사람이 불안해하든 괴로워하든 상관하지 않는다. '오만스럽고 인색스런 인상'에 '매끈한 얼굴'을 가졌으며 '차가운 백동테 안경알'을 쓰고 있는 그의 외모는 깔끔하지만 쌀쌀한 도시사람의 분위기를 풍긴다.

그가 사내를 대하는 태도는 '차가운 조롱기' '노골적인 비웃음기'를 지니고 '어떤 경멸기를 숨기고 있음에 틀림없는 소리'로 말하고 '딱해하는 눈초리'로 바라본다. 그는 사내와 이야기하다가도 손님이 들어서면 곧바로 주의를 돌리는 민첩성을 보여준다. 곧 그는 이윤을 위해서라면 타인의 자유를 침해하는 정도는 아무렇지도 않은 냉혹한 인물로 작가는 이에서 도시의 잔인함을 읽고 있다고 하겠다.

3.2. 불빛 앞의 무력한 새

어두운 밤 공원을 휘젓는 전깃불 앞에서 꼼짝 못하는 새들은 무력한 인간을 상징적으로 드러낸다. 감옥 안에서 가족들에게 보내는 편지가 우송되지 않는 것 같아도 변변히 항의 한 번 못하고 외부와 차단된 채 하루하루 연명하며 살아가는 죄수의 모습은 거대한 체제의 힘에 굴복당한 채 살아가는 왜소한 현대인을 연상시킨다.

이들의 특성은 침묵으로 나타난다. 감옥 안에서도 항의 한번 못하는 이들은 감옥을 나와서도 마찬가지이다. 어렵게 출감하여 세상으로 나온 사내는 이윤이 최고가치가 된 사회체제에 적응하지 못한다. 이윤만 있다면 다른 사람의 권리나 삶이 어떻게 되든 상관 않는 매서움 앞에서 그는 침묵할 뿐이다. 밤에 새들을 도로 잡아들이는 놀라운 장면을 목격하고도 악몽에 시달릴 뿐 항의하지 못한다. 그리고 새의 날개를 자른 사실을 알았을 때도 '세찬 분노'를 느끼지만 젊은이에게 비난의 말을 하지 않는다.

　　한동안 조용히 잘려나간 녀석의 속날개깃 자국을 들여다보고 있던 사내의 눈길에 이윽고 어떤 세찬 분노의 불길이 일기 시작했다. 그는 새를 거머쥔 손에 으스러지도록 힘을 주며 말없이 그의 거동만 훔쳐보고 있는 젊은이를 정면으로 쏘아보았다. 그 세찬 분노의 불길이 이글거리는 사내의 눈길은 사람까지 온통 달라보이게 하였다. 그는 자신의 분노 때문에 손과 입술까지 마구 떨리고 있었다.
　　하지만 사내는 자신을 참는 데 너무도 길이 들여진 인간이었다. 그는 끝끝내 한마디 말도 없이 자신의 분노를 견뎌냈다.

참는 데 길이 들어 격렬하게 끓어오르는 분노를 참는 과정은 눈물겹다. 솟구쳐 오르는 분노의 불길을 잠재우려는 노력에 의해 분노는 슬픔으로 변화된다. 곧 분노와 증오의 빛 대신 "조용한 슬픔의 응어리 같은 것이 맺혀 들기 시작" 한다. 잘못된 체제나 대상을 향해 발산되지 못한 분노는 안으로 스며들어 내면에서 응축되고 있는 것이다. 이러한 사내의 모습은 외부대상을 향해 저항하지 못하고 침묵하는 왜소하고 무력한 인간상을 잘 보여준다.

이에 비해 정작 악행을 저지른 젊은이의 태도는 당당하다. 처음부터 사내를 조롱하고 비웃던 그는 시종 '냉랭한 눈길'로 바라보는데 사내가 새의 날개깃을 잘라낸 흔적을 발견한 뒤에도 태연하다. 오히려 '비웃음과 연민기 같은 것이 뒤섞인 미묘한 웃음기' 속에 유유히 사내를 구경하는 여유를 보인다. 이러한 젊은이의 모습은 잘못된 행위에 대한 반성 또는 성찰이 전무함을 시사한다. 곧 이윤 외에는 어떤 일에도 흔들림 없이 잔인한 존재인 것이다.

결국 이처럼 비정한 도시에서 버틸 수 없는 사내 쪽이 물러서게 된다. 공원에서 새를 사는 것이 부질없음을 깨닫고 그렇다고 젊은이의 장사를 중지시킬 수도 없으므로 사내는 새와 함께 도시를 빠져나온다.

도시에서 고향집 사이에 있는 공간은 신작로이다. 고향이 있는 남쪽을 향해 구불구불 뻗어있는 길은 미래로 열려 있는 이미지를 보여준다. 깊이 아껴뒀던 돈으로 새의 자유를 산 그는 이제 고향에 대한 기대로 행복하다. 등줄기에 닿는 한 줄기 햇볕의 따스함을 느끼며 또 "남쪽으로 뻗어나가고 있는 신작로길이 그토록 따뜻하고 맑게 빛나고 있"음을 느낀다. 그리고 "사내의 가슴속을 끝없이 비춰주는 영혼의 빛줄기와도 같았다"고 하여 그를 지탱시키는 것이 영혼임을 시사한다.

그러나 이 따스함이 영구적이 아니라는 데 문제가 있다. 따뜻한 햇발이 "점점 더 풀기를 잃어"가고 신작로도 "차츰 윤곽이 아득히 흐려져 가고" 있으므로, 낮의 온기는 곧 다가오는 밤에 밀려날 것이며 겨울의 냉기에 얼어붙을 것을 암시한다. 겨울이 오기 전에 고향에 도착해야 푸른 대숲에서 지낼 수 있으나 그가 말했듯이 '생각처럼 그렇게 쉽게 찾기는 어려운 곳'이므로 그들의 여정이 빨리 마무리되기는 어려우리라는 예감을 준다.

결국 사내의 이야기는 현실적인 조건과 무관한 희망에 관한 이야기이며 정신적인 차원의 것이다. 돈 따위는 중요하지 않으며 누가 자신을 알아주는 것도 중요하지 않다. 새를 사서 날려 보낸다고 해서 갇힌 자가 자유를 얻는 것이 아니므로 젊은이의 시각으로는 '부질없는 짓'에 불과하다. 그럼에도 불구하고 이들은 없는 돈을 아껴서라도 새를 사고 싶어한다. "그렇게 하고 싶"기 때문이다. 또 자신이 그렇게 하고 싶은 것처럼 다른 동료들도 원했던 것을 알고 있으므로 그들의 바람을 외면하지 못하는 것이다.

이익을 중시하는 실리주의자들이 볼 때 어리석은 행동이 이들에게는 중요하다. 이들에게 중요한 것은 믿음과 같은 정신적인 것이기 때문이다. 새가 사내를 믿고 날아들었던 것처럼 믿음이란 한 가족이 되게 하는 요소로 가족이란 그 사이에 믿음이 존재하는 관계임을 시사한다.[10) 따라서 고향은 타산적 도시에서 소외되던 이들에게 유토피아이다. 남쪽에 있어 따뜻하고 가족과 사랑이 있어 따뜻하다.

이와 같이 볼 때 「잔인한 도시」는 이윤을 중시하는 타산적 사고에 의해 타인의 자유마저 무시하는 도시를 벗어나는 인간의 이야기라고 할 수 있다. '잔인하다'는 형용사로 수식된 도시가 이익위주, 자본주의 사고를 대표한다면 그 대척에 있는 고향은 믿음을 중시하고 가치위주의 사고를 하며 정과 사랑을 강조하는 곳이다. 고향을 잊지 못하는 자들은 잔인한 도시에서 견디기 어려움을 보여주면서, 역으로 도시의 각박한 삶을 견디게 하는 것이 고향에의 꿈이며 사랑과 믿음임을 보여준다. 남쪽 고향을 향해 구불구불 뻗어있는 길은 고향에 도착하기까지 쉽지 않은 여정을 암시하지만 아직 따뜻한 햇볕이 남아 있어 이들의 고향길을 비춰줄 것이다.

4. 세속도시, 미로 속의 몽상가

이익 위주 사고에 근거한 냉혹한 거래와 거짓 자유가 횡행하던 「잔인한 도시」속 도시는 하성란 소설에 이르면 외면은 더욱 화려해진 반면에 이면은 비정함과 욕망으로 얼룩진 이중성으로 나타난다.

---

10) 믿음을 중시하는 사내의 사고는 퇴니스의 개념을 빌리면, 정을 중시하는 공동사회(gemeinschaft)적 가치라고 할 수 있는데 이익사회(geselleschaft)로 전환되면서 이익을 우선하는 사회로 변모된 것이다. 한상진, 21쪽.

커다란 통유리로 이루어진 고급자동차 전시장이라든가 햇빛에 빛나는 유리건물, 아름다운 여자가 유혹적 포즈로 그려져 있는 광고판, 밤이면 현란한 불빛으로 번쩍거리는 쇼윈도, 하얀 와이셔츠와 구김 없는 양복 등, 도시의 외면은 화려하고 우아하다. 그러나 그 이면에는 토사물로 얼룩진 골목이나 힘겨운 삶, 폭력과 같은 것들이 숨어 있다.

도시의 이면을 경험한 사람들은 겉으로 보이는 화려함이 자신의 삶과는 무관한 허상임을 안다. 즉 밤에는 화려하게 빛나던 네온의 불빛이 낮에는 흉물스런 간판에 불과하다는 것, 불빛 아래 요염한 미소로 유혹하던 미녀의 요란한 화장이 벗겨지면 '초췌하고 늙은 매춘부'의 얼굴이 드러난다는 것을 아는 자들은 도시의 외양이나 광고에서 속삭이는 말이 현란하고 달콤할수록 실제 우리의 삶은 가난하고 쓸쓸하다는 것을 인지하고 있는 것이다. 그리하여 이들의 삶은 도시의 현란함과는 무관하게 도시 한 켠에서 묵묵히 영위되고 있다.

4.1. 위장도시와 미로

「치약」이나 「깃발」은 회사에 출근할 때마다 만원버스에 시달리는 평범한 남자가 등장한다. 밀려서 "유리창 위에 얼굴이 짓눌"리기도 하고(「치약」) 끼고 있던 안경이 튀어나오기도 하는(「깃발」) 만원

버스는 각박하게 살아가는 보통사람들의 현실을 생생하게 보여준다. 이들은 버스에서 시달릴 때마다 차창 밖의 광고판을 바라본다. 빌딩에 붙어있는 광고판에는 비키니를 입고 꽃목걸이를 건 원주민 처녀가 웃고 있고 "지상의 낙원, 지금 곧 하와이로 오세요"라는 글귀가 태평양의 바다와 함께 어우러져 있다.

이 광고판의 그림은 현실과는 거리가 멀다. 평범하게 살아가는 자들에게는 '그림의 떡'일 뿐이며 심지어 그 광고판 이면에는 폭력이 존재한다. 「치약」의 주인공 남자는 고층빌딩 거대한 광고판 뒤의 폭력을 경험한 자이다. 금발미녀가 앉아있는 진홍색 스포츠카가 그려진 광고판 뒤는 "각목들이 양철판에 가로세로로 어지럽게 붙어 있고 녹슨 대못들이 툭툭 불거져" 있으며, 광고판으로 사방이 가려진 빌딩 옥상에서는 '원산폭격'과 구타가 끊임없이 이어졌던 것이다.

즉 고급자동차가 전시된 쇼윈도가 즐비하고 햇빛으로 빛나는 아름다운 건물과 미녀의 유혹적인 그림, 쇼윈도에 진열된 화사한 봄옷들로 표상되는 도시의 화려함 뒤에는 토사물이 널린 골목길, 차가운 응달, 구타, 옷이 완성되기까지 계속 시침핀에 찔려야 하는 피팅모델의 통증이 숨어있다. 특히 광고는 이러한 현실을 위장하는 것으로 반복해 나타난다. 단순히 상품의 성격을 설명하는 것에서 그치지 않고 과대광고도 불사하는 모습에서 진실을 은폐하는 음험함을 읽을 수 있는 것이다.

'낭만적이고 현혹적인 광고'의 실상을 경험한 이들에게 도시는 "실제 온도보다 체감 온도가 훨씬 낮은" 곳으로서 이러한 느낌은 박완서 소설에서처럼 유리의 차가움을 통해 잘 드러나고 있다. 유리창에 햇빛이 반사되면서 '커팅이 잘된 다이아몬드'처럼 반짝이는 빌딩의 위용은 아름다우면서 동시에 눈을 찌르는 듯한 날카로움으로 무장되어 있다.

번쩍이는 유리가 되쏘는 날카로움은 칼이나 바늘 같은 금속성의 이미지로 변환되어 소설 곳곳에 나타난다. 엘리베이터 문이 닫히면서 나는 '쇠 긁히는 마찰음'이나 정원초과를 반복하는 녹음된 목소리, "눈금이 벗어난 고기를 단 한번에 칼로 잘라"내는 푸줏간 여자의 '야무진 손끝', 또 "손등을 찰싹 내려"치고 "날카로운 바늘이 들어와 잇몸을 찌"르고 "우악스럽게 집게가 헤집고 들어와 이를 잡아당"기고 "드릴로 긁어내"는 가차 없는 치과치료, 피팅모델을 마네킹으로 착각한 '조심성 없는 디자이너들이 찌르는 시침핀', 광고판으로 가려진 옥상안에 "툭툭 불거져"있는 '녹슨 대못들' 등은 주변에 잠복해 있다가 뾰족하게 솟아올라 지친 인물들을 사정없이 찌르곤 하는 것이다.

또 도시는 복잡하고 쉽게 실체를 드러내지 않는 점에서 미로와도 같다. 계속 벗겨도 같은 모양이고 마지막엔 아무것도 남지 않는 양파처럼 계속 파고 들어가도 여전히 정체를 알려주지 않는다.

우두커니 선 여자의 어깨가 사람들에게 떼밀린다. 여자의 눈이 닿는 곳은 음식점과 노래방, 팬시점, 보석상, 음악상들을 알리는 간판들이 즐비하게 달려있다. 간판들 사이사이 미로 같은 골목들이 뻗어있다. 하지만 여자는 갈 데가 없다.

「루빈의 술잔」에서

아케이드 안은 미로 같아. 우체국을 찾기 위해 남자는 갔던 길을 매번 되돌아온다.

「내가 사랑한 것은 그녀의 등허리였을까」에서

어머니가 살고 있는 아파트는 좀처럼 나타나지 않는다. 여자는 자주 멈춰 서서 주위를 둘러본다. 자전거를 끌고 가는 여자의 발걸음이 점점 뒤처진다.

「두개의 다우징」에서

이 예문들에서 나타나듯이 주인공은 미로처럼 복잡한 도시에서 자주 길을 잃는다. 목적지를 찾지 못하고 갈 곳을 몰라 방황하는 상황은 복잡하게 숨겨놓은 숨은그림찾기나 퍼즐조각 맞추기로 표현되곤 한다. 그런데 의외의 곳에서 쉽게 답을 찾을 수도 있음을 암시함으로써 미로와 같은 힘겨운 삶 속에서도 희망이 존재한다는 것을 보여준다.

4.2. 지친 발, 구토하는 몽상가들

하성란 소설의 인물들은 현실적인 일에 무능하고 무관심하므로 성공적인 삶과는 거리가 멀다. 실용성을 숭배하고 가시적이고 확실한 것만이 옳다고 믿는 세상에서 이들은 '눈으로 보이지 않는 이야기'와 주관적 느낌을 믿는 자들이다. '힘이 제일'이고 이익을 위해서라면 '과대광고'도 불사하는 세상에서 거짓말에 능하지 못하고 실리에 관심 없는 이들은 비현실적이고 엉뚱한 돈키호테처럼 인식되고 있다.

이들은 어릴 때 꿈꾸었던 것을 쉽게 잊지 못하고 어떤 상황이 닥쳐도 계속 꿈을 이루려고 하는 몽상가들이다. 이들의 꿈은 삶을 끌고 나가는 힘이 되면서 동시에 세속적 인물들로부터 비웃음을 받게 하는 요인이기도 하다.

「루빈의 술잔」의 주인공은 어릴 때 달리기 선수였으나 사고로 한 쪽 다리가 성장을 멈춘 여자이다. 성장하지 않은 오른쪽 다리는 "자신이 단거리 선수라는 것을 잊지 않아" 여자를 곤혹스럽게 만드는데 "제발 좀 잊어버려라"고 타이르는 왼쪽 다리에게 "너의 꿈이 뭐였는지 다 까먹은 거야?"라면서 화를 낸다. 「촛농날개」의 주인공 역시 체조선수였다가 키가 커져서 그만둔 인물로 '하늘을 날고 싶다는 생각'을 포기하지 못한다.

이처럼 꿈을 이루지 못하고 살아가야 하는 현실은 이들 가슴 속에 '텅 빈 공간'을 만들어 놓는다. 이들에게는 현실적인 성공보다

이 빈 공간을 채우는 것이 중요하다. 이들의 관심은 물질적인 것이 아니라 꿈에 대한 것이며 따라서 이들의 고달픔은 가난과 같은 실질적 문제보다는 공허함으로 떠도는 데서 기인하는 것이다.

고달픈 삶의 흔적은 가녀린 몽상가의 것이라기에는 거친 이들의 손과 발에서 찾아볼 수 있다. 곧 이들의 손은 '길고 하얀 손등'과 어울리지 않게 '힘줄이 퍼렇게' 돋아있고 손끝은 "본드가 말라붙어 각질처럼 허옇게 벗겨지고" 있다. 이들의 발 역시 부르터있고 구두는 낡아 구두창이 벌어져 있으며 걸을 때마다 구두징 소리가 나는 등 걷기를 힘들게 한다. '깨진 보도블럭 사이에' 발이 끼여 넘어지고 발이 아프며 신발을 잃어버려 '집에 갈 수가 없'고 '뒷굽만 많이 닳아버린 구두' 때문에 발목이 자꾸 꺾인다. 고운 손 모양과 달리 굳은살이 박혀 있는 거친 손과 지친 발은 현실에 힘겹게 부딪쳐온 나날의 흔적이다.

한편, 이들이 세상의 비웃음을 묵묵히 견디고 침묵한다고 해서 거부감이 없는 것은 아니다. 이들은 그것을 말이 아니라 몸을 통해 표출한다. 식욕 없음과 구토, 이유 없이 살이 빠지는 현상, 기억상실과 물건을 잃어버리는 것, 나아가 현실에서 사라지는 것등은 세상에 대한 거부를 나타내는 표지들이다.

욕망은 우리 삶을 지탱시키는 동인임에 분명하지만 지나치면 당연히 문제가 일어난다. 이기적 욕망이 과도하게 넘쳐나는 세상에서 작가는 욕망과 무관하고 욕망을 거부하는 인물들을 창조한 것이다.

'허겁지겁' '줄기차게' 먹는 주변 사람들과 대조적으로 주인공들은 식욕이 없고 잘 먹지 않는다. '지독한 허기가 밀려오면서도' 먹고 싶어 하지 않는 이유는 따뜻한 밥상이 부재하기 때문이다. 먹는 행위는 마음이 통하는 사람과 함께 하는 것을 의미하므로 허기만을 메우는 식사나 지나치게 탐욕스런 식욕을 거부하는 것이다.

이에서 좀더 나아가면 구토가 나타나는데 세상에 대한 거부감이 한층 적극적으로 표출되는 경우이다. 구토를 유발하는 요인은 욕망들이 넘쳐나 썩어가는 냄새로 견디기 힘든 상황들이다. 먹지 않고 구토함으로써 텅 빈 위장을 갖고 있는 이들은 머릿속조차 텅 빈 상태를 지향한다. 곧 기억의 상실이 그것이다. 이로 인해 주변사람들에게 질타를 당하지만 정작 이들은 "하얗게 기억을 잃어버린다면 행복하겠다"는 생각을 하고 있다. 이들이 잊고 싶은 기억이란 세속적 현실과 관련된 것이기 때문이다.

기억해야 할 것을 머릿속에 넣어두기를 거부하는 것처럼 이들은 살도 몸에 넣어두기 버거워한다. 이들의 머리가 세상이 필요로 하는 기억을 저장하지 못하는 것처럼 이들의 몸 역시 살을 받아들이지 않는다. 남편의 실종으로 인한 충격으로 살이 빠지기도 하지만 이유 없이 심지어는 아무리 많이 먹어도 살이 빠지는 기현상이 나타난다.

이 유실의 끝에 실종이 놓인다고 할 수 있다. 즉 갑자기 사라지는 인물들이 반복되어 나타나는데 '갑자기 모든 게 싫어지면' '무작정' 어디론가 떠나는 인물, 스킨스쿠버를 가르쳐주고 친구와 같이 물에 들어갔다가 올라오지 않는 자, 물길을 찾아 떠도는 자, 전선주 디딤쇠에 옷을 벗어 놓고 사라진 자동차 영업사원 등, 이들이 이 세상을 떠난 이유는 구체적으로 언급되지 않지만 무언가 이 세상과 잘 어울리지 못했기 때문임을 추측할 수 있다.

이처럼 이들은 세속도시에서 적응하지 못하고 거부의 표시를 하고 사라지기까지 하지만 궁극적으로는 세상에 발붙이고 살려는 노력을 한다. 세상적인 것을 거부하는 한편으로 마음 맞는 사람이거나 사물이거나 마음 붙일 대상을 꾸준히 찾고 있기 때문이다. 식물을 키우고 도시의 응달 속에 피어있는 풀 한 포기에서 가녀리지만 꿋꿋한 모습을 찾아내는 것은 이들의 희망을 암시한다. 누군가에게 지치지 않고 나뭇잎에 편지를 써서 날리는 「지구와 가까운 소행성과의 랑데부」의 주인공처럼 마음이 통하는 상대가 있으리라는 믿음을 지니고 사는 것이 중요함을 작가는 역설하고 있는 것이다.

5. 나가며

이상에서 김승옥의 「서울 1964년 겨울」, 이청준의 「잔인한 도시」, 하성란의 소설들을 통해 소설 속에 나타나는 도시의 이미지를 살펴보았다. 그 결과 도시는 산업화가 추진됨에 따라 공동사회적 공간인 농촌과의 대비가 더욱 확연해지는 공간으로서 소설 속에서 대체로 주인공의 삶을 힘겹게 하는 부정적 이미지를 지니고 있음을 알 수 있었다.

「서울 1964년 겨울」은 개인의식이 싹트면서 타인의 삶에 더 이상 관여하지 않는 도시인의 모습을 다소 작위적인 설정을 통해 드러내고 있으며 등장인물의 이름을 제시하지 않아 도시의 익명성을 선명하게 부각시켰다. 안이 방에서부터 거리로 나오면 해방감을 느낀다고 하지만 이것은 사물과의 관계에 해당될 뿐 인간과의 관계와는 무관하다. 그래서 이 소설에서 드러나는 사람들의 모습은 삶의 목표나 행동의 지향점 같은 것에 관심 없이 모든 것이 우연에 의해 이뤄지고 있다. 옆방에서 어떤 일이 일어나는지 관심 없으며 자신만의 세계에 갇혀 살아가는 고립된 삶의 양상을 그림으로써 산업화가 시작되는 시기의 파편화되는 개개인의 삶을 잘 드러내고 있다.

「잔인한 도시」는 산업화가 진행되어 이익을 중시하는 타산적 사고가 자리를 굳건히 잡은 도시의 이야기이다. 교도소 앞 공원과 고향으로 가는 길이 소설에 나타나는 도시의 전부이다. 곧 구체적인 도시의 모습을 그린 것이 아니라 억압의 이미지를 가진 도시를 우화적으로 그렸다고 하겠다.

교도소를 나온 사내가 없는 돈을 털어 공원 '방생의 집'에서 새를 사서 날려 보내는 것은 감옥에서 애타게 그리던 자유를 위해서이다. 아직 감옥에 남아있는 동료의 꿈을 위해 고향길을 지체하면서 새를 날려 보내는 사내는 자유에 대한 갈망을 잘 보여준다.

그러나 방생의 집에서 풀어준 새들이 밤이면 다시 잡혀 들어오므로 이들에게 주어진 자유는 일시적이며 거짓자유이다. 즉 도시는 타산적 사고에 의해 이윤추구에만 관심이 있을 뿐 타인의 자유를 제한하고 박탈하는 것은 상관없는 잔인함을 지닌 공간임을 보여주는데, 이와 대비되는 공간은 남쪽의 고향이다. 고향은 집이 있고 푸른 대숲이 겨울에도 시들지 않으며 가족이 있고 믿음과 정이 있는 곳으로 묘사된다.

그런데 사내가 고향에 잘 도착할지에 대해서는 미지수이다. 고향 가는 길은 구불구불하며 햇볕은 사위어가는 중이고 함께 가는 동반자는 작은 새에 불과하므로 사내가 지닌 현재 조건은 매우 불완전하다고 할 수 있다. 그래서 그는 영원히 고향에 가지 못하고 잔인한 도시 언저리에 머물러 있으리라, 고향은 현실이 아니라 사내의 가슴 속에 품고 있는 꿈으로만 존재하리라는 생각을 지우기 어렵다.

끝으로 하성란 소설에서 드러나는 도시는 현란한 네온사인과 광고판, 유리창들로 번쩍이는 위용을 자랑한다. 그러나 그 이면에 토사물과 웅덩, 폭력 등을 숨기고 있어 이중적 도시의 면모를 보인다. 특히 소비자를 현혹시키는 것을 목적으로 하는 광고는 실상과 상관없이 그럴듯하게 포장하기만 하면 된다는 비도덕적 이익우선주의를 의미한다. 이러한 도시의 이중성 중 실상을 알고 경험해본 인물들은 '지상의 낙원'이 '그림의 떡'임을 알고 광고가 내포하고 있는 허위성을 파악하고 있다.

또 미로와 같은 도시 속에서 길을 잃고 헤매는 자들은 세속적 도시의 삶에 적응하지 못하고 있음을 보여준다. 대신 이들은 꿈꾸기를 통해 삶을 지탱시키고 있으며 자신과 닮은 정신적 쌍둥이를 찾는 노력을 멈추지 않는다. 이들의 몽상가적 기질은 실용적이고 실리위주의 인물들에게 조롱의 대상이 되지만 역으로 삶의 각박함을 견디게 해주는 것이다.

세상을 향한 거부의 표지로 나타나는 무욕과 구토, 살빠짐과 건망증 등은 현실에 대한 불만족을 표시하는 것이지만 세상을 변화시키는 데까지는 이르지 못한다. 「잔인한 도시」에서도 불의의 행동에 분노를 느끼지만 말로 표출시키지 않듯이, 하성란 소설의 인물들도 대체로 침묵하고 견딘다. 분노를 참아 슬픔의 응어리로 만드는 사내처럼 이 소설들에 나타나는 인물들의 태도는 소극적이라고 할 수 있다.

이와 같이 소설 속 도시의 양상을 살펴본 결과, 소설의 주인공들은 도시라는 공간에서 잘 적응하며 살기 보다는 이익위주 사고나 그를 표방한 자들에게 도태되고 있음을 읽을 수 있었다. 현실적이고 실리적인 도시의 삶의 방식은 현대 자본주의 체제의 삶을 의미하며 이러한 삶에 적응하지 못하는 소설 주인공들은 실리에 반해 믿음과 사랑 같은 정신적 가치를 중시하는 자들이라고 할 수 있다. 따라서 소설속 도시는 정신적 가치를 중시하는 태도와 어긋나는 양

상을 보여주면서, 외양이 화려하고 번쩍일수록 그것이 가리는 그늘
은 넓고도 깊다는 것을 잘 드러내고 있다.

한국소설에 나타난 생태학적 상상력

-「도요새에 관한 명상」과 「숲의왕」을 중심으로-

1. 한국의 생태문학

산업혁명 이후 급속히 발달하게 된 기계문명은 최근 21세기로 오면서는 엄청난 속도로 돌진하고 있다. 과거 인류를 위협하던 자연현상이나 질병들은 이제 더 이상 두려움의 대상이 아니다. 신비하고 미지의 대상이던 자연현상은 자연과학의 발달로 이제 그 힘을 상실하게 되고 기술문명의 발달로 인간의 자연 지배가 시작된 것이다.

"자연의 겁탈과 인간의 문명화는 짝을 이룬다"라는 지적[1]처럼 인간의 자연지배와 문명 발달에 따라 자연은 빠르게 훼손되어가고

---

[1] 한스 요나스(1994), 『책임의 원칙』, 서광사, 김용민(2003), 『생태문학』, 책세상, 18쪽에서 재인용.

있다. 이에 따라 인류의 성공이요 발달로 인식되었던 상황들이 무차별적인 자연파괴, 환경오염을 초래했다는 자성에 이르게 되었으며, 자연이란 개발하고 정복해야 할 대상이 아니라 인류가 보존해야 하며 함께 어우러져야 할 대상임을 깨닫기 시작했다.

서구의 경우, 독일에서는 1950년대 이후 자연파괴와 환경오염에 대한 시들이 지속적으로 발표되었는데 우리나라는 90년대 들어와 환경에 대한 논의나 생태학적 관심이 증가한다. 이에 관한 용어로 녹색문학, 환경문학, 생명문학, 생태문학 등 다양하게 나타나는데, 녹색문학은 '자체의 방식으로 녹색이념의 가치와 미학을 추구하고 실현하고 확산하는 문학'[2]의 뜻으로 의미는 생태문학과 비슷하나 관념적인 측면이 있다. 환경문학은 '환경파괴나 자연훼손의 실상을 고발하는 문학'[3]을 가리켜 환경에 대한 논의로 축소하는 느낌이 들 수 있다. 생태문학의 경우, '생태학적 인식을 바탕으로 생태문제를 성찰하고 비판하며 나아가 새로운 생태사회를 꿈꾸는 문학'을 의미하므로[4] 가장 포괄적인 용어로 간주되어 본고에서는 생태문학으로 명명한다.

한국의 생태문학은 시에서 보다 활발하게 시도되었으나 최근에는 생태적 인식이 엿보이는 소설들을 많이 발견하게 된다. 본고에서는 한국소설에 나타난 생태학적 상상력의 일단을 파악하기 위한

---

2) 이남호(1998), 『녹색을 위한 문학』 민음사, 20쪽.
3) 김욱동(2003) 『생태학적 상상력』 나무심는 사람, 37쪽.
4) 김용민(2003), 97쪽.

작업으로 비교적 일찍 환경오염에 대한 비판을 제기한 「도요새에 관한 명상」5)과 인간 중심의 사고에서 벗어나 자연과의 동화를 추구하는 「숲의왕」6)에서 생태의식이 어떻게 표출되었나 살펴보고자 한다.

2. 산업화 이후 훼손된 환경과 인간의 내면풍경

김원일의 「도요새에 관한 명상」(이하 「도요새」라 칭함)은 1979년 발표된 중편소설로 비교적 일찌감치 환경오염에 대한 관심을 보인 소설로 평가되고 있다.

유명한 철새도래지인 동진강 하구를 배경으로 펼쳐지는 한 가족의 이야기를 통해 1970년대 한국사회가 직면하고 있는 현실을 복합적으로 그려내고 있다. 작은 아들, 큰 아들, 아버지, 관찰자의 시점으로 각각 4장으로 구성되어 전개되는데 그들의 삶의 궤적은 분단현실과 산업화 이후의 변화와 밀접하게 연관된다.

2.1. 분단의 아픔과 산업화의 폐해

아버지는 일본유학까지 다녀온 인텔리였으나 6.25전쟁으로 인해

---

5) 김원일(1997), 『도요새에 관한 명상』, 문이당.
6) 김영래(2000), 『숲의왕』, 문학동네.

그의 삶이 송두리째 흔들린다. 고향을 잃고 사랑하는 가족과 약혼녀와 이별하게 됨으로써 '삶의 근간'이 끊어지게 된 것이다. 남쪽에서 가정을 이루지만 성격이 맞지 않는 아내로 인해 행복하지 못하다. 소심하고 심성이 나약해 실향의 아픔을 극복하지 못하고 51세에 이르기까지 외롭게 살아온다. 통일되기만을 기다리며 살아가는 그에게서 분단의 비극을 재확인할 수 있다.

큰 아들 병국은 서울 명문대학에 입학한 수재로 부모님의 기대와 동생의 존경을 한 몸에 받았던 인물이다. 그런데 정부가 금하는 내용의 선언문을 찍다가 제적당해 낙향한다. 그에게 돌아오는 것은 어머니의 넋두리와 증오, 동생 병식의 경멸어린 시선, 이웃의 경원과 두려움이다. 아버지 외 모든 사람들의 냉대 속에서 그는 가족과 사회, 어느 곳에서도 적응될 수 없음을 깨닫고 실의에 차 거리와 개펄을 방황하다 고향의 환경변화에 눈을 뜨게 된다. 그 결과 무분별한 산업화로 자연이 심하게 훼손된 상태를 발견한다.

그것은 대단위 중화학 공업단지로 인한 결과이다. 공단이 들어서면서 동진읍은 시로 승격, 발전하지만 반면에 강과 바다, 땅이 심각하게 오염된다. 더 이상 철새들이 도래하지 않고 꼽추 붕어가 잡히며 일등호답이었던 땅은 버려진 땅이 되고 병풍처럼 마을 뒤를 가렸던 소나무 숲은 매연으로 고사해 민둥산으로 벌겋게 버려져 있다.

이와 함께 삶의 양식도 변화한다. 포구는 고기가 잡히지 않자 유흥가로 변하고 농민은 농사를 지을 수 없게 되자 뿔뿔이 흩어지고 보상받은 돈은 날려서 건달이 되는 등, '난리'로 표현될 만한 사태가 일어난다. 공장 주변에는 성범죄가 증가하고 노동자들은 열악한 환경에서 시달리고 특히 여공들은 성적으로 농락당하는 비인간적 처사들이 전개된다.

또한 산업화가 진행되면서 이윤추구를 최대목표로 하는 자본주의가 확산된 것을 볼 수 있다. 이는 어머니와 병식에게서 잘 드러나는데, 어머니는 계가 깨지는 것을 막기 위해서 아버지 학교의 공금을 빼오도록 강요하며, 병식은 재수생이면서도 공부엔 관심이 없고 돈과 육체적 욕망에만 충실하다. 새를 죽여 박제사에게 파는 행위에 아무 양심의 가책을 느끼지 않는 이들은 실리만을 추구하는 인간의 비도덕성, 끝없는 욕망추구가 초래하는 비인간화를 드러낸다.

도덕성이나 절제, 자유, 정신적 세계와 같은 것은 이들에겐 '비현실적'이고 관심 밖의 것이다. 이들의 연장선상에 새를 파는 족제비, 노동자들의 권익엔 상관않고 이윤 창출에만 관심있는 공장 사장, 환경 오염은 생각하지 않고 폐수를 버리는 공장관계자들이 놓인다. '사람이 아닌 한갓 새나 물고기가 죽은 걸 두고' 진정서를 낸 것을 정신병자로 치부하며 '국민소득 일천달러 달성에, 오늘날 조국 근대화가 다 무엇으로 이루어진 성과인 줄' 아느냐는 말은 경제적 이득을 최우선 순위로 간주하는 개발우선 논리를 잘 보여준다.

2.2. 위안으로서의 자연

고향 상실로 인한 절망으로 그 어느 곳에서도 안식을 구하지 못한 아버지가 위안을 얻는 대상은 바로 도요새이다. 고향에서 보았던 새이기 때문이다. 곧 동진강 하구의 도요새는 아버지에게 고향을 상징하면서 사람과는 불가능한 소통이 가능한 대상이 된다.

병국에게도 도요새는 중요하다. 도요새의 비상을 보며 떠남과 이동의 자유를 연상하며 그 자유를 쟁취하기 위한 인내와 고통에 대한 교훈을 얻는 것이다. 도요새에 대한 관심은 공해에 대한 관심으로 확대되어 오염된 환경을 회복시키겠다는 의지를 불태운다. 약육강식의 시대에 자신이 할 일이 어디에 있나를 살펴보다가 환경문제에 관심갖게 된 것이다.

병국은 자유와 삶의 본질에 대해 고민하는 지성을 지녔고 아버지는 현대사회가 '물질 위주의 기계 사회'임을, 그래서 젊은 세대를 '다른 쪽으로 몰아가고' 있고 '도덕적 가치판단기준을 잃게' 하고 있음을 읽을 수 있는 눈이 있다. 그러나 욕망을 좇는 데 급급한 무리들은 이러한 사실이 보이지 않는다. 도요새가 한갓 새에 불과하지만 고향과 고향의 가족을 상징하며, 닫힌 사고를 깨우며 교훈을 보여주는 길잡이로서 존재한다는 사실을 이들은 이해하지 못한다. 단지 '비현실적'이며 '미친 자식'으로만 받아들인다.

이렇게 볼 때 이 작품은 돈이 되거나 개발에 도움 된다면 오염이든 상관 않는 개발우선주의, 실적우선주의, 자본위주사고의 **뻔뻔함**

이 우리 사회를 황폐하게 만들고 있다는 비판을 담고 있다고 하겠다. 증폭되는 자본의 힘에 편승하는 끝을 모르는 욕망은 자연과 환경을 훼손시킴과 동시에 인간의 정신도 피폐하게 만드는 것을 경고하고 있다. 자연이란 착취의 대상이 아니라 함께 하는 것이란 생태적 인식은 자본주의적 욕망에서 자유로운 자들에게서 나타남을 알 수 있다.

3. 생태낙원을 꿈꾸는 자들

김영래의 장편소설 『숲의왕』(2000)은 다양한 신화와 해박한 지식, 아름다운 비유들을 곁들이면서 자연을 사랑하는 사람들의 이야기를 펼쳐낸다. 평화롭게 살아가던 숲의 공동체가 리조트개발이 시작되면서 와해되는 과정을 통해 인간 중심에서 벗어나야 한다는 메시지를 전달하고 있다. 곧 생명을 가진 것은 물론이고 흙과 돌과 금속과 공기까지 사랑해야 한다는 생각이다. 「도요새」에서 환경오염을 1970년대 한국의 풍경 중의 하나로 형상화한 데 비해, 『숲의왕』의 자연사랑은 한국적 정황에만 국한된 것은 아니라고 하겠다.

자연훼손을 비판하는 데서 더 나아가 자연을 신성시하는 태도를 드러내고 있는 이 작품은 자연훼손은 신성모독이며 자연이 마구잡이로 훼손되고 있는 현 사회는 '불경스런 문명'이라고 질타한다. 자연을 보존하기 위해서 환경운동과 같은 구체적인 행동도 나타나지만 '이 빌어먹을 세상의 온갖 죄악과 재앙을 거두어 짊어질 사람'이 있어야 한다는 신화적 상상력에 기반하고 있다.

3.1. 숲의 왕, 숲을 지키고 가꾸는 자

강원도의 기린이라는 곳에 '에피쿠로스의 정원'이란 이름의 숲이 있다. 이 숲에는 닥터 그린, 정지운을 중심으로 모두 7명의 사람들이 행복하게 살아간다. 이들 '숲의 형제단'은 숲과 자연을 사랑하는 공통점으로 이루어진 가족인 셈이다. 구성원간의 갈등이 없고 동물이나 식물과도 소통이 가능한 그들의 삶은 유토피아에 가깝다. 그런데 리조트개발사업으로 숲이 파괴될 위험에 놓인다. 개발을 저지하고자 하는 과정에서 정지운이 시체로 발견되고 개발회사의 사장이 죽는 사건이 발생한다. 이로서 개발은 중단되지만 의문의 화재로 숲이 불타면서 세 사람이 죽는 등, 결국 숲의 공동체가 와해된다.

정지운의 죽음은 의문에 쌓여있지만 숲을 위해 희생양이 되었음이 암시된다. 소설 제목이기도 한 '숲의 왕'의 의미는 다양한 신화들과 프레이저의 「황금가지」등을 인용하면서 반복 제시되고 있는데, 숲의 지도자나 왕이 부족을 위해 희생한다는 기본골격을 가지고 있다. 곧 원시사회에서 신에게 드리는 제의의 희생물은 가장 강한 사람이나 왕인데, 이러한 희생은 부족의 생존에 큰 영향을 미친다. 폴리네시아 신화에서 뱀장어가 죽음 후에 야자나무로 환생하듯이, 죽음은 끝이 아니라 다른 생으로의 변모이며 헌신이라고 믿었기 때문이다.

그러나 현대사회에서 이러한 희생제의는 불가능하므로 상징적으로 혹은 정신적 각성의 의미로 받아들이게 된다. 소설의 끝에서 홀로 남은 산지기 임노인에게서 '숲의왕'의 현실적 의미를 발견하게 되는데, 그것은 숲을 가꾸고 지키는 자라는 뜻이다. 그는 서른 살 무렵에 '풀과 물의 세상을 지켜라'는 의미의 글자를 건네받는 꿈을 꾼 이후 고향 기린에서 산지기로 살아온 자이다. 숲의 형제단 중 지도자의 역할을 하던 자들이 떠나거나 죽음을 맞는데 비해 묵묵히 일만 하던 임노인이 남아 숲을 지키는 것은 시사적이다.

그는 불에 타 죽은 나무들 위로 새싹이 움트는 것을 보며 자연의 소생력과 치유력을 발견한다. 곧 죽음에서 끝나지 않고 다시 숲을 부활시키는 밑거름이 되는 것을 보며 희생의 진정한 의미를 깨닫게 되는 것이다.

3.2. 식물적 유토피아, 무욕의 세계

'에피쿠로스의 정원' 입구에는 다음과 같은 문구가 적혀있다.

누구나 들어와도 되나 아무나 들어와선 안되나니

이곳은 침묵과 가난과 겸양과 기도의 자리
한 잔의 물 한 움큼의 낟알로 하루를 나나
사랑은 한 두레박 감사는 한 가마니인 곳.
모두의 것이자 누구의 것도 아닌 정원.

  이것은 이들이 추구하는 정신을 잘 보여주는데 절제와 사랑, 감사로 요약될 수 있다. 다른 영역을 넘보고 정복하고자 하는 것이 동물적 욕망이라면 이들은 욕망을 절제하므로 식물적이다. 생활도 단조롭고 식사도 단조롭다. 이들의 식사는 밥과 국, 두세 가지의 반찬으로 이루어지며 육식은 피하고 물과 과일이 유일한 간식이다.

  정원의 주인인 정지운은 이러한 이미지에 걸맞은 외모를 지니고 있다. '보통사람보다 이삼도쯤 체온이 낮아보일 정도로 안색이 창백'하고 음성은 부드러우며 물처럼 듣는 사람을 감싸는 정적인 이미지를 보여준다.

  이들이 벌이는 환경운동도 물리적 힘을 과시하지 않는다. 유일하게 행동적인 늑대청년이 지적하는 바, 이들의 환경운동은 '서정시'와 같으며 "소도축업자들에 맞서 무저항운동을 벌이는 힌두교도들 같다"고 비유한다. 개발업자와의 싸움은 전쟁이라고 여기는 늑대청년의 시각에서는 이들의 '소심함과 패배주의적인 의식'으로 이 곳을 지켜낼 수 없다고 본다.

  평화를 중시하는 이들의 사고는 성준하가 미완성으로 남긴 애니

메이션 원고에 잘 나타난다. 인간을 비롯한 모든 동물의 몸에 엽록소가 있는 푸른 살갗의 사람들 이야기이다. 광합성이 가능해 한 생물이 다른 생물을 먹거나, 살기 위해 다른 생명으로부터 양분을 흡수할 필요가 전혀 없어 평화로운 공존이 가능하다. 그런데 공격적이고 욕심 많은 흰 살갗 사람들에게 정복당해 멸망에 이른다. 이 낙원을 다시 건설할 수는 없을까 하는 것이 이들 숲의 형제단의 바람이라고 하겠다.

이들 형제단의 또 다른 특성으로 여성이 없는 점을 꼽을 수 있다. 각 인물들도 남성이라기보다 무성적이다. 이들이 말하는 사랑은 인류애적 사랑으로 이성간의 사랑이나 육체적 욕망과 무관하다. 관능 역시 육체적 쾌락이 아니라 정신적 충일감이나 종교적 일체감 같은 것이다. 육체라는 것은 육욕과 무관한 '천진성'을 지닌 것으로, 성우가 태양 아래 나무둥치와 씨름하다가 '힘에서 힘으로 전해오는 열광. 역동적인 환희. 맨살의 시간들'을 느끼는 장면에서 잘 나타나는데, 온몸으로 자연과 교감하는 것을 뜻한다.

성준하가 불두화 꽃송이를 어루만지며 황홀해하는 장면 역시 자연과의 교감을 나타낸다. 불두화는 무성식물이라 수분과 번식이 불가능하므로 '탈속과 불기(佛器)의 상징'인데 이를 두고 관능적이라고 하는 것은 정신적이며 종교적 성스러움을 의미한다.

그가 관심을 갖는 유일한 섹스는 꽃들과의 관계이며 최초로 수음을 경험한 것은 진달래꽃 밭에서였으므로 동정을 자연에 바쳤다고

할 수 있다. 오르가슴은 있지만 사정은 없는 섹스를 꿈꾼다는 것은
혈연에의 집착이나 종족번식에 대한 욕심없음을 나타낸다.

그래서 이들은 혈연간의 관계보다 생각이 같은 사람끼리 모여 사
는 수평적 가족을 중시하는 것이며 이들이 추구하는 사랑은 정신적
이며 우정에 가깝다. "우정은 춤추면서 세상 주위를 돈다". 곧 우정
은 파괴적인 정욕이나 욕망과 달리 너그럽게 감싸안을 수 있으며
다른 생물종과의 우정도 가능하다.

이처럼 자연에 대한 사랑을 다양한 신화와 이야기를 통해 펼쳐낸
이 작품은 자연과 하나 되어 살아가고자 하는 인간의 꿈, 자연의
소생력과 치유력을 아름답게 빚어낸 작품이라고 할 수 있다.

소설에 나타난 소통의 양상

- 레이먼드 카버의 「대성당」과 김연수의 「모두에게 복된 새해」를 중심으로

1. 들어가며

김연수의 소설 「모두에게 복된 새해」(이하 「모두에게」로 약칭한다)에는 '레이먼드 카버에게'라는 부제가 붙어있다. '작가의 말'을 보면, 이 작품을 다 쓰고 몇 달이 지난 뒤에 "그즈음 한참 번역하던 레이먼드 카버의 소설과 비슷하다는 사실을 알게 됐다"는 서술이 나온다.[1]

그리고 자신이 쓴 소설들이란 무엇인가에 영향 받아 쓴 것임을 밝히는데, 이러한 영향관계는 '내부에서 자발적으로 피어오른, 하지

---

[1] 김연수(2009) 「작가의 말」, 『세계의 끝 여자친구』 문학동네.
  본 논문에서 다루고자 하는 「모두에게 복된 새해」는 이 단편집에 수록되어 있다. 이 글에서 김연수가 번역했다는 레이먼드 카버의 소설은 『대성당』(문학동네, 2007)이다.

만 바깥의 불꽃이 없었다면 애당초 타오르지 않았을, 그런 따뜻한 불꽃'으로 표현되고 있다. 즉 자신의 소설들이란 "불꽃의 소설들, 전염의 소설들, 영향의 소설들이라는 사실을 깨닫게 됐다"고 하면서 「모두에게」는 카버의 영향을 받은 것임을 드러내고 있다.

카버는 미국 단편소설의 중흥기를 이끌어낸 주역으로 평가받고 있고 그의 문학은 이미 미국문학의 새로운 고전으로 자리잡았다. 이러한 카버의 작품이 한국의 소설에 어떠한 영향을 끼쳤을까 하는 호기심에서 이 글은 출발한다. 김연수 역시 한국의 대표적인 문학상을 휩쓴 중요한 작가로, 상이한 두 나라의 작가가 비슷한 소재와 주제를 어떻게 전개하고 있는지 탐색할 것이다. 각 작품의 등장인물과 관계, 그들이 안고 있는 문제와 소통 양상을 중심으로 두 작품의 유사점과 차이를 살펴보자.

2. 레이먼드 카버와 김연수

1980년대에 레이먼드 카버(1938-1988)만큼 유명했던 미국 단편 작가는 몇 되지 않는다고 단언할 정도로 카버는 미국의 대표적 작가이다. 부계와 모계 모두 1700년대 후반에 북미대륙으로 건너온 스코틀랜드-아일랜드인 이민의 후예로 카버의 아버지는 가난한 제재소 노동자였다. 그의 아버지는 아칸소 주와 워싱턴 주 사이를 옮겨

다니다가 오리건 주의 와우나에 와 레이먼드를 낳았다.[2]

어린 시절 카버는 친구들과 친척들로 이루어진 너그럽고 의지할 수 있는 세계 속에서 자라지만 10대에 들어서면서 뚱뚱해지고 외로움을 느끼며 학교에선 부적응아로 지내게 된다. 파머 작가학교에서 주관하는 통신과정에 등록해 소설쓰기를 배우고 있을 때 메리앤을 만나 19세 때 결혼한다. 두 사람은 레이먼드가 작가가 될 것이라고 결정, 이후 아내의 재촉으로 카버는 야키마 초급대학에 두 강좌를 신청하고 독서클럽에 가입하는 등, 꾸준히 소설수업을 수강한다.

22세인 1960년 문예지에 첫 단편소설 「분노의 계절」이 실리고 이후 29세에 「제발 조용히 좀 해요」가 1967년도 『전미 최우수 단편소설』에 수록되는 등, 작가로서의 명성이 높아지는데, 한편으로 알코올 중독으로 고생한다. 가난과 알코올중독으로 힘겨운 삶을 살고 있던 레이먼드 카버에게 작품의 성공은 매우 고무적이었다. 그의 작품들이 판매부수가 많은 잡지에 실리고 여러 계간지에서 청탁이 들어오자 그는 "세상에, 내 잔이 넘치고, 또 넘치고, 또 넘치네."라고 말할 정도였다.[3]

「대성당」은 퓰리처상 후보에 오르는 영예를 얻기도 하지만 실제 삶은 굴곡이 많았다. 아버지가 알코올중독으로 죽어가는 모습을 지켜보았고 본인도 그렇게 죽어가는 과정을 겪었으며 그런 자신을 비

---

2) 캐롤 스클레니카(고영범 역)(2012) 『레이먼드 카버 – 어느 작가의 생』 도서출판 강, 16-26쪽 참조
3) 앞 책, 701쪽

웃던 딸 역시 같은 과정을 겪는 모습을 고통스럽게 지켜보다가 50세에 암으로 세상을 떠나게 된다. 카버의 평전을 쓴 캐롤 스클레니카는 그의 문학이 이 고통의 순환을 드러내는 일이었고 그 연원을 들여다보는 일이었으며 그것으로부터 벗어나려는 노력이었고 무엇보다 오래전에 사라진 아버지의 '월급시절'을 회복하려는 안간힘이었고 마침내 그 모든 과정을 견뎌내고 그 견뎌냄 자체가 자신의 성취였다는 것을 깨달은 자가 내놓은 인생에 대한 송가였다고 설명한다.[4]

김연수는 1970년생으로 경북 김천에서 태어나 성균관대 영문과를 졸업했다. 1993년 『작가세계』 여름호에 시를 발표하면서 등단했는데 1994년 장편소설 『가면을 가리키며 걷기』로 제 3회 작가세계문학상을 수상하며 본격적인 작품활동을 시작했다. 장편소설 『꾿빠이, 이상』으로 2001년 동서문학상을, 소설집 『내가 아직 아이였을 때』로 2003년 동인문학상을, 소설집 『나는 유령작가입니다』로 2005년 대산문학상을, 단편 「달로 간 코미디언」으로 2007년 황순원문학상을, 단편 「산책하는 이들의 다섯가지 즐거움」으로 2009년 이상문학상을 수상하면서 우리시대 가장 중요한 작가로 자리매김하고 있다. 소설 창작 외에도 카버의 『대성당』 하진의 『기다림』 등을 번역한 번역가이기도 하다.

---

4) 앞 책, 939쪽.

30대 초반에는 독자의 이해나 소통에 대해 염두에 두지 않았지만『나는 유령작가입니다』이후에 생각이 바뀐다. 이 작품집에서는 인간이 과연 타인을 이해하고 있는가에 대해 의혹을 품었으나 이후『세계의 끝 여자친구』에 이르면 '다른 사람을 이해한다는 일이 가능하다는 것에 회의적'이지만 이해하도록 노력해야 함을 설파하고 있다.

이러한 생각은 저마다의 사연을 가진 타인의 삶을 이해하고 그들과 소통하는 자리로부터 소설의 새로운 가능성이 비롯된다고 믿기 때문으로 볼 수 있다.[5] "우리는 타인의 삶을 이해하기 위해 최선을 다해야 한다. 그게 우리의 윤리다. 내가 끝내 소설을 탈고하는 이유는 바로 그 윤리 때문이다"[6]라고 말하는 것에서 우리는 타인에 대한 이해와 소통에 대한 작가의 강한 의지를 읽을 수 있다.

이처럼 김연수는 다른 사람들의 삶을 이해하고 그들과 소통하는 것에 대해 소설화하고 있는데, 기억할 것은 "타인을 이해해야 한다"가 아니라 '다른 사람을 이해한다는 일이 가능하다는 것에 회의적'이라는 점이다. 곧 이런 한계를 발견할 때 희망을 느낀다고 말하기 때문이다.

---

5) 손정수(2009), 「소통의 가치와 글쓰기의 윤리」, 『2009 이상문학상작품집』, 문학사상, 357쪽
6) 김연수(2007), 「내 몸의 이토록 협소한 정치적 감각」, 『실천문학』, 2007 겨울, 296쪽

내가 희망을 느끼는 건 인간의 이런 한계를 발견할 때다. 우린 노력하지 않는 한, 서로를 이해하지 못한다. 이런 세상에 사랑이라는 게 존재한다. 따라서 누군가를 사랑하는 한, 우리는 노력해야만 한다. 그리고 다른 사람을 위해 노력하는 이 행위 자체가 우리 인생을 살아볼 만한 값어치가 있는 것으로 만든다.[7]

즉 바깥에서 불꽃이 타오를 때, 안에서도 불꽃이 타올랐다고 할 수 있고 그러므로 소설을 쓰던 시간들은 불꽃이 타오르던 한 시기였다고 말할 수 있다. 이 불꽃은 작가에게만 일어나는 것이 아니고 당신들 또는 다른 사람들에게도 마찬가지일 것이며 그렇다면 이 불꽃들은 다른 사람에게 전염되어 "쉽게 위로하지 않는 대신에 쉽게 절망하지 않"을 수 있음을 김연수 소설은 보여주고 있다.

3. 「대성당」과 「모두에게 복된 새해」에 나타난 소통의 양상

3.1. 「대성당」에 나타난 소통의 양상

「대성당」은 1982년 전미 최우수 단편소설로 선정된 작품으로 레이먼드 카버에게 전환점이 되는 작품이다. 이 작품의 아이디어는 당시 카버의 동반자였던 테스 갤러거가 대학원 시절 함께 일했던

---

7) 김연수(2009) 「작가의 말」 『세계의 끝 여자친구』

맹인 제리 캐리보가 그들을 찾아온 일에서 비롯되었는데, 시라큐스에서 뉴욕으로 가는 기차에서 쓰기 시작해 뉴욕에 도착해서 한 주 정도 후 초고를 완성한 작품이라고 한다.[8].

작품에서와 마찬가지로 테스는 캐리보를 위해 글을 읽어주기도 하고 타자를 쳐주기도 하는 봉사활동을 했는데, 어느 날 굴곡이 있는 종이에 여러 가지 지문 유형의 외곽선을 그린 후 캐리보가 만져볼 수 있도록 그의 손을 잡아 이끌면서 설명을 해준 적이 있었다. 실제로 시인인 테스는 이 경험과 관련해 지문을 채취하는 일과 눈멂의 은유를 사용한 연작시를 쓰겠다는 계획을 밝혔다.

캐리보가 그들을 방문했을 때 카버가 느낀 불편함과 놀라움이 작품을 쓰게 된 계기가 되었지만 작품 속의 대화나 행위, 결말 등은 완전한 창작이다. 카버 스스로 이 작품이 그때까지 썼던 작품들과 "개념적으로나 작법 면에서 완전히 다르다"고 생각하며 자신에게 전환점이 되는 작품이라고 생각했다.[9]

맹인의 방문을 달갑지 않게 여기는 화자의 마음이 어떻게 열리는가, 서로 다른 사람들의 마음이 어떻게 하나로 융화되는가를 따뜻

---

8) 이후 설명은 앞 글, 681-685쪽에서 참조했다.
9) 작품 변화에 대해 설명한 인터뷰에서 카버는 다음과 같이 말한다. "그 작품을 쓰기 시작했을 때, 사적으로나 미적으로나 스스로를 가둬놓고 있던 어떤 틀을 깨고 나오는 느낌이었어요. 「사랑을 말할 때 우리가 이야기하는 것」에서 나아가던 방향으로 더 이상 계속 갈 수는 없는 상황이었거든요. 아, 아마 할 수야 있었겠죠. 하지만 그러고 싶지 않았어요. 어떤 이야기들은 지나치게 앙상해지고 있었어요." 앞 글, 685쪽

하게 그리고 있는 이 작품에 등장하는 인물의 성격과 관계를 살펴보고 그들의 문제가 어떤 방식으로 해결되어 가는지 밝혀보자.

3.1.1. 교감 없는 관계의 외로움

「대성당」에 등장하는 화자는 다소 미숙한 인물이다. 선입견이 강한데다 아내가 신경쓰고 있는 것들에 대해서는 무디고 음식과 술, 대마초에 관해서는 엄청난 식욕을 자랑한다. 부부의 이야기지만 결혼생활의 문제가 주요 관심이 아니라는 점에서 카버의 이전 작품들과는 다르다. 선입견으로 닫혀 있던 마음이 열리고 자신에게 편안한 범주와 소통방식을 기꺼이 넘어서려는 모습을 그리고 있는 것이다.

화자 '나'는 아내의 오랜 친구인 맹인 로버트의 방문을 앞두고 마음이 불편한 가운데 있다. 아내에게는 소중한 존재이지만 '나'로서는 "그에 대해 아는 바가 하나도 없"으며 "앞을 보지 못한다는 사실도 마음에 걸"리기 때문이다. 맹인에 대한 그의 생각은 순전히 영화에서 비롯된 것이라, '천천히 움직이고 절대로 웃지 않'고 '맹인 안내견을 따라가기도' 하는 이미지에 국한되어 있다.

단순하고 지성적인 것과는 거리가 먼 화자에 비해 아내는 '항상 시를 쓰려고' 하는 인물이다. 일 년에 한두 편의 시를 쓰는데, 대개 자신에게 '정말 중요한 일이 일어난 뒤에 하는 일'이다. 맹인에게 책 읽어주는 일을 하다가 그만 두는 날 맹인이 자신의 얼굴을 만져

본 일에 관해서도 시를 썼는데 '나'는 그 시를 '변변찮은 시'라고 생각한다. '시집을 펼치는 일이 거의 없'는 그로서는 시나 시를 쓰는 아내의 감정을 이해하기 어려우리라 짐작된다. 따라서 아내와 깊이 있는 교감을 하기란 쉽지 않다고 할 수 있다.

아내에게 맹인 로버트는 이해받을 수 있으며 의지할 수 있는 친구이다. 10년 전 책읽어주는 일을 하면서 시작된 맹인과의 관계는 고용주와 피고용자가 아니라 좋은 친구로 발전한다. 일을 그만두고 결혼해 다른 지역으로 간 뒤에도 아내는 맹인과 계속 연락을 하고 지낸다. 당시 남편이 여러 기지로 전근함에 따라 아는 사람들과 연락이 끊어지고 외로워진 그녀는 약까지 먹게 되는데, 그녀의 외로움을 달래준 것은 맹인이다. 곧 맹인에게 이런저런 살아가는 얘기들을 테이프에 녹음하여 보내는 일에 열중하며 견딘 것이다. 결국 그녀는 당시 남편과 이혼하고 얼마 있다가 '나'를 만나 사귀기 시작해 오늘날에 이른다.

외로움에 지치면 극단적인 행동을 하는 아내나 타인에 대한 이해심이 부족하고 '친구도 없'는 '나'에 비해 맹인은 여유롭고 관대한 성품을 지니고 있다. 그의 외모는 '건장한 체격에 머리는 벗어지고 등에 짐이라도 짊어진 것처럼 어깨가 구부정'하고 턱수염이 덥수룩하다.

처음 만나는 '나'와 대화를 나누는 데 거리낌이 없으며 자신의 장애를 부끄럽게 여기는 태도가 없다. 자신의 가방을 직접 가지고 가겠다고 하며 화자의 실수에도 너그럽게 대한다. 화자의 아내와 대화하다가도 '이따금 고개를 내 쪽으로 돌리고 손으로 턱수염을 매만지며' 묻기도 하면서 '나'에게도 관심을 표명하는 것을 잊지 않는다. 대마를 피우겠냐는 엉뚱한 제안에도 거절하지 않고 함께 함으로써 늘 홀로 잠들곤 하던 화자로부터 "같이 있어서 반가웠습니다"란 인사가 나오게 한다. 10년 전 아내의 외로움을 견디게 했던 맹인은 이제 '나'의 소외감을 어루만져주는 것이다.

3.1.2. 긍정적 배려의 힘

아내와 '나'의 관계는 그들의 대화를 통해 짐작할 수 있다. 맹인이 찾아온다는 소식에 화자는 당혹스러워하는데, 아내는 그의 마음을 이해하는 쪽이기 보다 화자의 무심함을 탓하며 "날 사랑한다면" "내 생각을 해서 좀 참아줘"라고 부탁한다. '나'는 악의가 있어서가 아니라 "맹인이라고는 개인적으로 아는 사람도 없고 한번도 만나본 일이 없"기 때문에, 결과적으로는 맹인의 처지를 전혀 고려하지 않는 듯한 말들을 하게 된다.[10]

화자로서는 아내의 심정을 이해하기 힘들다. 아내는 일을 그만두는 날 맹인이 자신의 얼굴을 만져 본 것을 '절대 잊지 못'할 경험으로 여기고 시를 쓰기까지 했지만 화자는 공감하지 못한다. 맹인

---

10) "같이 볼링이나 치러 가면 되겠네." 라거나 기차 안에서 바라보는 창밖 풍경에 대해 말하려 하는 등 맹인의 입장을 고려하지 않은 발언으로 아내의 비난을 받는다.

이라곤 영화에서 본 것이 다이므로 맹인을 대하는 것이 어색하기만 한 것이다.

아내 역시 남편을 이해하지 못한다. 힘들고 외로울 때 도움을 준 맹인의 방문이 중요하므로 남편의 마음을 헤아리기 보다는 남편이 실수할 것만 우려하고 있는 것이다. 따라서 남편을 바라보는 시선이 '그다지 맘에 들지 않는 걸 바라보는 눈길'이며 '짜증스럽게' 바라보거나 '성난 표정'을 짓곤 한다. 이에 비해 맹인을 향해서는 '미소짓고' '웃음을 터뜨리는' 등 상반된 반응을 보인다.

사실 화자는 매일 밤 마약을 피운 뒤 가능한 한 늦게까지 깨어 있다가 잠들기 때문에 아내와 같이 잠자리에 든 적이 거의 없다. 잠자리에 들면 여러 꿈을 꾸고 그런 꿈을 꾸다가 깨어날 때면 '마음이 미칠 것만 같'지만, 이러한 상태를 아내는 전혀 인지하지 못하고 있다.

그에게 친구가 없다는 사실을 언급하면서 "다른 친구도 없잖아."라고 못 박듯이 강조하는 데서도 남편의 상황을 이해하려는 마음이 전무함을 잘 나타내고 있다. 맹인이 방문한 후 그동안 일어난 일들을 얘기하면서 '그들에게!'(!를 붙일 정도로 나의 소외감은 강하다) 일어난 일만을 얘기할 뿐, '나'는 배제된다. 그들의 이야기 도중 "아내의 달콤한 입술에서 내 이름이 나오기만을 하염없이 기다렸"지만 나오지 않는다.

이러한 그의 소외감은 맹인에 의해 해소된다. 로버트는 그동안 그가 소외된 것을 헤아려 "자네와 좀더 함께 있고 싶어" "우리는 서로 얘기할 기회가 없었어"라며 함께 있기를 원한다.

로버트는 매사에 긍정적이며 맹인이라는 사실로 인한 콤플렉스가 없고 배려심이 많다. 화자가 무심코 텔레비전을 켜자 아내는 짜증내지만 로버트는 자연스럽게 받아들이며, 대마초를 권하니 피워보겠다고 한다. 맹인의 말은 "뭘 보든지 상관없어" "항상 뭔가를 배우니까. 배우는 일은 끝이 없어." "아직 괜찮네" "지금도 편안해" "다 괜찮네" "난 아주 좋아" "이런 일은 할 수 없다고 생각했"을 거지만 할 수 있다는 등, 매우 긍정적이며 낙관적이다. 화자의 설명이 부족하더라도 '격려하려는 듯' 고개를 끄덕이고, 아내와 얘기를 하다가도 고개를 화자 쪽으로 돌리고 질문을 하기도 하는 등 타인에 대한 배려 역시 크다.

결국 화자와 맹인은 그림을 함께 그리면서 완전한 일치감에 도달하게 된다. 로버트에게 대성당의 모양을 설명하기 위해 고심하던 중 맹인이 좋은 방법을 생각해낸다. 곧 화자의 손 위에 자신의 손을 얹고 그림을 그리는 것이다. 처음에 화자는 '미친 짓'이라고 생각하지만 맹인은 "멋지군" "끝내줘" 하며 격려한다. '이런 일을 하리라고는 생각해보지 못했겠지만' 할 수 있으며 "그러기에 삶이란 신비롭다"는 로버트의 말은 각각에게 익숙한 범주와 소통방식을 뛰어넘는 감동을 자아낸다.

마지막에 로버트는 화자에게 눈을 감고 그려보라고 권한다. 화자의 손이 종이 위를 움직이는 동안 "그의 손가락이 내 손가락에 딱 붙어" 있는데, 살아오는 동안 "그런 일은 단 한번도 없었다"고 느낄 정도로 독특한 경험을 선사한다. 계속 눈을 감고 있으면서 화자는 무한한 자유를 느끼게 된다.

> 나는 여전히 눈을 감고 있었다. 나는 우리 집 안에 있었다. 그건 분명했다. 하지만 내가 어디 안에 있다는 느낌이 전혀 들지 않았다. "이거 진짜 대단하군요." 나는 말했다.

이처럼 이 작품은 맹인이라는 장애를 가진 자가 육체적 장애는 없으나 정신적으로 소외감을 느끼고 있던 화자를 대화에 끌어들이고 함께 그림을 그린다는 독특한 방식으로 소통에 이르는 과정을 감동적으로 그려내고 있다고 하겠다.

3.2. 「모두에게 복된 새해」에 나타난 소통의 양상

김연수의 「모두에게 복된 새해」는 "다 쓰고 몇 달이 지난 뒤에야 그즈음 한참 번역하던 레이먼드 카버의 소설과 비슷하다는 사실을 알게 됐다"[11]고 언급했듯이, 카버의 「대성당」과 비슷한 상황을 소재로 하고 있다. 「대성당」에서 맹인을 통해 소통과 화해로 나아가

---

11) 김연수, 앞 책, 317쪽.

는 과정을 그리고 있듯이, 이 작품 역시 어떻게 타자와 소통할 수 있는가를 보여주고 있다.

그런데 이 소설은 여기서 더 나아간다. 신형철의 해설에 의하면, 소설 뒷부분에서 인도인이 코끼리 그림을 그리는 장면은 「대성당」에서 화자와 맹인이 대성당을 함께 그리는 장면에 바치는 오마주이지만 여기서 밝혀지는 진실은 인도인이 무척 외롭다는 사실 뿐 아니라 내 아내가 늘 아이를 원해왔다는 사실이기도 하다. 그래서 이미 「대성당」이 있음에도 이 소설이 또 씌어질 필요가 있었던 까닭이 이것이라고 설명하고 있다.[12]

3.2.1. 외로움으로 인한 냉소

「모두에게」역시 부부가 등장한다. 아내를 찾아오는 손님에 의해 이야기가 시작되고 화자인 남편은 그의 방문이 달갑지 않다는 점도 「대성당」과 동일하다. 단지 아내가 부재중이며 아내를 찾아오는 손님이 장애인이 아니라 외국인(인도인)이라는 점, 단순한 방문이 아니라 피아노를 조율하기 위해서라는 사실 등이 다르다고 하겠다.

사트비르 싱이라는 이름의 이 인도인은 펀잡 출신으로 화자는 그때까지 '펀잡사람은커녕 인도사람도 만나본 일이 없었'으며 동시에 '그렇게 턱수염이 덥수룩한 얼굴을 쳐다본 일도, 그렇게 땀으로 축

---

12) 신형철, 「모든 슬픔은, 그것을 이야기로 만들거나 그것들에 관해 이야기를 할 수 있다면, 견뎌질 수 있다.」 앞 책, 311쪽.

축하게 젖은 손을 잡아본 일도' 처음이다. 따라서 「대성당」의 화자
가 맹인의 방문을 부담스러워 하는 것처럼, 이 작품의 화자도 한국
말이 서툰 인도인을 맞아야 하는 사실에 '황당'해 하고 있다.

맹인의 경우 시각적 경험을 공유하지 못하는 것이라면, 외국인의
경우는 언어로 인한 소통장애를 겪게 된다. 이 작품에서 인도인은
화자의 기대보다 한국어실력이 '형편없'기 때문에 두 사람 사이의
소통은 원활하게 진행되지 않는다. 그림을 통해 자신의 외로움뿐
아니라 아내 혜진의 외로움까지 이해시키기 전까지 인도인과 화자
사이에 교감은 이루어지지 않는다.

화자와 아내의 관계는 「대성당」에 비해 원만해보이지만 각각 외
로움을 이해받지 못함으로 비롯된 문제가 깔려 있다고 할 수 있다.
늘 아기를 원했지만 아기가 없는 현실에서 느끼는 외로움을 해결하
지 못하고 있어 상대방의 반응에 서로 상처 입으며 외로움은 더욱
깊어만 가고 있는 것이다.

피아노와 관련된 에피소드는 서로의 마음을 이해하지 못한 데서
오는 서운함을 노출시키는 장면이다. 피아노를 그냥 주겠다는 광고
를 무가지에서 읽고 광고낸 사람을 찾아가 어렵게 피아노를 운반해
오지만 아내의 반응은 냉소적이다. '아무런 쓸모도 없는 피아노'라
면서 이 피아노를 치는 일은 없을 것이라고 '선언'하기까지 한다.
화자는 아내의 이러한 반응을 이해할 수 없으며 이해하려고 노력하
지도 않는다. "아내는 내가 왜 저 피아노를 여기까지 가져와야만

했는지 이해했을까? 완전히 이해한 것이라면, 어떻게 내게 저건 아무런 쓸모도 없는 피아노라는, 그런 냉소적인 반응을 보였던 것일까?"라는 아쉬움을 갖고 있을 뿐이다.

이러한 아쉬움은 저녁마다 아내가 한국어를 가르치느라 집을 비울 때 홀로 남아 느끼는 외로움과 합쳐져 아내와 '나' 사이의 소통은 더욱 어긋나게 된다. 그래서 아내가 인도인과 친구가 되었다는 얘기에 "그래서 날 더러 어쩌라고?"라는 반응을 보이고 아내 역시 남편의 말에 "당신더러 어쩌라고 하는 소리가 아니라는 건 잘 알잖아, 그치?"라고 답한다. 결과적으로 두 사람 사이는 소원해지고 아내는 남편 대신 인도인과 이야기를 주고 받게 된 것이다.

3.2.2. 마음의 소통

이 부부에게는 10여 년 전 특별한 여행의 추억이 있다. 일본 홋카이도의 작은 도시 오타루로의 이 여행은 즐거운 여행이 아니다. 여행갈 처지가 아님에도 대출을 받으면서까지 떠난 점, '이별여행'이라 칭한 점으로 미뤄 보아 아마도 아기를 잃고 난 아픔을 치유하기 위해 떠난 것으로 짐작된다. 그곳에서 화자는 '용서'라는 말을 떠올린다. "먼 훗날의 누군가를, 혹은 나 자신을 지금의 내가 용서하는 일이 가능할까? 그렇다면 지금의 나의 경우는 어떨까? 먼 훗날의 나라면 지금의 나를 용서할 것인가?"

아기는 이들에게 큰 의미가 있다. 홋카이도 여행 이후 10여 년이 지났으나 여전히 아기가 없으므로 아기에 대한 열망은 더욱 크다하겠다. 그러나 이들 사이에 마음을 털어놓는 대화가 이루어지지 않은 지 오래이고 그러다보니 서로의 마음을 받아들이지 못하는 상황에 놓여 있다.

어긋나있는 이들의 관계가 잘 드러나는 삽화는 피아노에 관한 장면이다. 피아노는 '나'의 로망이지만 아내는 그렇지 않다. '일 마치고 집에 돌아가 대문을 열라치면 창문너머로 피아노 소리가 흘러나오는, 그런 풍경'을 꿈꿔왔던 남편과는 달리, 혜진에게 피아노는 '고통'이다. 체르니 40번까지 들어가긴 했지만 플랫과 샵이 고통스러웠으며 손가락이 아파서 건반을 두들길 수가 없어 그만 두었기 때문이다. 이 이야기 끝에 아내는 울음을 터뜨리게 되는데 그 이유는 아기생각 때문이다. 곧 아내에게 피아노는 아기생각을 떠오르게 하는 것일 수 있다.

그렇기 때문에 화자가 낡은 피아노를 얻어 왔을 때 아내의 반응이 냉소적일 수밖에 없었을 것이고 이를 이해 못한 '나'는 상처를 받게 되는 것이다. 아내가 자신의 마음을 이해했는지 의문을 갖지만 화자 역시 아내의 마음을 이해하는 데는 문제가 있다. 자신이 아내의 이야기를 듣지 않는다는 사실에는 무신경하기 때문이다. 아내가 '말이 많은 사람'이고 '잠자코 자기 이야기를 들어줄 사람을 원하는 게 아닐까는 생각'을 하면서도 아내가 원하는 대로 이야기를 들어줄 생각은 하지 않는다. 따라서 아내는 자신의 속마음을 남편이 아닌 외국인에게 털어놓는 것이다.

인도인은 한국에 온 지 삼년이 넘었지만 오 개월 전부터 한국어 강좌에 다니기 시작해 한국어가 아직 서투르다. 그래서 화자는 아내와 인도인이 '이야기를 통해' 친구가 되었다는 사실을 이해하기 어렵다. 그의 한국어 실력으로 아내의 많은 이야기를 다 이해한다는 것은 불가능해보이기 때문이다.

언어에 의한 소통만이 전부가 아님을 화자는 이해하지 못한다. 언어능력이 부족하면 서로 '마음에 있는 이야기'를 나누지 못한다는 것이 화자의 생각이라면, 언어가 통하지 않아도 마음의 소통이 가능하다는 사실을 인도인과 혜진의 관계가 보여준다고 하겠다.

언어로 이해하지 못하는 것은 그림으로 해결할 수도 있다. 깊이 있는 대화가 어려워지자 인도인이 그림을 그려 소통을 시도하는 장면이 그것이다. 아기일 때 숲 속에서 홀로 잠자고 있다가 깨어나 울고 있는데 코끼리가 나타나 곁에서 지켜 주었다는 이야기를 그림으로 설명한다. 그리고 혜진이 영어로 "Always I wanted a baby. I wanted to be the elephant like this. I am alone. I feel lonely."라고 말했음을 알려준다. '나'는 비로소 '혜진의 마음, 혼자입니다'라는 말의 뜻을 깨닫고 혜진의 외로움을 이해하게 된다.

화자와 혜진처럼 동일한 언어를 사용한다고 해도 대화가 어려운 관계가 있다면, 인도인과 혜진처럼 언어능력이 부족하더라도 소통이 가능한 관계가 있는 것이다. 상대방이 처한 상황을 있는 그대로 받아들이고 교감을 통해 이해가 가능하다는 것을 다음 예문이 잘 보여준다. 그런 경우 언어능력이나 단어의 뜻 같은 것이 '무슨 상관이겠는가'.

> 그리고 이 친구는 더 이상 말을 잇지 못했다. 'lonely'라는 게 무엇인지는 알고 있지만, 다만 한국어로 어떻게 말하는 것인지 알지 못해서. 하지만 그게 무슨 상관이겠는가. 그게 무슨 상관이겠는가. 나는 가만히 우리가 흔히 볼 수 없는 숲과 잠에서 깬 아이와 사원의 기둥처럼 늠름한 다리를 가진 코끼리를 바라보고 있다가 혼자 중얼거린다. 저는 외롭습니다. 그게 아니라면, 저는 고독합니다. 그것도 아니라면 저는 쓸쓸합니다. 그것도 아니라면 마치 눈이 내리는 밤에 짖지 않는 개와 마찬가지로 저는......

4. 마치며

이상에서 레이먼드 카버의 「대성당」과 김연수의 「모두에게 복된 새해」에 나타난 소통의 양상을 비교해 보았다. 김연수의 「모두에게」는 '레이먼드 카버에게'란 부제가 붙어있는 만큼 「대성당」의 내용과 흡사한 설정으로 이루어져 있다.

「대성당」은 아내의 옛 친구인 맹인의 방문으로 이야기가 시작된다. 맹인에 대한 선입견으로 화자는 불편한 마음을 드러내지만 맹

인이 이를 포용력 있게 감싸 안으면서 둘 사이의 어색함이 사라지
는 이야기이다. 소설 끝부분에서 두 사람이 함께 손을 맞잡고 대성
당을 그리는 장면은 두 사람 사이에 흐르던 불편함이 교감으로 변
화되는 것을 보여준다. 이에 더하여 눈을 감고 그리게 되는데, 이는
화자로 하여금 놀라운 느낌을 선사한다. 곧 '내가 어디 안에 있다는
느낌이 전혀 들지 않'는 느낌으로, 보이지 않는다는 사실이 시각의
제약을 받는 장애가 아니라 공간의 무한 확장이라는 측면을 감동적
으로 드러내고 있다고 할 수 있다.

「대성당」에서 방문자인 맹인과 집주인과의 불편한 관계가 해소
되는 것으로 마무리가 된다면,「모두에게」는 방문자를 통해 아내의
외로움을 이해하게 됨으로써 집주인과 아내의 관계가 회복되리라는
가능성으로 마무리 된다.

「모두에게」 역시 화자가 아내의 친구의 방문을 맞아 벌어지는
이야기이다. 방문자가 외국인이라는 점과 아내가 부재중이라는 점
이 다르다고 하겠다. 한국어가 서투르기 때문에 작품 초반에는 화
자와 인도인의 원활하지 못한 소통이 주가 되고 있다. 이 문제는
그림을 통해 해결된다. 곧 '혜진의 마음, 혼자입니다'란 인도인의
말을 이해하지 못하던 화자는 코끼리 그림을 보고서 이해하게 된
다.

결론적으로「모두에게」는 타인을 이해하고 원활한 소통이 이루
어지는 것이 얼마나 어려운가를 드러내면서 타인을 이해하기 위해

서는 노력해야 한다는 작가의 전언을 담고 있다. 곧 타인의 삶을 이해하고 그들과 소통하는 것에서 소설의 가능성을 보고 있는 작가의 생각이 인상적으로 표현된 작품이라고 하겠다.

소설에 나타난 거주공간

- 청년층의 거주공간을 중심으로-

1. 들어가며

인간의 사회적 삶은 공간에 뿌리를 두고 있으며 공간은 인간 삶의 양태변화에 영향을 준다. 소설 속의 공간 역시 단순한 배경이 아니라 주인공의 삶의 양태를 드러내주는 표식으로 나타나고 있다. 많은 공간 중에서도 주인공이 거주하는 방은 그가 어떤 현실에 처해 있는가를 효과적으로 드러내기 때문에, 우리 소설에서 다양한 양상으로 전개되어 왔다.

1930년대 이상은 일제 치하에서 더 이상 날 수 없는 박제된 천재로 무기력하게 살아가는 주인공의 삶을 '해가 영영 들지 않는' 방안에서 잠자거나 돋보기 장난하는 삶으로 형상화했으며[1], 1950

년대 한국전쟁 중의 폐허와 같은 삶은 손창섭 「비오는 날」에서 '굴 속같이 침침'한 방으로 표현된다[2]. 1960년대 김승옥은 전장에 끌려 가지 않으려고 숨어 지낸 골방을 통해 모멸과 오욕의 시간을 상징 하기도 했다[3].

1970년대 산업화이후 등장한 아파트는 규격화된 똑같은 방에서 살아가는 획일적인 삶을 상징하는 공간이 되었으며[4], 더 나아가 타 인과의 소통이 단절되어 생명 없는 사물처럼 변할 수 있는 소외공 간으로 표현되기도 하였다.[5]

---

1) "해가 영영 들지 않는 웃방이 즉 내 방인 것은 말할 것도 없다." "내 방은 침침하 다. 나는 이불을 뒤집어쓰고 낮잠을 잔다. 한 번도 걷은 일이 없는 내 이부자리는 내 몸뚱이의 일부분처럼 내게는 참 반갑다." "나는 쪼꼬만 돋보기를 꺼내가지고 아내만이 사용하는 지리가미를 끄실려 가면서 불장난을 하고 논다."
   이상, 「날개」에서
2) "기와를 얹은 지붕에는 두세 군데 잡초가 반 길이나 무성해 있었다." "전면은 본 시 전부가 유리창문이었는데 유리는 한 장도 남아있지 않았다. 들이치는 비를 막 기 위해서 오른편 창문 안에는 가마니때기가 드리워 있었다. 이 폐가와 같은 집 앞에...(중략)... 아이들 만화책에 나오는 도깨비집이 연상됐다."
   손창섭 「비오는 날」에서
3) "더러운 옷차림과 누우런 얼굴로 나는 항상 골방 안에서 뒹굴었다." "나의 무진에 대한 연상의 대부분은, 나를 돌봐주고 있는 노인들에 대하여 신경질을 부리던 것 과 골방 안에서의 공상과 불면을 쫓아보려고 행하던 수음과 곧잘 편도선을 붓게 하던 독한 담배꽁초와 우편배달부를 기다리던 초조함 따위거나 그것들에 관련된 어떤 행위들이었다."
   김승옥 「무진기행」에서
4) 박완서의 「닮은 방들」은 기존의 주택 대신 아파트를 선호하는 주부의 이야기를 소설화한 1974년의 작품이다. 난방과 부엌 등 모든 시설이 편리하고 문을 잠그고 외출할 수 있으며 이웃과 완전히 차단된 독립성이 좋아 아파트에 이사온 주인공 을 통해서 이웃집 여자의 모든 것을 따라하며 닮아가다가 그 여자의 남편과의 간 음까지 시도하는, 획일화된 공간의 이야기를 그려낸다.
5) 최인호의 「타인의 방」의 주인공은 외출에서 돌아왔으나 아무도 없는 아파트에서

288 시선의 각도

1988년 서울 올림픽을 기점으로 한국사회는 발전해가는 위상을 전 세계에 보여주었으며, 이후 GDP나 수출액이 증가하고 OECD에 가입하는 등 선진국의 대열에 합류, 풍성한 물화의 시대로 진입했다. 해외여행이 가능해졌고 한국의 드라마와 가요, 음식 등의 문화가 전 세계로 뻗어 나갔으며 한국의 휴대폰 등 전자제품이 각광을 받는 수준에 이르렀다. 과학기술이 발달하면서 이전 세대는 상상할 수 없었던 첨단시대가 펼쳐지고 있으며 세계의 이름난 상품을 소비하면서 풍요로운 삶을 누리게 되었다.

그러나 신자유주의가 확산됨에 따라 빈부격차와 양극화가 심화되기 시작한다. 대량생산과 대량소비가 미덕이던 포디즘(Fordism)시대는 이제 더 이상 존재하지 않는다.[6] 특히 20대 청년들의 일자리가 줄어들면서 '88만원 세대'[7] '이태백'(20대 태반이 백수) 등의 신조어가 나타나기 시작했고 최근에는 3포세대와 5포세대, 7포세대, N포세대[8]에 이어 금수저와 흙수저, 헬조선까지 등장하면서 청년층의

'엄청난 고독'을 느끼며 '갇혀 있음'을 의식한다. 아내는 돌아오지 않고 대신 사물들이 말을 하고 움직이는 가운데 그도 다리가 굳고 사물화되어가는 것을 그림으로써, 이웃과의 교류, 아내와의 소통이 단절된 현대인의 사물화된 삶을 드러내고 있다.

6) 우석훈, 박권일(2007), 『88만원 세대』, 레디앙, 18쪽

7) '88만원 세대'란 용어는 우석훈과 박권일 공저인 『88만원 세대』란 저서에서 비롯되었다. 이들은 20대가 우리나라 여러 세대 중 처음으로 승자독식 게임을 받아들인 세대라고 하며 20대의 평균 임금을 계산하였다. 88만원은 당시 비정규직 평균 임금 119만원에 20대 급여의 평균비율 74%를 곱해 나온 액수이다.

8) 취업과 연애, 결혼이 어려워 포기한 것을 3포, 3포에 내집 마련과 인간관계를 포기한 것이 더해져 5포, 이에 덧붙어 꿈과 희망을 포기해서 7포세대란 용어가 등장했고 포기하는 것이 너무 많다는 의미의 N포세대까지 등장하여 청년층의 좌절감

암담한 현실을 짐작하게 한다.

이러한 현실 속에서 경제적 여건이 어려운 청년층의 새로운 거주 공간이 등장한다. 그곳은 고시원이나 독서실이다. 고시원은 원래 고시를 준비하는 사람이 거주하는 곳이었으나 어느 시점부터 실패를 겪거나 가진 것이 없는 자들이 싼 비용으로 살아갈 수 있는 '여인숙의 대용역할'을 하기 시작한다. 독서실 역시 공부를 하는 곳이 아니라 더 싼 비용으로 거주하는 공간을 의미하는 곳이다.

부르디외는 사회적 계급과 신분이 존재하는 현실을 분석하면서, 취향에 계급적 차이가 내재함을 지적한 바 있다.[9] 즉 지배계급, 중간계급, 민중계급 사이에, 그리고 각종 직업군에 따라 음악이나 미술 감상, 미적 성향, 소비방식 등의 취향이 달라진다는 사실을 세밀하게 드러냄으로써, 현대사회에 나타나는 계급과 취향의 상관관계를 명쾌하게 보여준 것이다[10].

을 드러내고 있다.

9) 현대사회에서 전개되는 지배와 피지배의 불평등한 관계가 개인의 무의식적인 취미생활(아비투스)을 매개로 성립된다는 사실을 보여주기 위해서 부르디외는 '상징적 폭력'이라는 개념을 사용한다.
이러한 상징적 폭력이 예술작품을 감상하는 것에서부터 사진작품이나 음악작품 감상, 소비방식과 미적 성향에까지 두루 영향을 미치고 있음을 분석함으로써, 각 계층이 어떤 취향을 지니고 있나에 의해 교묘하게 구별짓기가 이루어지고 있음을 보여주고 있다.
홍성민(2016)『피에르 부르디외와 한국사회 - 이론과 현실의 비교정치학』, 살림출판사, 41-57쪽 참조

10) 음식소비의 경우를 예로 들면, 상층부로 올라갈수록 살찌기 쉽고 값이 싼 음식을 소비하는 비율이 낮아지고 기름기 없고 살찌지 않는 음식을 소비하는 비율이 증가한다.

취향과 마찬가지로 거주하는 공간 역시 거주자의 신분과 경제적 지위를 가늠케 하는 표식이다. 특히 우리 사회의 취약자로 부상하게 된 젊은 세대에게 거주공간, 방은 그의 계급적 조건과 가족적 배경, 교육환경 등을 알려주는 표식이 된다.[11]

따라서 소설 속에 나타나는 거주공간을 살펴보는 것은 작중인물이 처해있는 삶의 조건에 대한 상징을 해독하는 작업이다. 작가는 이면의 그늘을 직시하는 자이므로 멋진 디자인의 빌딩과 첨단시설을 자랑하는 아파트와 주상복합건물이 위풍당당하게 서 있는 뒤 쪽으로 구불구불 좁은 골목길이 있고 그 길을 따라 남루한 집들이 있음을 놓치지 않는다. 그러한 뒷골목에 자리잡고 있는 고시원이나 쪽방, 독서실 같은 새로운 거주공간과 그 안에서 견디고 있는 사람들을 응시하고 있는 것이다.

이 글은 이러한 공간을 배경으로 한 2000년대 소설들 가운데, 박민규의 「갑을고시원 체류기」, 김애란의 「자오선을 지나갈 때」, 윤성희의 「유턴지점에 보물지도를 묻다」[12]에 나타나는 공간을 살펴

그런데 기왕에는 이런 현상을 단순히 수입의 영향으로 해석한 데 비해, 부르디외는 수입의 대소에 따라 유년기부터 결부되어온 사회적 존재상태의 모든 특징을 고려해야 한다고 보았다. 즉 이러한 수입상태가 각각 조건에 걸맞은 취향을 형성하기 때문임을 고려해야 한다는 것이다.
삐에르 부르디외(최종철 역) (2005) 『구별짓기-문화와 취향의 사회학』, 새물결출판사, 323-346쪽 참조.
11) 정민우(2011) 『자기만의 방 - 고시원으로 보는 청년세대의 주거의 사회학』, 이매진
12) 박민규(2005) 「갑을고시원 체류기」 『카스테라』, 문학동네,
김애란(2007) 「자오선을 지나갈 때」 『침이 고인다』, 문학과지성사

본다. 이 작품들은 젊은 주인공들이 각각 고시원, 독서실, 찜질방에서 살아가는 이야기를 그리고 있는 바, 엄혹한 자본주의 체제에서 적은 돈으로 헤쳐 나가야 하는 젊은이들의 삶이 어떻게 형상화되고 있는지 읽어보자.

2. 자본주의 체제의 청년층의 거주공간

2.1 가구와 같은 삶 - 1991년의 고시원

하나의 방이 있다.

바로 '여인숙의 대용역할'을 하는 고시원의 방이다. "1991년은 - 일용직 노무자들이나 유흥업소의 종업원들이 갓 고시원을 숙소로 쓰기 시작한 무렵이자, 그런 고시원에서 아직도 고시공부를 하는 사람이 남아 있던 마지막 시기였다."고 한 데서 알 수 있듯이, 이 시기 이후 고시원은 고시 공부하는 곳에서부터 경제력이 없는 자들의 숙소로 변화되기 시작했다.

박민규의 「갑을고시원 체류기」는 아버지의 사업이 부도나면서 하루아침에 나락으로 떨어진 스무살의 남자 대학생 '나'가 등장하여 갑자기 계층 하락을 겪게 된 자가 체험하는 삶을 보여준다.

주인공은 처음에 친구 집에 얹혀 살다가 친구어머니가 노골적으

윤성희(2004)「유턴지점에 보물지도를 묻다」『거기, 당신?』, 문학동네.

로 눈치를 주기 시작해서 새로 거주할 곳을 찾게 된다. 그러나 그의 수중엔 형이 챙겨준 30만원이 전부다. 이 돈으로 얻을 수 있는 공간은 '이름도 처음 들어본 '고시원'이란 곳'이다. 그중에서도 가장 저렴한 갑을고시원으로의 이동은 선택의 여지가 없다.

월 9만원. 식사제공.

선택의 여지가 없었다. 30만원으로 얻을 수 있는 방은 이 지상에 존재하지 않았고, 오로지 고시원이 - 이름도 처음 들어본 '고시원'이란 곳이 유일하게 내가 갈 수 있는 곳이었다. 그리고 그 고시원 섹터의 가장 위에, 고시원 중에서도 가장 저렴한 '갑을고시원'이 있었다. 그것은, 단 한 푼의 보증금도 없이 이 어두운 세상을 밝혀주는 한줄기 빛이었다.

이러한 고시원의 환경은 "여기서 사람이 살 수 있을까?" 의문이 들 정도의 것이다. '터무니없이 길고 좁고 어두운 - 폭이 40센티가 될까 말까 한 복도'가 있고 그 맨 끝에 주인공이 살 방이 있다. 주인이 방 문을 여는 순간, 주인공은 '기겁을 했'는데, 그 이유는 방이라기 보다 '관이라고 불러야 할 사이즈의 공간'이었기 때문이다.

요약하자면 '도저히 다리를 뻗을 수 없는 공간'에 책상과 의자가 놓여있으므로 잘 때는 의자를 빼서 책상 위에 올려놓고 그 속으로 다리를 뻗고 자야 한다. 옆방과는 1센티 두께의 베니어판으로 막혀있어 모든 소리가 훤히 들린다. 가사를 전혀 알아들을 수 없을 정도의 음악소리조차 허용되지 않으며 코를 풀거나 가스를 배출하는 생리적 소리도 참아야 한다.

'웅크리고, 견디고, 참고, 침묵하는' 생활방식으로 살아가야 하는 고시원의 삶은 그를 결국 '가구처럼' 움직이지 않고 소리를 내지 않으며 말이 없는 인간으로 변화시킨다. 점차 그는 다른 사람 눈에 띄지 않는, 존재감 없는 인간이 된다.

> 상체와 하체를 동시에 움직이는 행동이 거의 불가능하기 때문에, 나중엔 결국 움직임 자체가 거의 없어지게 된다. 다리를 뻗을 수 없으니 늘 어딘가 뭉쳐 있는 느낌이고, 몸은 점점 나무처럼 딱딱해져간다. 마치 가구 같다. 아닌 게 아니라, 늘 그 자리에 붙박이인 오래된 가구처럼 말이다.

그런데 주인공은 이러한 자신의 처지에 대해 '의외로 담담'하게 받아들인다. '기겁'을 할 정도의 환경이지만 이를 받아들일 수밖에 없음을 빠르게 깨닫는 것이다. '뭔가 할 말이 있다는 기분'도 들지만 할 말을 해서 상황이 변하는 것이 아님을 체득한 것으로, 이는 그가 냉엄한 삶의 정면을 마주하게 되면서 어른의 세계에 진입했음을 의미한다.[13]

---

13) "그럼 짐을 옮기겠습니다."고 '담담한 마음으로' 얘기하며 첫 달치 방세를 건네고 장부에 신상을 기재하고 키를 넘겨받던 그 순간 주인공은 '어른이 된 느낌'을 받는다.

'갑자기 어른이 된 느낌'은 '왠지, 이 세계에 대해 조금은 알게 되었다는 기분'과 일맥상통한다. 이 세계란 곧 돈에 의해 지배되는 자본 위주의 세계이다. 가진 것 없는 자들에게 허용되는 방이란 이곳처럼 비인간적 공간이라는 사실과 이곳을 빠져나가기란 상당히 어렵다는 것을 깨닫게 하는 비정한 세계이다.

그런데 이러한 세계에 대해 주인공은 억울해하거나 분노하지 않는다. '뭔가 할 말이 있다는 기분' 정도이므로, 이 상황을 '의외로' 담담하게 받아들이고 있는 것이다. 그래서 "여기서 사람이 살 수 있을까?"란 친구의 말에 화가 나거나 서운하거나 서럽지 않다. 대신 "외로웠다."

이는 어쩔 수 없는 수용이나 체념의 태도라 할 만한데, 곤경이란 타인이 도울 수 없는, 철저히 개인의 것이라는 인식을 보여준다. 누구에게도 어려운 사정을 토로하기 어려우며 홀로 감당하며 살아가야 함을, 그래서 삶이란 외로운 것임을 일찌감치 깨닫는 것이다.

고시원에서의 탈출 역시 순전히 개인의 노력에 의해 이루어진다. 장학금을 타기 위해 열심히 공부하고 닥치는 대로 아르바이트를 하며 '간신히, 안간힘을 다해' 대학을 졸업하고 취직하고 결혼을 한다. 그 사이에 작은 임대아파트를 '역시나, 간신히' 마련한다. 이제 그는 '두 발을 뻗고 자'는 정상적인 삶으로 돌아왔다. 미흡하지만 자본주의 체제 안으로 재입성한 셈이다.

혹독한 시간을 견디고 살아남은 그는 하나의 결론에 이른다. 자신은 '운이 좋았다는 생각', 그리고 '시간은 우리의 편'이라는 것이다. 즉 그는 그 곳을 빠져 나왔기 때문에 '비교적 긍정적인 마음으로' 고시원을 추억할 수 있게 되었고 생 전체를 조망할 수 있는 거리를 확보하게 된다.

동시에 '여전히 그 밀실 속에서 살고 있다는 기분'을 갖고 있으므로 고시원만이 아니라 우리의 삶 자체가 밀실이라는 생각에 도달한다. 그리하여 주인공은 자본주의라는 거대한 밀실 안에서 빠져나오지 못하고 '지치고 고단한' 삶을 살아가는 인간들에 연민을 보내며, 그중에서도 실패를 겪고 가진 것 없는 자들을 위해 고시원이 존재하기를 소망한다.

2.2 여전히 지나가는 삶 - 1999년의 독서실

또 하나의 방이 있다.

칸막이 책상 네 개가 놓여있고 칸과 칸 사이는 커튼으로 구분되어 있는 4인실 방이다. 너무 좁아 네 명 모두 책상 위에 의자를 올린 뒤 '연필처럼' 자야 한다. 새벽 6시엔 모두 일어나 이불을 개고 청소를 해야 하는 이곳은 김애란의 「자오선을 지나갈 때」의 주인공 아영이 1999년에 거주한 공간이다.

학원 근처 여성 전용 독서실을 계약하고 조그마한 사물함 키 하나를 받았다. K-59. 책상 한 칸이 내 몫의 공간이었다. 4인실엔 칸막이 책상 네 개가 놓여 있었다. 같은 구조의 수많은 칸과 칸 사이는 커튼으로 구분돼 있었다. 내가 머문 칸에는 두 명의 여자가 있었다. 한 명은 임용고사 재수생, 한 명은 5급 공무원 시험을 준비하는 언니였다. ...(중략)... 4인실은 너무 좁아, 네 명 모두 책상 위에 의자를 올린 뒤 연필처럼 자야 했다.

한 달에 11만원인 노량진의 여성전용 독서실. 이곳에는 재수생 외에도 임용고사와 공무원시험을 준비하는 사람들이 살고 있다. "스트레스 때문에 한 달째 똥을 못 눠" 얼굴이 까만 룸메이트 언니, "발뒤꿈치가 피곤 때문에 바작바작 갈라져" 있는 아영 등, 한창 발랄해야 할 청춘들이 창백하게 시들고 있는 공간이다.

작가는 재수생 주인공의 생활을 세세하게 묘사함으로써 노량진의 숙박시설과 생활수준에 엄격한 구분이 존재함을 보여준다. 숙박시설은 한 달 80만원인 학사에서부터 4,50만원 대의 하숙, 그 밑으로 고시원, 독서실의 순으로 구분된다. 독서실도 1,2,4인실에 따라 가격차이가 난다. 연필처럼 자야 하고 잠에서 깨면 옆사람의 얼굴이 코 앞에 와있는 독서실에 사는 자들과 일주에 한 번씩 고기반찬이 나오고 새벽에는 간식도 갖다주는 학사에 사는 자들 사이에 놓인 거리를 짐작하게 한다.

학원 역시 차이를 보인다. 민식이 다니는 일심학원은 "시험을 봐서 애들을 뽑"으며 "좋은 대학에 붙었지만 더 좋은 대학에 가기 위해 재수를 하는 아이들이 많"은 학원이다. 아영도 일심학원에 가고 싶었으나 세 달치 학원비를 선불로 내야 하기 때문에 가지 못한다. 그 학원에 다니는 애들의 얼굴에 '어떤 차분한 야심과 건조한 어른 스러움 같은 게' 있다는 점과 "일심학원에 다니면서도 일심학원에 다닌다는 것에 대해 '자연스러운'" 민식의 태도 등은 일반 학원을 다니는 아이들이 흉내낼 수 없는 특성이다.

먹는 음식 역시 이들의 계층을 구별하는 표식이 됨을 보여준다. 이는 수강증을 주워준 답례로 민식이 아영에게 점심을 사겠다며 닭갈비를 먹자고 제안하는 장면에서 잘 드러나고 있다. 아영이 이 제안을 수락하는 이유는 순전히 닭갈비를 먹어보고 싶어서이다.("낯선 남자의 친절이 부담스러웠지만 닭갈비를 먹어보고 싶었다.")

민식은 닭갈비 2인분을 시킨 뒤 고구마와 쫄면 사리를 추가했는데, 아영은 "사리를 능숙하게 추가하는 것만으로도 어른처럼 보일 수 있다는 사실에 조금 놀"란다. '어른스럽다'는 것은 같은 또래에게서 보기 어려운 특징이라고 할 수 있는데, 그것은 자주 주문을 해본 데서 연유한 것이라 하겠다. 곧 닭갈비를 먹어보지 못한 아영과 자주 주문할 수 있는 배경을 지닌 민식의 차이를 보여주는 것이다.

이러한 차이는 이들 외의 인물들에게서도 나타난다. 아영과 비슷한 계층으로 같은 방에서 임용고사와 공무원시험 준비를 하는 언니들이 존재한다. 취업을 위한 스펙을 쌓으려면 많은 비용이 들기 때문에 "손가락 열 개 달렸음 되고, 그냥 열심히 해서 답만 많이 맞히면 되"는 공무원 시험을 준비하며, 사립대 등록금을 감당하기 위해 대학 내내 보습학원 강사로 뛰어야 하는 삶의 대척점에, 비싼 학사에서 살고 세달치 학원비를 선불로 받는 학원에 다니는 민식, 취미가 '승마'이고 '어려서부터 아버지가 사다준 애플 컴퓨터를 분해하며' 놀았던 '잘 사는 집 애들'이 놓인다.

흔히 우리는 앞으로 다가올 좀 더 나은 삶을 기대하며 힘겨운 시간을 인내한다. 아영 역시 노량진을 '지나가는' 곳으로 생각하고 견딘다. 대학에 합격한 후 기뻤던 이유 중 '더 이상 노량진 같은 곳에 혼자 있지 않아도 된다는 기쁨'이 더 컸던 것도 이곳에서 벗어났다고 생각한 때문이다. 그러나 '7년이 지난 2005년 지금'도 그녀는 여전히 '지나가고 있는 중'이다. 여전히 그녀는 '노량진 같은 곳에 혼자'의 삶을 살고 있는 것이다.

이제 스물여섯의 아영은 재수 시절에 비해 아는 게 많아졌다. 사립대의 등록금을 벌기 위해 대학 내내 보습학원에 나가 다양한 원장들에게 부대끼며 젊음의 한 시절을 보낸 그녀는 '돈'이나 '아버지 직업' '얼굴' 등 '뒷받침'이 없이는 다음 단계로 올라가기 어려우며, 평범한 조건을 가진 자들은 계속 같은 자리에서 지나가고 있다는 사실을 깨닫게 된다.

"대체 나아진다는 게 무엇일까?" 의문을 품고 학원 강사로 서울 여기저기를 떠돌아다니는 아영은 2000년대의 떠돌이다. 1970년대 황석영의 「삼포가는 길」에서 영달과 정씨가 꿈꾸던 정착[14]은 2000년대에도 쉽지 않음을 보여준다. 오히려 상대적 박탈감은 더 커졌다고 할 수 있다. 취직을 위한 이력서를 채우는 '콘텐츠'는 돈으로 만드는 거라는 선배의 말, 인터넷에 모범답안으로 제시된 자기소개서는 글을 잘 쓴 게 아니라 '인생 자체가 잘 씌어' 있는 것이고 "요샌 고시도 잘사는 집 애들이 잘 붙어. 장거리 경주라 누가 뒤를 받쳐줘야 하거든."라는 말들은 돈에 의해 지배되고 있는 현실을 적나라하게 드러내고 있다.

학원의 좁고 어두운 화장실에 앉아 "내가 쓰는 화장실이 나를 말해주는 것 같아 울적해" 하는 아영의 모습은 경쟁력이란 '손가락이 열 개 달린' 정도의 평범한 조건만 가진 이 시대 보통 젊은이들의 초상이다. 「갑을고시원 체류기」와 달리 아직 그 곳에서 탈출하지 못했다는 점에서 한층 어두운 결말이라 하겠다.

2.3 유턴하는 삶 - 2004년의 찜질방

방에 연연해하지 않는 자들이 있다.

---

14) 황석영의 「삼포가는 길」의 정씨와 영달, 백화는 산업화로 밀려난 떠돌이들이다. 고향에 돌아가고 싶고 정착하고 싶지만 불가능한 당시 1970년대 현실을 드러내는 상징적 인물들인 셈이다. 작가는 '삼포'라는 안식처는 이들에게 허용되지 않으며 영원히 '길'에 서있을 수밖에 없으리라는 비극적 시각을 보여주었다.

윤성희의 「유턴지점에 보물지도를 묻다」에는 자본을 중시하는 이 시대, 소유에 관심없는 인물들이 등장한다. "유산 따위에는 아무 관심도 없다"고 말하며[15] 현관문을 잠그지 않고 외출하고, 밤이 길게 느껴지면 차를 몰고 고속도로를 질주한다. 마음에 드는 휴게소에 들어가 어묵을 사먹는 게 유일한 취미이다.

이들은 혈연에도 얽매이지 않는다. 가족이 없거나, 있어도 함께 살지 않는다. 주인공은 쌍둥이로 태어났지만 바로 어머니가 죽고 초등학교 입학 전에 쌍둥이 언니도 사고로 죽는다. 주인공이 고등학생일 때 집을 떠난 아버지조차 기차안에서 눈을 감아 완전히 혼자가 된다.

혼자 살아가는 '나'와 친구가 되는 이들도 혼자인 자들이다. W는 꽤 유명한 여배우인 어머니가 배우가 되기 전 낳은 아이였다. 어머니가 아이 있는 것을 숨겼기 때문에 W의 존재는 아무도 모른다. 어머니가 유명해질수록 점점 유령 같은 존재가 되어간 W는 존재감 없는 삶을 살아왔다고 하겠다.

주인공이 기차에서 만나 친구가 된 Q 역시 사촌형이 외국으로 가며 맡긴 중국집을 혼자 운영하고 있다. 집을 가출한 고등학생까지 친구가 되어 함께 살아가게 된 이들은 서로를 이해하는 친구사

---

15) 소유에 관심 없는 것은 주인공의 아버지에게서부터 나타난다. 아버지는 배다른 동생들이 부정한 방법으로 폭리를 취하고 탐욕스러운 것과 달리 소유에 관심 없다. 정신력을 강조한 할아버지와도 달리 병약하며 말을 더듬는다. 하지만 원하는 것을 말하고 행동할 때 단호함을 보인다. 주인공은 취직을 하게 되자 아버지가 돈을 부쳐주던 통장을 없앰으로써, 더 많은 돈을 원하지 않음을 보여준다.

이가 혈연에 의한 가족보다 더 견고하다는 사실을 잘 보여주고 있다.

또한 이들은 외롭거나 힘든 상황에서 불행해하는 태도를 보이지 않는다. 사소한 것에서 쉽게 기쁨을 느끼며 자신만의 치유책을 개발해 살아간다. 가령 사이다를 마신 후 남의 눈치를 보지 않고 아주 길게 트림을 하는 것에서 시원함을 느끼고 좋아한다든지, 매운 음식을 먹으면 살아있음을 느낀다든지, 울고 싶을 때는 '그만 울고 싶을 때까지' 울면 된다든지 하는, 나름의 삶의 지혜를 지니고 있다.16)

친구가 된 이들이 모여서 놀고 거주하는 공간은 찜질방이다. 2000년대 초부터 새로운 목욕시설로 등장한 찜질방은 목욕뿐 아니라, 식사와 게임, 운동, 수면, 영화관람 등 다양한 시설을 갖추고 있어 잠시 숙박도 가능한 공간이다. 그러나 집으로 이용하기에는 여러 조건이 미비함에도 '나'는 찜질방에서 살아가는 데 전혀 부족함을 느끼지 않는다.

> 한달 치 목욕비를 끊으면 20퍼센트를 할인해주었다. 매일 목욕을 했더니 잠이 잘 왔다. 개인사물함에 들어가지 못하는 물건들을 보면 아예

---

16) 어릴 때 돌봐주는 할머니가 해주는 음식이 맛없어지자 주인공과 언니는 밥 대신 우유를 마셔서 해결하고 아버지마저 떠나 완전히 혼자가 된 이후에도 주인공은 언니와 함께 하던 놀이를 하며 외로움을 이기는 등, 슬퍼지지 않고 긍정적으로 대응하는 태도를 보여준다.

욕심이 생기질 않았다. 최신식 가전제품을 보아도 마음이 흔들리지 않았고, 예쁜 옷을 보아도 사고 싶다는 생각이 들지 않았다.

중국집 문을 닫는 날이면 Q가 찜질방으로 왔다. W가 일을 하는 동안, 나와 Q는 요가를 배우고 재즈댄스를 배웠다. 목이 마르면 식혜를 사서 마셨다...(중략)... W의 일이 끝나면, 우리 셋은 게임방으로 가서 말 옮기기 게임을 했다...(중략)....미역국을 먹고 나면 각자 흩어져 늘어지게 잠을 잤다. 우리는 밖의 날씨가 어떤지에 관심이 없었다. 일기예보는 보지도 않았다.

위 인용문에서 볼 수 있듯이, 찜질방에서의 생활은 많은 물건이 필요하지 않다. 일반적인 집과 마찬가지로 먹고 목욕하고 잠잘 수 있는 데다가 요가나 재즈댄스를 배울 수 있고 게임을 할 수도 있다.

단지 수납공간이 작다는 문제가 있지만, 그래서 불편한 것이 아니라 개인사물함에 들어가지 못하는 물건을 사지 않으면 된다. 결과적으로 이 시대 대부분의 사람들이 욕망하는 최신식 가전제품이나 예쁜 옷은 주인공의 마음을 흔들지 못한다. 즉 최소한의 삶에 필요한 것 외에 관심 없는, '욕심'에서 자유로운 삶의 형태를 보여준다.

'밖'의 세계는 지하철에서 자살하는 사람이 있고 돈이 중요해서 유산 때문에 다투고(주인공의 삼촌들) 남의 물건을 훔치며(Q의 주방장) 인기와 허명을 위해 친딸을 유령취급하는(W의 엄마) 세계이지만, 이

'안'의 세계는 돈과 허명과 같은 욕망에서 자유롭고 극도로 단순하다. 소유욕이 강한 자들은 '싸우고 난리'이지만, 욕심없는 이들에게 타인이란 경쟁자나 적이 아니라 친구거나 동업자이다. 단지 '밖의 날씨'에 관심이 없다는 점에서 사회 현실과 유리되어 있는 공간을 연상시킨다.

물질에 대한 무관심은 후반부 에피소드인 보물을 찾으러 가는 이야기에서도 찾아볼 수 있다. 곧 보물을 찾으러 가는 과정 자체가 놀이라는 태도를 드러내고 있다. 찜질방에서 알게 된 고등학생이 같이 보물을 찾으러 가자는 제안을 하자 이들은 하루밤을 고민하다가 수락하는데, 그 이유가 재미있다. "거짓말을 믿는다고 해서 세상이 망하지는 않지."가 '나'의 이유이고 Q는 "진짜 보물이 나오면 사등분해야 해."라고 말하며 W의 이유는 "우리 셋은 지금 몹시 심심해."이다.

이러한 이유로 시작하는 여정이므로 보물을 찾겠다는 의지는 처음부터 없다고 할 수 있다. 보물을 찾으러 가기 위해 운전을 배우고 새벽마다 동네 뒷산을 올라 체력단련을 하고 중고트럭을 구입하고 배낭을 사고 곡괭이를 준비하지만, 트럭은 고장나고 운전면허는 트럭을 운전할 수 없는 2종면허이므로 쓸모없는 것이 된다. 이들의 태도 역시 보물을 찾겠다는 욕망과는 동떨어져 있다. 산에 버려진 망원경, 등산화, 선글라스 따위를 줍고 즐거워하며 곡괭이는 무겁다고 도중에 버리기 때문이다.

당연하게도 보물을 찾지 못하고 돌아오는데, 그들 앞에 Q의 주방장이 중국집의 모든 것을 갖고 도망간 사실이 기다리고 있다. Q는 울지만 주인공의 위로와 W의 매운 음식 덕에 치유되고, 만두가게를 차리자는 주인공의 제안에 다시 활기를 찾는다.

마음 맞는 친구들끼리 유사가족을 이루고 좋아하는 일을 하면서 돈도 버는 이들의 이야기는 일종의 로망이다. 서로 통하는 친구들과 살아가면 밖의 세계는 어찌 돌아가든 상관 없을까란 의문이 남지만, 자본주의 체제의 지나친 소유욕에서 자유로운 삶에 대한 상상은 유쾌하다. 혈연에 대한 집착에서 자유로운 점도 마찬가지이다. 우리사회가 중시하는 미덕들, 가령 혈연관계나 강한 정신력, 사회적 성취와 명성, 부유함을 추구하지 않아도 행복을 누릴 수 있다는 것을, 소유에서 자유로운 소박하고 단순한 삶이 가능함을 작가는 보여주고 있다.

곧 열심히 돈을 벌지 않아도 괜찮고 놀면서도 살아갈 수 있고 우연히 만난 사람과도 소통이 가능하며 가족이 될 수 있다고 말하는 것이다. 보물지도는 그다지 중요하지 않으며 보물을 찾는 일보다는 보물을 찾으러 가는 여정이 더 재미있고 끝난 것 같은 지점에서 새로운 길이 열리기도 함을 역설하고 있다. 또한 길을 나섰다고 끝까지 완주할 필요가 없으며 적당한 곳에서 유턴을 해도 상관없는 것이다.

이와 같이 찜질방에서 살아가는 인물을 통해 자본주의 체제가 강요하는 방식에서 자유로운 삶을 형상화함으로써, 작가는 우리 사회가 지나치게 중시하는 소유와 가족관계에 대해 유쾌한 반발을 시도했다고 할 수 있다.

3. 나가며

이상에서 박민규의 「갑을고시원체류기」, 김애란의 「자오선을 지나갈 때」, 윤성희의 「유턴지점에 보물지도를 묻다」에 나타난 공간 분석을 통해 이 시대 젊은이들의 현실을 살펴보았다.

「갑을고시원체류기」는 아버지 사업의 부도로 계층 하락을 겪은 인물의 이야기를 고시원에서의 삶을 중심으로 펼쳐내고 있다. 고시원의 삶이란 '가구처럼' 움직이지 않고 '웅크리고, 견디고, 참고, 침묵하는' 비인간적 삶이다.

주인공은 '간신히, 안간힘을 다해' 그 세계에서 벗어나, 미흡하지만 자본주의 체제 안으로 재입성한다. 이제 아파트에서 사는 평범한 가장이 된 그는 지난 시간을 되돌아보면서 고시원이 아직도 있었으면 좋겠다는 바람으로 마무리한다. 그 이유는 우리사회에 여전히 존재하고 있을 실패를 겪고 가진 것 없는 자들을 위해서이다.

고시원에서 살게 된 것에 대해 '의외로 담담'하게 받아들이고 '운'이 좋아 고시원에서 벗어난다는 점에서 이 소설은 가진 것 없는 자의 삶의 원인을 사회구조의 문제에서 찾고자 한 70년대 소설과 차이를 보인다. 곧 한 개인의 어려움은 그자신이 짊어지고 갈 문제임을, 그리고 그 극복 역시 개인의 노력에 의함을 드러내고 있다. 이는 서로 연대함으로써 고통을 분담하고 정의를 구현하고자 한 지난 세대의 시도와 구별되는 지점이라 할 수 있다. 또 한편으로 이 작품의 주인공이 탈출할 수 있었던 데에는 당시 사회구조에서 상승이 불가능하지는 않았음을 보여준다고 하겠다.

그리고 밤하늘을 보면서 "여전히 그 밀실 속에서 살고 있다는 기분이다"라고 하는 데서, 고시원은 가진 것 없는 자의 공간에서 삶 자체가 고시원이라는 철학적 명제로 전환한다. 구체적 사회현실의 문제가 철학적 주제─사는 공간은 고시원보다 넓더라도 여전히 '가구와 같은 삶'을 살고 있으며 밀실 속에서 살아가는 것이라는─로 탈바꿈하는 것이다.

「자오선을 지나갈 때」에서도 힘겹게 20대를 통과하는 인물이 등장한다. 노량진의 4인용 독서실에서의 삶은 열악하기 짝이 없다. 그러나 집안형편을 생각해 '황송'하게 여기며 재수하던 착한 마음의 주인공은 대학에 가면 달라지리라는 소망으로 견딘다.

그러나 7년이 지났음에도 노량진에서 벗어나지 못하고 여전히 '노량진 같은 곳'에서 '혼자'의 삶을 살고 있다는 사실에 울적해 한다. 대학시절 내내 저녁을 굶어가며 학원강사로 뛰어다녔던 아영은 "대체 나아진다는 게 무엇일까" 생각한다. 곧 평범한 이들은 노력을 해도 계속 같은 자리에서 지나가고 있음을 깨닫는 것이다.

「갑을고시원체류기」에서 고시원이란 사회적 현실을 철학적 명제로 바꾸는 것과 달리, 이 소설은 변하지 않는 사회적 현실에 대해 질문한다. 그러나 이에 대한 원인을 체제나 사회구조에서가 아니라 개인의 문제에서 찾고 있다. 가진 것이라곤 '손가락 열 개'인 보통 젊은이로서 '돈'이나 '아버지 직업' '얼굴' 등 '뒷받침'이 가능한 '잘 사는 집 애들'과의 차이 앞에서 사회구조의 문제로 바라보는 시각이나 분노는 나타나지 않기 때문이다.

그리하여 이 소설은 "정말 나는 괴물이 아닐까?" 죄 없는 자신만 책망하며 변하지 않는 처지 앞에서 암담해 하는 젊은이의 초상을 씁쓸하게 보여준다.

두 소설 모두 거주공간을 통해 젊은 시절에 겪는 어려움을 그리고 있으므로 일종의 성장소설로 볼 수도 있는데, 「자오선을 지나갈 때」의 경우 아직 지나가고 있는 중이고 빠져나오지 못했으므로 한층 어두운 결말이라 하겠다.

이에 비해 「유턴지점에 보물지도를 묻다」는 일그러진 사회구조를 바꾸는 대신 새로운 삶의 형태를 선택하라고 제안한다. 곧 자본주의체제 아래 강요당하는 삶의 방식을 거부함으로써 자유로운 삶이 가능하다는 것을 보여주는 것이다.

그것은 물질과 부, 성공과 명성 등, 대다수의 사람들이 추구하는 가치와 무관하게 자신이 좋아하는 사람들과 최소한의 소비를 하며 살아가는 소박한 삶의 방식이다. 유산을 포기하고, 집 문을 잠그지도 않고 돌아다니다가 기차 안에서와 찜질방에서 알게 된 자와 친구가 되고, 찜질방에서 즐겁게 살아가며, 심심하니까 보물을 찾으러 가기도 한다. 밤이면 고속도로를 질주하지만 어묵을 사먹고는 아무 곳에서나 유턴하여 돌아온다.

특히 수납공간이 작으면 불편한 것이 아니라 수납할 물건을 사지 않으면 된다는 창의적 발상을 보여주는데, 그 결과 좋은 물건을 보아도 욕심이 생기지 않는다는 인물을 창조한다. 그리하여 흔히 인생의 목표로 삼을 법한 명성과 지위, 돈, 훌륭한 가족 등은 아무 의미가 없으며, 열악한 방에서의 탈출만이 답이 아니라 체제가 요구하는 기준에서 자유로운 삶을 선택하면 된다고 말하고 있다.

명예나 돈으로 이루는 삶은 사실 타인의 시선을 의식하는 것이므로 타인의 시선과 타의에 의한 기준에서 자유롭기만 하다면 그 어떤 삶도 가능하고 행복할 수 있다. 그러므로 작가는 이 소설을 통해 그 누구도 거주공간이라고 생각하지 않을 찜질방에서의 생활이 가능하다고 하며, 힘들 때 자신만의 치유책을 지니고 마음 맞는 이와 새로운 가족을 이루며 살아가는 삶은 어떠냐고 묻는 것이다. 가보다가 아니면 유턴해 돌아오면 되니까.

한혜경

이화여대 영문과를 졸업하고 같은 대학 대학원 국문과에서 박사학위를 받았다.
비교문학에 관심이 있어서 영문학을 선택했지만 대학원에 와서 현대소설을 공부했고
「채만식소설의 언술구조연구」로 박사학위를 받았다.
1997년부터 명지전문대학 문예창작과에서 학생들을 가르치고 있다.
나 좋은 대로 글을 읽고 쓰다가 뒤늦게 수필과 평론으로 등단의 과정을 거쳤다.
1998년에 『계간수필』로, 2002년에 『한국 문학평론』으로 등단해 수필과 평론을 쓰
기 시작했다.
저서로 『상상의 지도』, 『말 글 삶』, 『생각 글 말 – 내 안의 가능성을 보다』 등을,
산문집으로 『아주 오랫동안』을 펴냈다.

한혜경 평론집
시선의 각도

2018년 2월 26일 초판 인쇄
2018년 2월 28일 초판 발행

지 은 이 한혜경
펴 낸 이 한신규
펴 낸 곳 글터
주   소 서울특별시 송파구 동남로 11길 19(가락동)
전   화 070-7613-9110, FAX 02-443-0212
이 메 일 geul2013@naver.com
등   록 2013년 4월 12일(제25100-2013-000041호)

ⓒ 한혜경, 2018
ⓒ 글터, 2018. printed in Korea

ISBN 979-11-88353-05-7 03800

정가 16,000원